Long Road Home
by Maya Banks

あなたへ帰る道

マヤ・バンクス
草鹿佐恵子=訳

マグノリアロマンス

LONG ROAD HOME
by Maya Banks

献辞

出版社サウィンでデビューさせてくれたジェス・ビンバーグに。あなたがしてくださったことすべてに深く感謝しています。最初の本、そしてとくに『罪深き愛につつまれて』の出版を決断してくださったご恩は忘れません。わたしが作家として歩みはじめるにあたって、あなたは重要な役割を演じてくださいました。

また、わたしの小説をよりよいものにするため絶えず骨折ってくれたジェニファー・ミラーに。あなたと仕事ができてよかった。あなたの徹底的な編集がなければ作品は完成しなかったでしょう。あなたからは多くを学びました。一緒にとてもいい仕事をしましたよね！

最後に、デビュー作からずっと応援してくださっている読者の皆様に。わたしが成功したのは、ひとえに皆様のおかげです。あなたたちがいなかったら、なにも実現できませんでした。ありがとうございます。

主な登場人物

ジュールズ・トレハン――――――――――――――――――逃亡者。
マヌエル・ラミレス―――――――――――――――――通称マニー。CIAの対テロ部隊の一員。
トニー―――――――――――――――――――――――CIAの対テロ部隊のコンピューター専門家。
サンダーソン――――――――――――――――――――CIAの対テロ部隊の指揮者。
マーシャル・トレハン――――――――――――――――ジュールズの養父。
フランセス・トレハン――――――――――――――――ジュールズの養母。
アダム・デニソン―――――――――――――――――上院議員。
ノーススター――――――――――――――――――――謎の組織に属する男。

あなたへ帰る道

8

1

コロラド州ノーウッド

ジュールズ・トレハンはレンタカーのジープをおりて、用心深くあたりをうかがった。この一週間寝泊まりしていた人里離れた小屋では身を隠していられた……いままでは。でも、それが長くつづくとは思えない。いずれノーススターに見つかるだろう。そろそろここを引き払う潮時だ。

ドアを閉め、冷たい車体にぐったりともたれかかった。まわりに見える山の荒々しい美しさは、長らく感じていなかったささやかな安らぎをもたらしてくれる。ここも間もなくお別れだと思うと悲しみがこみあげ、胸に容赦ない痛みが生じた。

目を閉じて、マツの香りのする空気を深く吸う。この野生の地にいるあいだは自由という幻想に浸っていられた。でもそれは、マジシャンの見せるイリュージョンと同じ――いくら楽しくても現実ではない。

急がねばならないのはわかっていたけれど、あと少しだけ、コロラドの空の荒涼とした美しさに見入った。残念だ。非常に残念だ。目を閉じ、意識して感情を殺し、当面の課題以外のすべてを心から締め出す。いまはとにかく生き延びること、それだけだ。

意を決して動きはじめたジュールズは、ミラモンテ貯水池が見渡せる小屋の玄関ステップをのぼってドアを開けた。中に入り、数少ない持ち物をまとめて出発の準備をする。

荷造りすべきものはあまりない。何枚かの服と携行用の乾燥糧食数袋を小さなボストンバッグに詰めた。携帯している拳銃以外の武器はすべてジープの後ろに積んでいるし、それ以外の必要なものはデンヴァーのコインロッカーにしまってある。まずはそこまで行って荷物を取ろう。そしてどこか外国に高飛びして新たな人生を始めよう。非常に運がよければ、いまの自分とおさらばできる。

砂利を踏むタイヤの音がしたので、窓に目を向けた。ウェストバンドの後ろから拳銃を抜き、急いでドアに向かう。窓の横の壁にぴたりと体をつけ、一本の指でカーテンを小さく開けると外をのぞき見た。淡い色のセダンがジープの横で停車した。

拳銃の銃床を握り、指を軽く引き金にかける。車内の人間が出てくるのを待つあいだ、アドレナリンが血の中を激しく駆けめぐった。ついに現れた人間を見たときは、ショックで拳銃を落としかけた。苦悩と懐かしさで胸がどきどきする。パパとママはどうやってここを見つけたのだろう？

ジュールズは窓から離れ、壁に頭をもたせかけた。これは罠だ、そうに決まっている。ノースターが雇ったそっくりさんに違いない。

ステップを踏む足音が響いた。ジュールズはドアまで行って銃を構えた。涙がこみあげて喉がふさがり、呼吸が荒くなる。

小さなノックの音が静寂を貫いた。「ジュールズ?」母の震える声が分厚い木のドア越しに聞こえてくる。

たしかに母の声によく似ている。ジュールズは恐怖にとらわれた。トレハン夫妻は脅迫されているのか? ノーススターは脅しを実行に移したのか?

ジュールズはドアをわずかに開けて年配夫婦に拳銃を突きつけた。「誰なの? なんの用?」

「銃をどけろ」マーシャル・トレハンが不満げに言った。「それが、三年ぶりに会った親に対する挨拶か?」

ジュールズは拳銃をズボンの後ろに突っこんで大きくドアを開けた。次の瞬間、彼女は母の腕の中にいた。

「ジュールズ、ああ、ほんとにあなたなのね」母が強く抱きしめてくる。

ジュールズは目を閉じて、母の心なごむ香りを吸いこんだ。昔と変わらぬバニラとバターのまざったにおい。

「このじいさんのことはハグしてくれないのか?」

彼女は母から手を離し、父の腕の中に飛びこんだ。力強い抱擁は以前に比べると弱く感じられたけれど、父はいまでもオールドスパイス・アフターシェーブローションのにおいがする。彼はジュールズの背中をぽんぽんと叩き、頭のてっぺんに口づけた。「おまえにはいろいろと説明してもらうことがあるぞ」

そのとたん、幸せに恍惚となっていたジュールズは我に返った。身を引き、両親に中に入るよう手振りで示す。ふたりが入ったあと、彼女はなにひとつ見逃さないよう外の様子に目を凝らした。

腰の携帯電話が振動し、ジュールズはびくりとした。

「すぐ戻るわ」

「急いでくれ。お母さんを待たせるんじゃないぞ」父がぶっきらぼうに言う。

ジュールズは外に出てドアを閉め、電話を取り出した。「なんなの？」返答を待ちながらジープのほうまで歩いていく。

「相変わらず単刀直入だな。感心するよ」

「そういうのはまたの機会にして」

「トレハン夫妻との再会を楽しんでいるか？」

ジュールズは愕然とした。「あなたが画策したの？」

「感謝してもらえると思ったんだが」

ジュールズは黙りこみ、すばやく考えをめぐらせた。ノースターは自分の得にならないことをしない人間だ。

「どうして？」

「単純な理由だよ、マガリー。きみに戻ってきてほしい」

「わたしの名前はジュールズよ」彼女は歯ぎしりをした。

「きみが自分をどう呼ぼうが関係ない。とにかく戻ってこい。きみがいまいる場所はわかっている。あれだけの訓練を受けたわりには、お粗末な身の隠し方だ。わたしはきみに少し休暇をやったんだ。そろそろ仕事に戻れ」

「いやよ」

「なんだと？」

「いやと言ったの」

「きみがそう言わないことを願っていたんだがね」ノーススターは残念そうに言った。「トレハン夫妻も気の毒だったな、はるばる来たのに」

ジュールズは電話を取り落とし、全速力で小屋まで駆けだした。「ママ、パパ！」声をかぎりに叫ぶ。

ポーチの手前まで来たとき、まわりの世界が爆発した。火の玉が視界を横切ったかと思うと、彼女は激しい勢いで後ろに飛ばされた。

ドスンと地面に落ちたジュールズの上から、木片や瓦礫が雨あられと降り注ぐ。全身が痛みに襲われ、視界がぼやけ、頭上では空が渦を巻く。

涙が頬を流れ落ちた。「ママ、パパ」かすれた声。

そしてすべてが闇に包まれた。

2

コロラド州モントローズ

マヌエル・ラミレスは手荷物を肩から提げて飛行機をおりた。長蛇の列を横目に、早足で保安検査場を通り抜ける。いまは観光シーズン真っただ中だ。しかし車は相棒が用意してくれているし、うまくいけば渋滞をくぐり抜けてさっさと目的地に向かえるだろう。ジュールズに会うために。

三年間、彼女を捜しつづけた。あらゆる人脈と使えるかぎりの手段を利用して、彼女が消えた理由を必死で突き止めようとした。けれどＣＩＡ諜報員という仕事も、捜索にはなんの役にも立たなかった。

ところが、彼女は失踪したときと同じく突然、また姿を現した。マヌエルはすべてを放り出してコロラドまで飛んできた。いままでのような空振りではないことを願いながら。

レンタカー会社のカウンターで必要な書類に記入して外に出る。一刻も早くノーウッドに向かいたい。

三年ぶりにジュールズに会えるかと思うと、胸が締めつけられる。彼女は無事なのか？怪我をしているのか？　頭の中では無数の疑問が渦巻いている。

この三年間数えきれないほどの任務をこなしながらも、脳裏には常にジュールズがいた。飢えていないか、苦しんでいないか、寂しくないか、怯えていないか。帰省するのはどんどんつらくなっていった。毎回なんの手がかりもないままトレハン夫妻と会わねばならなかったからだ。彼らがゆっくりと絶望に陥っていき、養女は死んだと考えるようになるのを見るのは、耐えられなかった。

マヌエルに会って、ジュールズはどんな反応を示すだろう？　ノーウッドにいたのなら、なぜ連絡をくれなかった？　なぜ沈黙していた？　なぜ一度も電話をくれなかった？

彼は首を左右に振りながら車に乗りこんだ。疑問ばかりで、答えはまったくわからない。少なくともいまのところは。

エンジンをかけたとき、携帯電話が鳴った。トニーだ。「もしもし」

相手はしばらく黙りこんでいた。「マヌエル」

「どうした？」

「どう言えばいいのかわからないんだが」トニーの声には悲痛さがあふれている。マヌエルの脈拍が速くなった。「トレハン夫妻だ」

「ママとパパか？」マヌエルはほっとした。「電話してきたのか？　ジュールズのことは話してないよな？　これも空振りだとしたら、あの人たちをがっかりさせたくないんだ」

「なあ、ご夫妻もそこにいたんだ」

マヌエルは困惑して眉根を寄せた。「どこに？」

トニーはため息をついた。「ノーウッドにあったジュールズの小屋に。どうやって彼女の居場所を見つけたのかはわからん。ジュールズが連絡したのかも」

「いや、それなら俺に知らせてくれたはずだ」だが、夫妻はノーウッドへ行くことをマヌエルに知らせていなかったではないか？　なぜだ？　マヌエルは大きく息を吐いた。「なんでジュールズの居場所を知ったんだ？」

「マヌエル、それだけじゃないんだ」

トニーが先をつづけるのを待つあいだ、マヌエルは不安に襲われていた。

「爆発があった。小屋全体が吹っ飛んだ。トレハン夫妻は中にいた」

「なんだと？」ありえない。きっとなにかの間違いだ。そのとき、マヌエルは別のことに気がついた。「ジュールズは？」かすれた声で彼女の名前を口にする。「ジュールズはどうなった？」

「生きてる」

どっとわきあがった安堵で、マヌエルの頭はくらくらとなった。いまや彼に残されたのはジュールズだけだ。彼女を失うことはできない。

「グランドジャンクションの病院にいる。ノーウッドから飛行機で運ばれた」

「容態は？」

「わからん。とにかく生きてる。わかってるのはそこまでだ。急いでグランドジャンクションへ行け。なにが起こってるのかわからないけど、いま突き止めようと努力してるとこだ。彼女には危険な敵がいるし、安全じゃない。僕とサンダーソンとで、容態が安定したらすぐ移動させるよう手配を進めてる」

「すまん、トニー」マヌエルの声は小さい。「ボスに、協力に感謝してると伝えてくれ」

「あとひとつあるんだ、マニー」トニーは、ほかにはジュールズしか使わない愛称で呼びかけた。

電話の向こうから、トニーが紙をめくる音が聞こえてきた。その後ろから誰か別の人間の声もする。サンダーソンか？

トニーの声が戻ってきた。「ジュールズのジープには武器が大量に積んであった。高度なやつだ。一般市民が自衛のために持つ、そこいらで売ってるようなやつじゃない。ほとんどはロシア製。サンダーソンは、ジュールズは厄介なことにかかわってると考えてる」

マヌエルは目を閉じ、頭を左右に振って、とてつもない困惑を振り払おうとした。武器？ジュールズが？　どういうことだ？「グランドジャンクションに着いたら連絡する」携帯電話をシートに放り投げ、気持ちを落ち着けようとする。手が震え、指を曲げてこぶしを握った。

ジュールズは生きている。それは最高の喜びだ。しかし彼の人生において重要な役割を果たしてくれた人たちが死んだ。彼が夫妻と知り合ったのは十歳のときだ。実の母は気分によって家を出たり戻ったりしていて、少年のマヌエルはいつも不機嫌で苛ついていた。家にいるのが我慢できなくなると、トレハン家に逃げていった。子ども時代のマヌエルにとっては、トレハン夫妻だけがまともな存在だった。

その彼らが死んでしまった。心がずきずき痛む。マヌエルはハンドルをぎゅっと握り、怒りに歯を食いしばった。ジュールズを――彼の家族同然の人々を――こんな目に遭わせたのが誰であっても、必ず仕返ししてやる。

3

コロラド州グランドジャンクション

ジュールズは恐ろしいほどの痛みに目が覚めた。最初に思ったのは、死んでいたらこんなに痛くないはず、ということだ。まぶたをこじ開けたとたん白熱した光が目に飛びこんできて、思わず顔をしかめた。ふたたび目を閉じる。

じっと横たわったまま、自分が置かれた状況を理解しようとした。このにおいは病院だ。吐き気を催す消毒液のにおいは、医療機関でしかありえない。頭はがんがん痛み、胸は火傷したように熱い。

鼻は乾いてひりひりする。鼻の穴から酸素を入れられているらしい。ふたたびまぶたを開けてみたが、光の攻撃に備えて薄目にしておいた。

ベッドの足元に人影がぼやけて見える。何度かまばたきをしたものの、かすかに動いただけでも頭を激しい痛みが貫いて顔がゆがんだ。

目の焦点が合って人影がはっきり見えてくると、胸が苦しくなり、息ができなくなった。

マニー。背中を向けていても、すぐに彼だとわかった。喉のつかえを取り去りたくて、ごくりと唾をのみこんだ。

彼は大きい。記憶よりもずっと大きい。筋肉質の腕は、着ているポロシャツの袖から盛りあがっている。黒いズボンはたくましい太腿をくっきりと見せる。ベッドの横にたたずむ彼は、その圧倒的な存在感で部屋を支配している。突然、ジュールズは恐怖を覚えた。

起きていることを知られたくなくて目を閉じた。彼女がしたことで、マニーはきっとジュールズを憎むだろう。

ママとパパ。ああ、どうしよう。喉がますますふさがり、窒息しそうだ。酸素が助けてくれることを祈って鼻から何度か大きく空気を吸った。

とてつもないパニックに陥りそうだ。両親を殺したのは自分だ。マニーが心から愛する人たちを。決して彼らには危害を加えさせないと誓ったのに。だからこそ、この三年間遠ざかっていたのに。いまや最悪の恐怖が実現した。ジュールズがノーススターを見くびったから、そして負けたからだ。

マニーが知ったら、きっとジュールズを軽蔑する。トレハン夫妻は彼にとって最も大切な人々だった。こんな事態を招いてしまって、ジュールズはどうやったら生きていけるだろう？　自分はどうして、愛している人を皆傷つけてしまったのだろう？

痛みが頭を駆け抜け、吐き気がこみあげた。脳裏には爆発の瞬間が繰り返し浮かぶ。その映像を消し去りたくて、目を開けた。

そのとたん、口から耳障りなうめき声が漏れた。

マニーはぱっと振り返った。顔じゅうに不安が刻みこまれている。「ジュールズ！」彼は駆け寄り、ジュールズの頬に触れた。「痛むのか？」

ジュールズはぎゅっと目をつぶった。彼の声を聞いてあふれた喜びで、全身の力が抜ける。マニーのざらざらした親指がジュールズの頬をやさしく撫でた。「看護師を呼ぼうか？」

彼女は再度目を開けた。「いいえ」かすれた声で答える。唾をのみ、話そうとした。懐かしい彼の緑の目をじっと見つめた。その瞳の奥では愛と気遣いが光っていた。ジュールズには受け取る資格がないものだ。

マニーは洗面台の横に置かれた水差しからプラスチックカップに水を入れた。戻ってきて、ジュールズの唇にカップをあてがう。彼女はありがたく冷たい水をすすった。水は痛む喉を潤してくれた。

飲み終えると、マニーはカップを脇に置き、ベッドまで椅子を引いてきた。腰をおろして、温かな手でジュールズのぐったりした手をくるむ。熱は心地よく彼女の腕まで広がった。

彼はジュールズの手を取って口づけた。「よかった、生きてててくれて」

ジュールズはむせび泣いた。荒く息をつき、なんとか自制心を保とうとする。でも、もう耐えられない。口を開けると、苦悩の声が胸からこみあげた。

呼吸が不規則になり、涙はとめどなく頬を伝い落ちる。「ごめんなさい」

「なにを謝ってるんだ、ベイビー？」マニーは心配そうに彼女を見やった。

ジュールズは大きく息を吸った。「ママ。パパ」

マニーの額に悲嘆のしわが刻まれた。落ち着きを取り戻そうとするかのように、少しのあいだ横を向く。視線をジュールズに戻したときも、目だけには悲しみの影が宿っていた。「いまは考えないでおこう」そっと言う。「静養して回復に努めてくれ。俺が家に連れて帰れるように」

家。その言葉にジュールズの胸は痛んだ。自分にはもはや帰る家などない。家族もいない。残されたのはマニーだけ。でもこのままだと、彼もトレハン夫妻のように死ぬことになる。

マニーの手がジュールズの頬を包み、やさしく指で撫でて痛みをやわらげようとしている。昔何度もしてもらったように、彼に任せて問題をすべて解決してもらうことができたらどんなにいいだろう。ジュールズが苦境に陥ったとき、マニーは常にそばにいてくれた。彼女の守護者だった。でも今回は、ジュールズがマニーを守らねばならない。

大きく息を吸うと、マニーのぴりっとした香りに包まれた。ほんのわずかのあいだだけでも、このにおいを嗅ぐと心が慰められる。マニーは身を乗り出してジュールズの額に口づけ、髪を撫でた。「痛むのか？　やっぱり看護師を呼ぶか？」

あらゆるところが痛い。でも、どれだけ強い鎮痛剤でもジュールズの痛みは取り去れない。それに、頭を鈍らせるわけにはいかない。この病院にいれば自分は無防備であり、ふたりとも敵の格好の標的になる。

彼女はゆっくり首を横に振った。「大丈夫よ」

マヌエルは痛みと闘うジュールズの顔を見つめた。彼女が苦しんでいるのを見ると、自分もつらくなる。怪我は幸い致命傷ではないけれど、胸を激しく打撲しているのだ。

ジュールズに手を出さないよう、彼は自分を抑えた。彼女に触れたい、抱きしめたい。目の前で横たわるジュールズが生きていることを確信したい。彼女のいないあいだ、もう死んでいるのかもしれないと思ったこともある。二度と戻ってこないのでは、と。しかし帰ってきた。すっかり変わって。三年前フランスに旅立った夢見がちな少女とは、まるで別人になって。それでもジュールズはジュールズだ。彼女はどんな恐怖に耐えてきたのだろう？

マヌエルは苛立ちをこらえた。疑問はあとで解決すればいい。いまは彼女が戻ったという事実を喜び、彼女の安全を確保しよう。彼は立ちあがってジュールズの手を握った。「しばらく休め。俺はそばにいる」

ジュールズはすぐに目を閉じ、彼は廊下に出た。携帯電話を取り出してトニーの番号を押す。

「どんな具合だ？」応答するなりトニーは尋ねた。

マヌエルはため息をついた。その質問にはどう答えればいい？　ジュールズは生きているけれど、わかっているのはそれだけだ。「大丈夫だ、と思う」

「ベセスダの陸軍病院に転院できるよう手配した。こうして話してるあいだにも書類がつくられてる。彼女は救急車で空港に運ばれる。陸軍のヘリがコロラドスプリングスの基地まで飛ぶ。そこからメリーランド州まで飛行機で移送だ」

「恩に着る」

「いいって。陸軍も、彼女が何者かは知らないよ」トニーはくすりと笑った。

「ほかになにかわかったか？」一瞬のためらいののち、マヌエルは尋ねた。

「まだだけど、いま調べてる」

マヌエルは電話を切った。トニーなら調べ出すだろう。トニーに突き止められないことはほとんどない。ＣＩＡのコンピューター専門家にとって、こんな調査はお手のものだ。

病室に戻ったマヌエルは少し離れたところで静かに立って、眠るジュールズを見つめた。青白い顔はとても無防備に見える。突然起こった激しい所有欲に、彼は自分でもたじろいだ。彼女の養親はマヌエルの人生において実の両親のように重要な役割を果たしてくれたけれど、彼のジュールズに対する気持ちは兄妹間の感情ではない。昔から違っていた。

彼はそっとベッドの横まで来ると、彼女の頭のそばに置かれた椅子に座った。すると驚いたことに、ジュールズは目を開けた。長年彼の夢に出てきた、あの美しい青い目だ。

「寝てなきゃだめだろ」マヌエルは咎めるように言った。思わず彼女の額から短いブロンドを払い、耳の後ろにかける。彼女は髪を短くしていた。

ジュールズは不可解な表情を見せた。「いつ退院できるの？」

マヌエルは眉をあげた。「数時間後にここを出るけど、治って退院ってわけじゃない。メリーランドの病院に転院するんだ。そこなら俺が見守っていられる」

ジュールズは不審そうな顔になった。「メリーランド州？」

「あとで全部説明する。きみがもっとよくなってから」とはいえ、もうひとつの人生をどう説明すればいいのか、マヌエルにはまだわかっていない。

「いまはメリーランド州に住んでるの？」

「まあそういうことだ」彼は言葉を濁した。

「服がないわ」ジュールズは顔をしかめた。「こんな格好じゃどこへも行けない。外で買ってきてくれない？　お願い。お金はあとで払う、約束する」

「おいおい、ジュールズ、金の心配なんてするな。だけどきみをひとりで放ってはいけない」

ジュールズは肩をすくめた。「きっとあなたの置いた見張りが守ってくれるわ」

マヌエルは驚いて彼女を見つめた。なぜ、彼が配置した見張りのことを知っているのだろう？　彼は不安を覚えたが、それを振り払った。これはジュールズだし、彼女は着るものを欲しがっているだけだ。「一時間以内に戻る。俺がいないあいだ、きみは寝ててくれ」

ジュールズは疲れた様子でうなずき、枕に頭を落とした。マヌエルは彼女の額に口づけると部屋を出た。ふたりの見張りに外出すると告げ、医師と看護師以外はぜったいに病室に入れないよう厳重な指示を出す。

病院を出てからも不安は消えなかった。ジュールズをひとりで残すのは賢明ではない。車まで行ったところで足を止めた。病院の玄関をちらりと見て、やはり戻ろうかと考えた。服はあとで買える。それは重要ではない。大事なのは彼女の安全だ。電話を取り出すと、またしてもトニーにかけた。

「もしもし」

「婦人服選びは得意か?」

トニーは含み笑いをした。「したことはある。女装したいのか?」

「俺じゃないよ、ばか。ジュールズだ。服を欲しがってるんだが、俺は彼女をひとりで放っておきたくない」

「任せろ。だけど大きな貸しだぞ。女ものの服を買うのに慣れてるわけじゃない。ヴィクトリアズ・シークレットの下着が欲しいなら手に入れてやるけど、まさかジュールズにテディを着せたがってるんじゃないよな」

マヌエルはあきれ顔になった。「ふつうのでいい。あとで礼はする」

「もちろん、してもらうよ」

トニーが電話を切ると、マヌエルはにやりと笑った。なんだかんだ言っても、トニーは結局マヌエルのためならなんでもしてくれる。マヌエルだって同じ気持ちだ。

彼は気分よく病院に戻った。カフェテリアに寄ってコーヒーを買う。二十四時間以上コーヒーを飲んでいないし、いまは飲みたい気分だ。エレベーターに乗りこみながら慎重にする。まずい。エンジンオイルみたいにどろっとしている。それでもカフェインは入っているし、コーヒーらしき香りはするから、これでよしとしよう。

ジュールズの病室の前まで行って見張りにうなずきかけ、そっと中に入る。そこで驚いて立ち止まり、発泡スチロールのカップを落としかけた。ジュールズがベッドの横に立っている。しかも酸素吸入用のチューブを鼻から抜き、いまは点滴を外そうとしている。作業に集中していたので、マヌエルの足音には気づいていなかった。

彼はコーヒーをドアのそばの椅子に置き、大股で歩み寄った。「なにしてるんだ？」

振り返ったジュールズは、ぐらりと揺れた。マヌエルは倒れそうになったジュールズを抱き止めた。彼にぶつかると、ジュールズは顔をしかめた。

「ここを出なくちゃいけないの」彼女は必死の形相になった。

マヌエルは彼女を胸に抱き寄せ、不規則な心臓の鼓動を感じた。ジュールズを抱きしめたのはずいぶん久しぶりだ。怪我したところに気をつけて彼女を抱えあげ、ベッドに戻す。腕の中の彼女は軽かった。軽すぎる。ひどく痩せている。

ジュールズの腕を持ちあげ、点滴を調べた。針がちゃんとついているのを確認したあと、ビニールのチューブを耳にかけて鼻に差しこんだ。「きみはどこへも行かないんだ」

ジュールズは唇を引き結んだけれど、マヌエルには彼女の目にパニックと恐怖を見て怒りに駆られた。ジュールズはなにをそんなに怖がっている？　誰が彼女をこんな目に遭わせた？　ママとパパを？

彼はベッドサイドの椅子に座り、険しい目で彼女を見つめた。「さて、話してもらおうか、そんなに急いでどこへ行こうとしてたのか」

「ここにいたら、わたしは安全じゃないの……あなたも安全じゃない」

マヌエルは眉間にしわを寄せ、いぶかしげにジュールズを見た。こんなに早く質問を浴びせたくはなかったけれど、いましなかったら、もう機会はないかもしれない。

「いままでどこにいたんだ？」穏やかに訊く。「三年前、いったいなにがあった？」

4

ジュールズはマニーを見つめた。彼の心配そうな表情に、決意が崩れそうになる。彼の顔にすべてがあった。不安。苦悶。それを引き起こしたのはジュールズなのだ。

目を閉じ、顔を横に向ける。自分を臆病者だと思ったことはなかった。数えきれないほど死に直面してきた。なのに、これ以上彼の目を見ることには耐えられない。

「そんなにひどい思いをしたのか？」マニーは言葉を詰まらせた。

「話したくない」

彼は苛立って大きく息を吐いた。怒ったとき、彼がいつもすることだ。

「ごめんなさい」ジュールズはなんとか気持ちを抑えようとした。彼に会うこと、触れることだけを、この三年間夢に見ていた。でもそれができるようになったいま、彼に非難されるかもしれないと思うと距離を置かざるをえない。「お願いだから、わたしを嫌いにならないで。あなたに嫌われたら耐えられない」声が割れ、彼女は黙りこんだ。

「おい、ジュールズ。いったいなにを考えてるんだ？」マニーは乱暴なほど激しく彼女を抱きしめた。ジュールズは彼の温もりが伝わるシャツに顔をうずめた。彼の香りを吸いこみ、束の間じっとしていられることに満足を覚える。

でも彼はすぐにジュールズを離し、自分のほうを見させた。「嫌いになんてなるもんか。再会することばかり夢に見た。きみが死んでないことを願ってた。なにがあっても嫌いになるわけがない」

彼の緑の目が射貫くようにジュールズを見つめる。眉根を寄せているのは強い決意の表れだ。彼は実際の年齢より年を取って見える。目じりのしわはジュールズのせいだろうか。彼女はさらなる罪悪感に見舞われた。フランスへ行かなかったらよかった。そうすればなにも問題なかったのに。頭に浮かぶのは〝たら〟や〝れば〟ばかり。

〝なにがあっても嫌いになるわけがない〟マニーはジュールズがなにをしてきたか、まったく知らない。それを知っても同じことを言うだろうか？

疲れた。ただただ疲れた。ジュールズは大儀そうに目を閉じ、枕にもたれかかった。次に目を開けたとき、マニーは心から心配そうな顔をしていた。

「看護師に頼んで睡眠薬を出してもらう。体を休めとけ。二、三時間後には移送だ」

ジュールズの中で警報が鳴り響いた。マニーと一緒に行くことはできない。彼を危険にさらすわけにはいかない。ノーススターはためらいなく邪魔者を殺す。やつの手から逃れる方法が見つからないかぎり、ジュールズの近くにいる者は安全ではない。

頭がくらくらしながらも、彼女はゆっくりうなずいた。さっきマニーが病室を留守にしたときも看護師に睡眠薬を与えられたけれど、服用するふりをして実際にはのみこまなかった。

感覚を鈍らせるものを体に入れたくなかったからだ。次に与えられる薬と合わせれば、マニーを眠らせるには充分だろう。

彼が看護師を呼ぶため立ちあがったとき、ジュールズは枕の下に手を入れ、そこに隠していた錠剤を取り出した。

数秒後、快活な若い看護師がトレイを持ってやってきた。「もう一杯コーヒーを持ってきました」マニーに言う。

「どうも」彼は大きな安堵と見える表情を浮かべてカップを受け取った。

看護師はジュールズに目を向け、さっきと同じことを訊いた。「服用できます？　それとも注射にします？」

「のめるわ」ジュールズは低い声で答えた。

看護師がグラスに水を入れると、マニーはグラスと錠剤を受け取った。ベッドの横まで来て、あいているほうの腕で彼女を起きあがらせる。ジュールズはもう一錠を隠し持った手で錠剤を受け取り、急いで両方を口に押しこんだ。水をひと口飲んで薬をのみこんだふりをしたが、実際には舌の下に隠していた。錠剤が溶ける前に急いで行動を起こさなければならない。

「しばらくしてから様子を見にきますね」看護師はそう言って出ていった。

「ありがとう」ジュールズはそっと言った。

看護師が出ていくやいなや、ジュールズはコーヒーを持って腰をおろしていたマニーを見やった。「ひと口もらえる?」

マニーは意外そうに眉をあげた。「コーヒーを飲むとは知らなかった。前は大嫌いだったのに」

「いまでも好きじゃないわ。だけどあなたがいつも飲んでたのを覚えてるの。コーヒーの香りを嗅ぐとあなたを思い出す」

マニーはにっこり笑ってカップを手渡した。「火傷しないように気をつけろよ」

カップを唇に近づけたジュールズは、このまずいものを飲むことを思って吐き気を覚えた。それでもカップを持ちあげ、口に含んだ錠剤を熱いコーヒーの中に吐き出した。

錠剤が完全に溶けるまでしばらくカップを持っていたあと、マニーに返した。そう長く待たずにすめばいいのだが。移送まであまり時間はない。

それらしく思わせるため、あくびをして頭をおろし、目を閉じる。実際、眠りの誘惑は強い。生まれてこの方、これほど疲れたと感じたことはなかった。脳裏に両親の顔を思い浮かべる。目的意識を持たせてくれるものならなんでもいい。やがて思いはマニーに移った。彼をも失うわけにはいかない。たとえ、そのために彼とできるかぎり遠く離れることになるとしても。

果てしなく思える時間が過ぎたあと、薄く目を開けてマニーの様子を見てみた。彼は大きくあくびをして、椅子に座ったままぐったりしている。なぜこれを飲んでも眠気が抑えられないのかといぶかるかのように、不思議そうな顔でコーヒーを見たあと、腹立たしげに飲み干した。

罪悪感でジュールズの心は痛んだ。これは最悪の裏切りだ。ジュールズが去った理由がわからず、彼は傷つくだろう。でも、彼を生かしておけるなら、いくら非難されてもかまわない。

ジュールズは目の端でマニーを見つづけた。彼は落ち着きなくそわそわし、目をこすり、腕時計を見ている。彼が一度目を向けてきたとき、ジュールズは眠っていないのがばれないことを願って息を殺した。マニーがなかなか寝ないのでジュールズの苛立ちは募り、悲鳴をあげたくなった。そのときようやく彼のまぶたが閉じ、頭が肩にがくんと落ちた。

さらに二十分、ジュールズはじっと横たわり、マニーが深い眠りに落ちるのを待った。そのあと急いで点滴を引き抜いたが、アラームが鳴って看護師に気づかれることのないよう、チューブを下に向けて薬液を垂らしておいた。

マニーがさっき服を買ってきてくれなかったのが、いまさらながら残念だ。病衣で走りまわっているところを見られたら、よけいな注意を引いてしまうのは間違いない。

彼女は音をたてずにベッドから足をおろした。素足が冷たい床につく。少しのあいだ目を閉じ、気を引きしめて痛みに耐えた。数回荒く呼吸しているうちに不快感はやわらいだので、慎重に立ちあがった。

出る方法はひとつしかない。ドアの前に配置された見張りの中を抜けていくのだ。彼女はうんざりとした。できるだけエネルギーをためておかねばならないとはいえ、いまはためておくべき体力もまったくない。

ため息をついてドアまで歩いていき、わずかに開けてみた。幸い、ドアの外に立っているのはひとりだけだ。もうひとりは休憩中かもしれない。だとしたら、戻ってくるまでに逃げられるよう、急がねばならない。ジュールズは狼狽を装って見張りを手招きした。「ねえちょっと、すぐに来て！」

見張りが駆けてきたので、ジュールズは大きくドアを開けた。彼の体が完全に部屋に入ると同時に、驚異的なスピードで襲いかかった。みぞおちを肘打ちすると、見張りは空気を求めてあえいだ。彼が反撃する前に、ジュールズは組んだ両手を後頭部に振りおろした。見張りは音もなく床に崩れ落ちた。

ジュールズも苦痛と目まいに見舞われたけれど、そんなものに負けてはいられない。それ以上時間を無駄にすることなくドアから顔を出し、左右を確かめる。よかった、誰もいない。そっと部屋を出て、廊下のつきあたりにある階段まで走った。

息を切らしながら一階まで駆けおりる。頭はふらふらし、痛みは耐えがたい。それでも止まってはいられない。

手術着のようなものがあれば、いま着ている薄い病衣よりは目立たないだろう。一階まで来ると階段から顔を出し、どちらへ行こうかと思案した。右を選んで、手術棟という案内板に従って進む。人とすれ違うたびに息をひそめたが、皆急いでいるのでジュールズには関心を向けなかった。

ようやく手術棟に来ると、ひとつずつドアを開けて中を見ていった。リネン置き場や職員用の部屋は見つかったけれど、手術着はない。廊下のいちばん奥まで行ったとき、ようやく目的のものが見つかった。きちんとたたんだ手術着が棚に積まれていたのだ。病衣を脱ぎ、ズボンと上着を身につける。短い髪の上から帽子をかぶり、はみだした毛はゴムの中に押しこんだ。最後に靴カバーをつける。あまり温かくはないけれど、少なくともしばらくは足を乾いた状態で保ってくれる。

いまのジュールズを見て、さっきまで三階のベッドでぐったり横たわっていた女だと思う人はいないだろう。姿を消したのを気づかれる前にできるかぎり病院から離れておこうと、彼女はいちばん近い出口に向かった。

外に出て冷たい風が吹きつけたとたん、頭がすっきりした。大股で駐車場を抜けると、病院の裏手の林に入っていった。

いまは金も持ち物もなく、体はどうしようもなく休息を求めている。マニーは目覚めたら激怒するだろう。そして捜しにくる。彼が通報したなら、警察はこのあたり一帯を調べまわり、すぐに捜索範囲は市街地の外にまで及ぶ。ジュールズは遠くへ逃げていくと想定するはずだ。

でも、それは間違っている。ジュールズが身をひそめていれば、そのうち警察は彼女のいる場所を越えて捜査網を広げ、ジュールズは彼らの背後で比較的目立たず動けるようになる。それから次の行動を考えればいい。

しかしそのためには、まず隠れ場所を見つけねばならない。

最近の雨による泥の中を苦労して進み、遠くの光目指して木々のあいだを縫っていく。足をくるんだ薄い布越しに湿気がしみこんできて、靴カバーは役に立たなくなった。夜の闇が急速に広がっているのはありがたかった。暗い中のほうが動きやすい。

眼下には、数ブロックにわたる高級住宅地がある。靴カバーを脱いで木の横にしゃがみこみ、一軒一軒をじっと見て留守らしい家を探した。狙うのは電気の消えた家ではない。たいていの人は留守のときも電気をつけておく——強盗に入られないために。ジュールズが調べるのは人の動きの有無だ。地面にうずくまり、めぼしい数軒をじっと見て、我慢強く待った。

袋小路のいちばん奥にある家に決め、暗がりから出ないよう注意して這い進む。狙う家の敷地の裏手に回ると、木製フェンスを乗り越えて内側に着地した。もうあまり長い距離は進めそうにない。頭がくらくらするし、痛みは耐えがたくなってきた。

家の裏をよく見て、窓やドアに防犯装置の存在を示すステッカーがないかと探す。見つからなかったので、思いきって裏口のドアまで行ってみた。施錠されているが、それは想定内だ。できれば鍵を壊して押し入ることは避けたい。ドアからそう離れていない窓まで行き、順に確かめていった。

ひとつの窓が音もなく上に開いたときにはほっとした。脚を窓枠にかけてこっそり入り、窓を閉める。急いで中を見てまわった。典型的な郊外の家。広いキッチン、居間がふた部屋、バスルーム三つ、ダイニングルーム、それに主寝室。

バスルームのひとつで、ヘアカラーが数箱見つかった。複数の色から考えると、この家に住む女性はいろいろ試してみるのが好きらしい。

ジュールズは赤を選び、洗面所で急いで髪を濡らして毛染めにかかった。どのくらい時間が残されているかわからないが、それを有効活用するつもりだ。

作業が終わると鏡で出来栄えを確認した。世界一すばらしい毛染めではないけれど、望んだ結果は得られていた。ブロンドから赤毛に変身できた。少なくとも一時的には。

空き箱が見つからないよう用心してゴミ箱のゴミの下に押しこんだあと、身を隠して体を休められる場所を探した。客用の寝室があるなら、この家の住人は戻ってきてもジュールズの存在にすぐには気づかない可能性がある。見つかったときのことは、そうなってから考えよう。

ほかのよりも散らかっていない部屋があったので、予備の寝室だろうと推測した。部屋のほとんどを占める大きさのカバーつきの四柱式ベッドが置いてある。ドアからでは、カバーの下は見えない。完璧だ。ここなら隠れていられるだろう。

毛足の長いカーペットは、ベッドの向こう側まで歩く素足に心地いい。床に膝をついてカバーの裾を持ちあげ、中を見てみた。よかった。これなら痩せた体を容易に隠してくれそうだ。

ベッドの下に潜りこむと、体を丸めて楽な姿勢を取った。疲労で筋道立った思考ができなくなっている。とりあえず休もう。いまはこれ以上動けない。明日になったら、バスターミナルのコインロッカーに隠したダッフルバッグを取りにデンヴァーへ行く方法を考えよう。

5

マヌエルはもぞもぞ動いて目を開けた。頭はぼんやりして靄がかかっている。眠るつもりはなかった。そんなに疲れているという自覚もなかった。

部屋の中に焦点が合ってくると、目の前の床に男がひとり倒れているのが見えた。その瞬間マヌエルははっきり覚醒し、あわてて立ちあがった。ジュールズ。

振り返るとベッドはもぬけの殻だったので、彼は悪態をついた。勢いよくドアを開けて足をもつれさせながら廊下に出、左右を見る。廊下から看護師がいぶかしげに見てきた。

「彼女はどこだ？　見かけたか？」

「誰のことですか？」看護師は近づいてきた。

「ジュールズだ。いないぞ」

看護師はトレイを取り落としてナースステーションまで駆けだした。数秒後、ジュールズの人相風体に合致する患者を捜すようにとのメッセージが館内放送で病院の職員に伝えられた。

マヌエルは病室に戻って見張りの脈拍を調べた。しっかりしている。ベッドまで行き、争いの形跡がないかと目を走らせる。点滴のチューブは床に垂れ、その下に薬液の水たまりが広がっていた。

　彼はコーヒーカップに目を留めた。ジュールズがひと口飲ませてくれと頼んだコーヒーだ。

「大ばか野郎」自分自身を罵る。ジュールズは生まれてこの方、コーヒーを飲んだことはなかった。彼女がマヌエルに睡眠薬をのませたのだ。

　不安につづいて怒りが爆発した。彼女はいったいなにから逃げている？　なぜマヌエルを信頼してくれなかった？　いまのジュールズはまったく理解できない。彼が昔から愛していたジュールズとはまるで別人だ。彼女が三年前に失踪してから初めて、希望の火が消えた。

　病室を出たマヌエルは携帯電話を取り出してトニーの番号を押した。

「どうした？」

「ジュールズが消えた」

「どういう意味だ、消えたってのは？」

「俺に睡眠薬をのませて姿をくらました」

「ちくしょうめ。なにか手がかりは？」

「いま病院内を捜索中だが、とっくに逃げてっただろうな」

「マヌエル」トニーは言いかけて止まった。沈黙が漂う。

「なんだ」

「彼女を幼いジュールズ・トレハンとして考えるのはやめろ。任務の対象だと思え。これに臨むには冷静でなくちゃならない。おまえは誰だって見つけられる。客観的になればいいだけだ」

「わかってる」マヌエルはため息をついた。最悪の任務になりそうだ。「地元の警察に知らせてくれ。緊急手配を要請しろ。ただし容疑者じゃなく行方不明者として」病室で倒れた見張りの姿が脳裏に浮かぶ。「いや待て、地元の警察には知らせるな。彼女を怯えさせたくない。追い詰められたら、彼女はなにをするかわからん。この近辺に局の人間はいるか？」

「どうかな。ちょっとハッキングして調べてみなくちゃ」トニーは必要以上に興奮しているようだ。

マヌエルは自らの優柔不断に毒づいた。ほかの諜報員の協力は助けになるが、ジュールズをより大きな危険にさらすことにもなる。いままで自分が働く機関を疑ったことはない。いや、疑っているわけではない。ほかの諜報員はいまマヌエルが従っていない規則に従うことを、マヌエルは知っているのだ。面倒に巻きこまれているのであれば、ジュールズは助けを求めているということになる。しかしほかの諜報員ならジュールズを連行して尋問するだろう。

「諜報員に接触するのは待ってくれ。俺は……まず自分でジュールズを見つけて、なにが起こってるのか突き止めなくちゃならない。爆破犯の見当はついたか？」

「すまん、まだだ。いま調べてる最中だ。情報屋連中にあたってみたが、そこから半径百五十キロの範囲内で怪しい人間はまだ見つかってない」

「わかった、悪いな」

「気にすんな。なにかわかったら連絡する。まずは、おまえの女を見つけろ」

マヌエルは通話を切って電話をポケットに戻した。〝おまえの女〟。ジュールズは一度もマヌエルのものではなかったのかもしれない。二十三年前彼の人生に二歳の幼児を登場させたなんらかの力が、いま彼女をマヌエルから引き離そうとしている。いや、彼女は二十年以上のあいだ、マヌエルのものだったのだ。最高の親友。トレハン夫妻以外で、ほんとうに彼のものだった唯一の人間。

ジュールズが行方不明だった三年間になにが起こったかを調べ出さねばならない。それこそが、彼女を取り戻すのに必要なことだ。取り戻せたなら、二度と手放さない。

当面はトニーの助言に従おう。ジュールズはもはや、マヌエルにとってかけがえのない女性ではない。彼が追い詰めるべきターゲットにすぎない。これまで一度たりともターゲットの捕獲に失敗したことはない。

携帯電話がまた鳴り、マヌエルはうんざりと表示を見た。サンダーソンだ。

「ボス」

「マヌエル、トニーから事情は聞いたぞ」

マヌエルはサンダーソンが手早く話をすませることを願ってつづきを待った。

「きみが長いあいだジュールズを捜していたのは知っている。ようやく見つかって、きみがどんな気持ちかはわかっているつもりだ。しかし注意しろ。いまのところ、あまり状況はよくない。彼女はなんらかの悪事にかかわっている」

マヌエルの胸が苦しくなった。「なにをおっしゃってるんです？　はっきり言ってくださ い」

「わたしが言おうとしているのは、彼女は罪のない被害者には見えない、ということだ。発見したら連行しろ」

マヌエルはサンダーソンの命令に唖然とした。「連行？　なんのために？」

長い間があった。「きみには、ジュールズを捜すためかなり行動の自由を与えてきた。ようやく見つかったいま、彼女はＣＩＡが関心を持つ人物のように思える。だから連行してこい」

マヌエルは悪態をついた。さっきの不安は的中したらしい。地元の警察やほかの諜報員に知らせるようトニーに頼まなかったのは正解だった。

「いいか、マヌエル、これは命令だ」


ジュールズは目を開け、ベッドの下に光が広がっているのを見てびっくりした。しまった。ひと晩じゅう眠っていたらしい。そっとベッドカバーの端を持ちあげ、外をのぞき見る。寝室のドアはまだ閉まっている。急いでまわりに目を走らせたが、ほかに人はいない。

そうっとベッドから出て、こわばった筋肉を伸ばしてほぐした。外の明るさからすると、もう八時はとっくに過ぎているようだ。彼女はまた悪態をついた。いったいどうしたら、誰にも見られずに歩きまわれるだろう？

部屋を見まわし、着られる服を探す。病院を出るときには絶好の隠れ蓑だった手術着も、いまは目立ってしかたがない。

ここの住人は家にいるのか？　まだ家の中で音は聞こえない。それはそうと、今日は何曜日？　集中して考えようとしたけれど、頭はまだ割れそうに痛い。土曜日だ。彼女はうめいた。近隣の人間は皆家にいるだろう。

この部屋の窓はジュールズが出られるくらい大きいので、家の中をうろうろする危険は冒さずにすむ。カーペット敷きの床を爪先立ちで歩き、窓を開けようとしたとき、ドアノブがガチャガチャと動いた。

ジュールズは凍りついた。ドアが大きく開き、洗濯籠を持った中年女性が仰天した顔で見つめてきた。女性は金切り声をあげて籠を落とした。これ以上悪いことがあるだろうか？

「うちの家でなにをしてるの？」女性は手を腰にあてて詰問した。バスルームでジュールズが見つけた多くの箱のひとつの成果らしいブロンドは、逆毛を立てて頭頂でまとめられている。豊満な胸を覆うTシャツはぴちぴちで、大きな赤い字で〝キリスト狂《ジーザス・フリーク》〟と書いてある。そう、もっと悪いことになりそうだ。

ジュールズは女性が近づいてきたことに驚いて眉をあげた。この女性はヒステリーを起こしていない。警察に通報するため電話まで走ろうともしていない。立腹していて、ジュールズを少しも怖がっていない。

「ごめんなさい」ジュールズは神妙に言った。「どこかで体を休めたかったんです」胸の前で両手を揉み合わせ、哀れっぽく見せる。

「まあ、かわいそうに」驚いたことに、女性は駆け寄ってきた。「男から逃げてるの？　そいつにやられたの？」

ジュールズは一瞬きょとんとしたあと、女性がジュールズの傷だらけの体に言及していることに気づいた。この人は頭が変なのか？　侵入者の正体も、相手が武装しているのか、危険人物なのかもわかっていないのだ。心配性の世話焼きおばさんのようにふるまうのではなく、警察に通報すべきなのに。

「事故に遭いました」ジュールズは正直に答えた。「でも、病院にはいられませんでした。人に追われてるので。お邪魔したのは、ちょっと体を休める場所が欲しかったからです。だけど、もう行かなくちゃなりません」

「なにか食べたの？　痩せ細ってるじゃないの」女性はジュールズの言葉を無視して言った。

ジュールズは自分の心の弱さを憎んだ。本来ならこの女性を排除すべきだ。不都合な存在は取り除くべきだ。一年前なら躊躇しなかっただろう。自衛のために行動しただろう。

しかし、いまは自分の虚弱さを嫌う以上に、これまでの自分を嫌っている。

「お気遣い感謝します。でもほんとに、もう行かないといけないんです。充分ご迷惑をおかけしました」

「若いのに礼儀正しいのね」女性はくすりと笑った。「最近の若い人って、みんな無礼でしよ。礼儀を知る人に会えたのはうれしいわ。下まで来てちょうだい。行く前にせめて、サンドイッチくらいつくらせて。服はあるの？」

ジュールズは目まいがしていた。この女性はまるで最強レベルの竜巻だ。母を連想させる。この女性とフランセス・トレハンの外見は似ても似つかないけれど、お節介焼きなところは愛する母とそっくりだ。喉がふさがった。弱虫。ジュールズは弱虫の愚か者になろうとしている。これは命取りだ。

「シャツとジーンズがあればうれしいです」ジュールズは言った。「それと、サンドイッチをいただきます」

女性は満面の笑みを浮かべた。「わたしはドリスよ。ドリス・ジャクソン。来てちょうだい。着るものと食べるものを用意するわ。そうしたらあなたは出発できるわよ」

「ミセス・ジャクソン」ジュールズは部屋を出ようと背を向けた女性に呼びかけた。

彼女は立ち止まり、振り返ってジュールズを見た。「なあに？」

「約束してください、今度家に他人が入りこんでいるのを見たら警察を呼ぶって。危害を加えられることもありますから」

ミセス・ジャクソンは含み笑いをした。「心配しないで。あなたに勝てると思わなかったら、わたしだって家が倒れるほどの悲鳴をあげたわ。でもいまの状態のあなたは、虫も殺せそうにないもの」

ジュールズは笑いだしそうになった。この人はなにもわかっていない。「人は見かけによらないこともあります。二度と、侵入者に親切にするという過ちは犯さないでください」

数分後、ジュールズは体にほぼぴったりの、柔らかな長袖のセーターとジーンズを身につけていた。その服装に合うくたびれたスニーカーも与えられた。

「娘のよ。いまは家を離れて大学に行ってるの」

ジュールズは微笑んでうなずいた。おしゃべりな人には慣れていない。心は安らぐけれど、どう答えていいかわからなかった。

キッチンに入ると、ミセス・ジャクソンはハイヒールでコツコツ歩きまわり、サンドイッチを三切れつくって、たくさんのスナック菓子とソフトドリンク数本とともに袋に入れた。

「はい、どうぞ。気をつけるのよ」

ジュールズは袋を受け取ってにっこり笑った。「ありがとうございます。ご恩は忘れません」

「車でどこかまで送ってあげるわ。あまり歩きまわらないほうがいいでしょう」

ジュールズは断りたかった。ミセス・ジャクソンを危険にさらしたくない。でも車でこの地区の外まで行ければ、目撃される可能性はずっと少なくなる。また、あとになってミセス・ジャクソンがジュールズについて尋ねられたとき、これは足取りをごまかす絶好の機会になりそうだ。

「バスターミナルまで送っていただけますか？　そうしてくださったら助かります」

「いいわ。キーを取ってくるわね」ミセス・ジャクソンが去り際にぎゅっと手を握ってきたが、ジュールズは噛まれたかのようにぱっとその手を引き抜いた。情けない反応を示してしまったのは、人に触れられるのに慣れていないからだ。三年間孤独に過ごしてきたというのに、最近になって急に母にハグされ、命より大切な人に抱きしめられ、善意の他人に慰められた。神経過敏になるのもしかたないだろう。

ふたりは黙ったまま車でバスターミナルに向かった。ジュールズは窓から外をのぞき見た。ターミナルに到着すると、ミセス・ジャクソンはバッグを探って二十ドル札数枚を取り出し、ジュールズに押しつけた。

「いただけません」ジュールズは彼女の手を押し戻した。「もう充分ご親切にしてくださいました」

「あなたを見てると娘を思い出すのよ」ミセス・ジャクソンはしみじみと言った。「それに、あなたがここでひとりぼっちだと思うと我慢できないの。あなたが行くところまでの切符代くらい出させてちょうだい」

ジュールズは息をつき、ミセス・ジャクソンの差し出した金を受け取った。「わたしも、あなたを見て母を思い出します」あの懐かしいバターとバニラの香りが漂ってくるような気がする。「ありがとうございます」車をおり、ミセス・ジャクソンの返事を待つことなく急ぎ足で立ち去った。

車が視界から消えるやいなや、ジュールズはバスターミナルを出て急ぎ足で道を歩いた。ミセス・ジャクソンにもらった紙幣を指でいじる。ある計画が頭に浮かんだ。脳みそは完全にはいかれていなかったようだ。

地元のブティックへの道を人に訊き、そちらのほうに向かった。計画を実現させるつもりなら、セクシーな格好をする必要がある。

6

マヌエルは六軒目のドアの外に立ち、ノックして、じりじりしながら応答を待った。なんの手がかりも得られていない。この地区の上の坂道で捨てられた靴カバーを見つけた。濡れて泥だらけの、病院用のカバーだ。そう、ジュールズはこの近くにいた。どこかの家で助けを求めた可能性はある。

ようやくドアが開くと、縮れたブロンドの四十代の女性がいぶかしげな顔で見つめてきた。胸には鮮やかな字で〝キリスト狂《ジーザス・フリーク》〟と書いてある。

彼は地元の警官を装うバッジを出し、女性からよく見えるようしばらく掲げておいた。「こんにちは、奥さん。ちょっとご協力ください。人を捜してるんですが、見かけませんでしたか？」もう片方の手でジュールズの写真を差し出す。

真っ赤なマニキュアをきれいに塗った長い指が彼の手から写真をつかんで持ちあげる。彼女は唇をとがらせたあと、写真をマヌエルに返した。「ごめんなさい、見てないわ」

マヌエルは少々不審に思って女性の表情を観察した。彼女の目には、なにか奇妙な光がある。怒りのような。そして、隣人たちと違ってなにも質問してこない。

「もう一度見てもらえませんか」マヌエルは機嫌を取るように言った。「どうしても見つけなければならないんです。この人はとても大きな危険にさらされています」

ふたたび女性の目になにかがよぎった。今回は不安だ。マヌエルの胸に興奮がわき起こった。

女性は真正面からマヌエルを見つめた。「見てないって言ったでしょ。ご用件はそれだけ？」

なんとか家の中に入りたい。「ご協力感謝します、奥さん。すみませんが、お手洗いを貸してもらえませんか？」

女性は疑わしげな目を向けてきた。マヌエルは一瞬、彼女が断るのかと思った。「もう一度バッジを見せてもらえる？」

マヌエルは自分の写真と偽名入りのバッジをふたたび掲げた。女性はじっくり眺めたあと、唇を引き結んでドアを大きく開けた。「廊下を行って右側よ」

彼は安堵の息を吐いた。この女性に少しでも分別があるなら、彼の面前でドアを閉めただろう。容疑者を捜している警官が、民間人の家のトイレを使わせてと頼んだりするだろうか？　マヌエルは安心させるように微笑みかけて家に入り、廊下をゆっくり歩きながら、なにごとも見逃さないよう観察した。途中の部屋のいくつかはドアが開いており、彼はさっと中を見た。家全体を捜索する時間があればいいのだが。

広いバスルームに入ってドアを閉める。少ししてからトイレの水を流し、急いでキャビネットを開けて中を調べていった。具体的になにを探すべきかはわかっていない。ジュールズがここにいたことを示す、なんらかの証拠だ。

手を洗うかのように蛇口を開き、ゴミ箱に目を移す。慎重に上のゴミをどけていった。トイレットペーパー、ティッシュ、髪の束。ふむ。毛染め剤の空箱。あの女性は毎週髪の色を変えているらしい。脱脂綿。だめだ。おかしなものはない。

立ちあがって蛇口を閉めた。失望で顔が険しくなる。戻ろうとドアを開けたとき、視線がもう一度毛染め剤の箱をとらえた。赤。

眉をひそめて、しばらく箱を見つめた。あの女性はブロンドだった。髪の色が一様だったことからすると、染めたばかりのようだ。根元から地毛は見えていない。赤っぽいところも全然なかった。

ゆっくりと、マヌエルの顔に笑みが広がった。「見つけたぞ、ジュールズ」とつぶやく。なぜあの女性がジュールズを守ろうとしているかは知らないけれど、ジュールズが想像以上に手強い存在であることはわかってきた。

バスルームを出た彼は、女性が待つ玄関まで戻った。彼女は顔をしかめてみせた。「あなた、捜してる人を傷つけるつもりじゃないわよね?」

「違います」マヌエルは心から正直に答えた。「彼女を非常に大切に思ってます。悪いやつらが見つける前に、彼女を見つけたいんです」

女性はしばらく見つめたあと、彼の腕に手を置いた。「話しちゃいけないのかもしれないわ。でも、あなたは正直そうな若者だから。まあ、わたしはいままでに何回も、人を信頼しすぎるばかなおばあさんだと言われてきたんだけど」

「どういうことです？　彼女を見たんですか？」

「今朝バスターミナルまで連れていったわ。切符代もあげたの」女性は大きくため息をついたあと、マヌエルをキッと見据えた。「あの娘さんを傷つけたら、わたしが追いかけてあなたのタマをちょん切ってやるわよ」

マヌエルは真顔になった。「ご心配いりません。ジュールズは大切な女性です」

女性の表情がやわらいだ。「それがあの人の名前？　ジュールズ？」

「そうです。わたしが名づけました」マヌエルは静かに言い、くしゃくしゃな髪の毛と無垢な青い目をした二歳児に名前を与えた日のことを思い出した。

「では、ジュールズを見つけてしっかり面倒を見てあげるのよ」

「そうします。彼女を助けてくださってありがとうございました」

「もっとしてあげられたらよかったんだけど」玄関を出ようとするマヌエルに、女性は険しい顔を見せた。「あの人、死神に取りつかれたみたいだったわ」

マヌエルは胸が締めつけられるように感じつつ女性に手を振り、車に向かった。ジュールズは国じゅうを走りまわれるような体調ではない。病院で寝ているべきなのだ。

彼はすぐさまバスターミナルに向かい、中に入っていった。ターミナルを見まわしたとき、疑念が生じた。わかりやすすぎる。ジュールズについてひとつわかってきたのは、わかりやすい行動は取らないということだ。

それでも彼女が油断したという可能性に賭けて切符売り場の担当者に尋ねてみた。成果はなかったので、今度はバスを待つ乗客に注意を向けた。二十分後には、マヌエルの疑念が裏づけられた。

あの女性はここまでジュールズを送ってきたが、ジュールズがバスに乗った形跡はない。バスで逃げたと思わせたかっただけなのは間違いない。

バスターミナルを出て、さらに道路を先まで進む。捜索すべき範囲は広く、時間はあまり残されていない。

十八輪トラックの運転台からおりて運転手に手を振りながら、ジュールズは大きな安堵のため息をついた。履いているハイヒールのおかげでぐらりと体が揺れる。急いでサングラスをかけ直した。

「ほんとに、ほかになにもしてほしいことはないのか、かわい子ちゃん?」運転手が大きな笑みで訊く。

「充分親切にしてもらったわ」彼女は歯を食いしばって答えた。ドアをバタンと閉め、よろよろとトラック用休憩所に向かう。

少なくとも四組の目が、トイレに向かう彼女を追っていた。さっさとこんな服は脱いでしまいたい。このミニスカートは、短すぎてスカートとも呼べないくらいだ。うんざりとスカートを脱ぐと、バッグからジーンズを取り出す。ミセス・ジャクソンにもらったスニーカーは、グランドジャンクションから履いてきた十センチのヒールに比べて格段に楽だ。Tシャツを着て、その上から前開きのパーカーをはおる。

着替えが終わると、厚化粧を洗い落とした。マネキンから盗んだプラチナブロンドのかつらを取り、赤毛をおろして耳の後ろに撫でつけた。

鏡に映っているのは若い大学生で、デンヴァーまで乗せてもらうためトラック運転手といちゃついていたあばずれ女ではない。あとは借りていたマンションまで行ってコインロッカーの鍵を取るだけでいい。といっても、マンションが監視されているのは間違いないので、そう簡単ではない。

脱いだ服をゴミ箱に突っこみ、トイレを出て裏口から外に出た。予想どおり、誰も注意を向けてこない。さっき入ってきたブロンドのセクシー美人に比べて、いまのジュールズは野暮ったい娘だ。

マニー。胸が苦しくなった。彼はジュールズを捜しているだろうか？　その答えはわかっている。おそらく彼は心配のあまり半狂乱になっている。自分がしたことを思って、ジュールズは罪悪感に襲われた。

しかたなかったのだ。ノーススターなら、ジュールズを従わせるためにマニーを利用するだろう。三年前にそうしたように。ジュールズが拒めばマニーは死ぬ。両親と同じく。

それでも、彼を裏切ったことについて少しも気分はよくならなかった。彼は以前と同じ携帯電話を使っているだろうか。電話番号はとっくに記憶に刻みつけている。だめだ。危険を冒すわけにはいかない。

電話をすることに害があるか？　それで彼には、ジュールズが無事だということだけはわかる。ノーススターに電話をかけるのとは違う。ノーススターなら、ものの五秒でジュールズの居場所を突き止めるだろう。でも相手はマニーだ。彼が苦悩しているであろうことを思うと胸が張り裂ける。彼はすでにトレハン夫妻を失っているのだから。

目を閉じる。バスターミナルから彼に電話をかけよう。いまは動きつづけるのだ。

トラック用休憩所から数ブロック離れ、公衆電話からタクシーを呼んだ。十五分後、やってきたタクシーに、少し前に短期間だけ滞在したダウンタウンの高層マンションまで行くよう指示した。

デンヴァー。マイルハイ・シティ（デンヴァーの別名。標高一マイル、すなわち約千六百メートルにあることからそう呼ばれる）。こんなに追い詰められた状況にあっても、数週間前初めて訪れたときはこの都市の美しさに感心した。ごつごつしたロッキー山脈を背景にした、近代的で垢抜けた都会。

その山々のなにかがジュールズの心に訴えかける。ここに隠れたら決して見つからない、と山々は言っていた。でもそれは嘘だった。

タクシーが止まったので、ジュールズは目をしばたたかせた。「ちょっと待っててくれる？すぐ戻るから」

運転手は不満げに返事をし、ジュールズは車をおりた。顔をまっすぐ前に向けながらも、本能に従って周囲の状況に目を配った。

コンシェルジェのデスクに向かう。彼の目はジュールズを認識した。ジュールズは顔を寄せた。「あの封筒だけど。まだ持ってる?」

コンシェルジェは注意深く彼女の後ろを見ながら手を下にやり、引き出しから茶封筒を出してきてカウンターの上を滑らせた。

ジュールズは礼を言って封筒を受け取り、待たせているタクシーまで急ぎ足で戻った。

「第十九ストリートのバスターミナルまでお願い」

座席にもたれ、封筒を開ける。中に入れたものが全部揃っているのを見て、ほっとした。金、数通のパスポート、そして最も重要な鍵。コインロッカーの中身を取り戻さないかぎり、心から安全だとは感じられそうにない。

長く感じた数分が過ぎ、バスターミナルでタクシーをおり、料金を払うと急いで中に駆けこんだ。ターミナルの人ごみをかき分けてコインロッカーに向かう。ロッカーに荷物を入れている人がふたりいたので、それが終わるのを待ち、〝54〟という番号を捜した。鍵を差しこみ、扉を開く。フックから大きな黒いバッグがぶらさがっていた。再度まわりに目をやって見張られていないのを確認し、手を入れてバッグを取った。

時間を取ってバッグの中身を見ることはせず、封筒をバッグに押しこむ。中にすべて入っているはずだし、あちこちに監視カメラが設置している中で疑いを招く行動はできない。

バッグを肩にかけて公衆電話まで歩いていく。そのあいだも、マニーに電話をかけるべきか否かで悩んでいた。

ブースに入って立ち、受話器を握った。ちょっとのあいだなら大丈夫だ。無事だと知らせる。そして謝るだけ。

テレホンカードを入れて大昔に記憶した番号を押し、吐き気を感じながら待った。

二度目のベルの音で彼は応答した。

「マニー？」

「ジュールズ。どこにいるんだ？」彼は怒っているようだ。

「言えないの」

「そうか。で、なになら言える？」

「後悔してるということ」しばらく間を置いたあと、ジュールズは言った。「あなたにはわからないでしょうけど、どうしても知ってほしかったの……」

「なにを知ってほしいんだ？」

「愛してるわ、マニー。あなたを傷つけたくない。でもわたしのそばにいたら、あなたを死なせないと保証はできない……ママやパパみたいに」彼女は目を閉じて唇を噛んだ。

「ジュールズ、ベイビー」マニーの口調がやわらいだ。「俺について、きみの知らないことがたくさんあるんだ」

「あなたがわたしについて知らないことのほうが多いわ。あなたの死を招くことをしたくないの。この世でわたしに残されたのはあなたひとり。あなたを助けるためなら二度と会えなくなるとしても、それはしかたない。生きていてくれるだけでいい」

「とにかく居場所を教えてくれ。迎えにいくから」

「もう行かなくちゃ。愛してる」

「くそっ、ジュールズ――」

ジュールズは電話を切り、額を受話器に押しつけた。

足取り重く切符売り場へ行き、時刻表を眺める。次のバスはカンザスシティ行きだ。そこまで行って、次の行動を練ろう。

切符を買ったあと乗り場へ行き、壁の時計を確かめた。出発まで十五分。バスはちょうど入ってきて、ここまでの乗客をおろしているところだ。それが終われば乗りこめる。

ぞろぞろと人がおりてくるあいだ、ジュールズはじれったく足を踏み鳴らしていた。もう一度時計を見、出発時間が予定より遅れているのを見て苛立ちを覚えた。十五分後の出発が二十五分後に延びている。ようやく最後の乗客がおりると、彼女は歩きだした。

「どこかへお出かけかな、ジュールズ？」

7

ジュールズははっとしたあと、ゆっくり振り返った。顔から血の気は引き、青い目は大きく見開いている。「マニー？　どうして……」

「近代テクノロジーの驚異だな」

「だけど、どうしてなの？」ジュールズはすっかり戸惑ったように彼を見つめた。少なくともいまは逃げようとしていない。まだ。

「きみが電話してきたとき、俺はもうデンヴァーに来てた。会話をできるだけ引き延ばして場所を特定した」

「でもわたし、テレホンカードを使ったのよ」彼女は信じられずに頭を左右に振っている。ただのテレホンカードではない。世界を半周して通話を迂回させるカードだ。彼が逆探知できるはずはない。「よくわからない。どうして通話を探知できたの？　あなた、何者？」

ジュールズの目に恐怖が広がるのを見て、マヌエルの胃が縮んだ。彼女を怖がらせることだけはしたくなかったのに。

「ここでそういう話をしたいのか？」彼はあたりの群衆を手で示した。

ジュールズはまわりを見やった。その目にはいまも恐怖が浮かんでいる。「わたしから離れてなくちゃだめよ、マニー。わたしと一緒にいるところを見られたら……」

彼女はそこで言葉を切ったが、言わんとすることは明白だった。

「俺を守ろうとするのはやめろ。いまは、きみを守るのが俺の務めだ」

ジュールズは腹立たしそうに吐息をついた。「あなたはわかってないのよ」

「俺にわかってるのは、きみは俺と一緒に行くってことだ。いますぐに」彼は一語一語を明瞭に発音し、引きさがるのを拒んでジュールズを見据えた。

彼が腕をつかもうと手を伸ばすと、ジュールズは身を縮めた。

「きみを抱きあげてここから運び出すことはさせないでくれ」

「わたしを脅さないで」彼女の目は怒りで光った。手が明らかに震えている。彼女は崩壊寸前に見える。

説得できそうにないので、マヌエルはジュールズを抱えあげ、胸に引き寄せた。彼女はあっけにとられ、ぽかんと口を開けた。そのあと身をよじりだした。

マヌエルは彼女を抱く腕の力を強めた。「人目を引いてるぞ。注目を集めたいのか?」

即座にジュールズは動きを止めたが、マヌエルを下からにらみつけた。「おろして」

「おとなしく一緒に来るなら、おろしてやる」

「わかった、いいわよ。とにかくおろして」

マヌエルはジュールズを腕からおろしたものの、手はしっかりつかんでいた。「俺の車は外にある。行こう」

彼はジュールズを引っ張り、デンヴァーまで乗ってきた高級なBMWに押しこめた。「シートベルトをつけろ」運転席に乗りこんで指示する。

ジュールズはまたしても彼をにらみつけながらも従った。

「ところで、赤は似合わないぞ」

彼女は口を引き結んで反抗的に窓の外を眺めた。それから目に怒りの炎を燃やして振り返った。「どうして見つけたの？　どうやってわたしが見分けられたの？」

マヌエルはキーをイグニッションに差しこんだものの、ギアは入れなかった。ジュールズのほうに目をやる。「ちょっと髪を染めたくらいで、俺がきみを見分けられないなんて、本気で思ってたのか？」静かに尋ねた。「きみの顔、体、すべてがこの三年間俺の心に刻みこまれてたのに？　俺が忘れるとでも？」

ジュールズはマヌエルを見つめた。彼女からは苦悩が警告灯のように発せられている。動揺しているのは明らかだ。マヌエルがここにいることにというより、彼に見つかったことに。

「わたしのそばにいちゃいけないのよ。ママとパパが死んだのは、わたしに会いにきたからなの。わたしを解放してちょうだい」

そんなことをするはずはない。しかしマヌエルは彼女と議論することで貴重な時間を無駄にしたくなかった。「俺について、きみの知らないことはたくさんある。だがいまは、ひとつだけ知ってればいい。俺は二度ときみを離さないってことだ」

彼女は大きく息を吸った。「マニー、あなたも失ったら、わたしはもう耐えられない」その声には生々しい苦痛が感じられた。

「俺を失うことはない。俺を信じろ」

ジュールズは驚愕の表情を見せた。人を信じるという考えが呪いであるかのように。

彼はギアをバックに入れて駐車場から車を出した。そして州間高速道路に向けて走りだした。携帯電話を出してトニーの番号を押す。

「もしもし」トニーはなにかに気を取られているようだ。

「彼女をつかまえた」

「おお、そりゃよかった。元気か？」

マヌエルはジュールズを見やった。「ああ、予想される程度にはな。隠れ家は確保してくれたか？」

「うん。座標をおまえの車のナビゲーションシステムにアップロードするよ。指示に従ったら二時間ほどで着く」

「おまえがいなかったら俺はどうしたらいい、トニー？」

「華々しく死ぬしかないな。あとでまた連絡する。彼女についてちょっと情報がある。おまえも興味を持つ内容だ」

マヌエルは真面目な顔になった。「トニー、頼みがある。こんなことを頼める立場じゃないんだが」

「言ってみろ」

マヌエルは深呼吸して、自分がいまからすることについて考えた。「彼女を見つけたことを、サンダーソンには言わないでほしい」

トニーはしばらく黙りこんだ。「理由は？」やがて彼は尋ねた。

「サンダーソンはジュールズを連行するよう求めてる。俺にはまだその準備ができてない。知りたいことが山ほどある。ほんの二、三日でいい。俺のために、ちょっと情報を止めといてほしい」

トニーはまた間を置いた。「いいだろう、そうするよ」

マヌエルは安堵の息を吐いた。「すまん、トニー。また連絡する」

電話をポケットに入れ、道路に目を戻す。トニーはジュールズについてなにを言ってくるのだろう？　不安が胃の中で渦巻き、胸まで広がってくる。三年前に起こったことを知る覚悟はできているのか？　それは自分とジュールズの関係を変えるのか？

ジュールズにちょっと目をやると、彼女は穴があくほどマヌエルを見つめていた。

「わたしを誰のところに連行する話をしてるの？　というか連行しない話を？　あなた、いったい何者？」

「そりゃまた偶然だな、俺も同じ質問をきみにしようとしてた」マヌエルは射貫くようにジュールズを見つめた。「ふたりとも、話すべきことがいろいろありそうだ。隠れ家まで行ったら答えてもらう。それまでは、ちょっと休んでおくほうがいいぞ」

彼は有無を言わせぬ口調で言った。疲れすぎて反論もできないのか、あるいは答えられないからか、彼女はシートにもたれて目を閉じた。

マヌエルは思わず手を伸ばし、彼女の手を握った。ジュールズが握り返してきたので、彼の腕にぬくもりが広がった。

いま初めて、彼はすべてがうまくいくと考えはじめた。ジュールズにもそれを納得させられればいいのだが。

ジュールズは窓の外を眺めた。外の景色がぼんやりと流れていく。デンヴァーを出てからマニーとは口を利いていなかったけれど、見つめられているのはわかっていた。彼の視線が感じられる。でも見返そうとはしなかった。

車はニューメキシコ州に向かって南下している。進むにつれて不安が募っていった。マニーをノーススターから守れないのではないか。そしていまのジュールズからも。

シートに体を沈め、そろそろと膝を胸まで引きあげる。横に置いたダッフルバッグに指で触れ、中にある銃の輪郭をなぞって気を休める。少なくとも、襲われたとき――もしも襲われたら、ではなく――ふたりの身を守れる手段はある。

胸に鋭い痛みが走り、呼吸ができなくなった。息を吸ってパニックと闘う。目の前の景色は霞がかかったようにぼんやりしてきた。ああ、肋骨が燃えるように痛む。みぞおちがぐいぐい押さえつけられるような感じを少しでもやわらげようと、シートにもたれこんだ。

体を伸ばすと痛みはましになり、呼吸も安定してきた。こめかみを手で押さえてぎゅっと目をつぶる。指先で感じる脈は不規則だ。

「なにか言ってくれ、ジュールズ。どうした？　やっぱり病院に戻ろうか？」マニーの心配そうな声は痛みの靄を貫いて頭に届いた。

「いいの」ジュールズは消え入りそうな声で答えた。「大丈夫よ。ほんとに」

「きみはいまどこにいるんだ？　いま、心ははるかかなたにあるみたいだぞ」

ジュールズはたじろいだ。考えていたことを口にしたくはない。情けない敗北主義者みたいに聞こえそうだ。なのにやはり口にしてしまった。「わたしが死ねばよかったと思ってたの。ママとパパじゃなくて」

驚いたことに、マニーは急ブレーキをかけて車を路肩に止めた。ジュールズのほうを向く。ヘッドライトの淡い光に照らされた彼の目はぎらぎら光っていた。「そんなことは言うな。ぜったいに言うな。きみを失ったと思ってたんだぞ。俺は三年という長い月日、きみがもう戻ってこないかもしれないという恐ろしい現実とともに生きてきた。そしてやっと見つけた。死んだほうがよかったなんて思うな。きみが生きてることを願って、俺はこの三年間を過ごしてきたんだから」

ジュールズに答える暇を与えず、マニーは彼女の後頭部を抱えて頭を引き寄せ、キスをした。驚いたジュールズが口を開けると、彼の舌が飛び出して、そっと唇を探った。

夢に見た、まさにそのとおりだった。一瞬ジュールズの思いは高校時代に戻った。

卒業ダンスパーティ《プロム》のために着飾りながらも、気持ちは暗く沈んでいた。ほんとうにダンスに誘いたい相手は八歳年上で、すでに大学を出ていたからだ。相手が家の前まで送ってくれてお約束の唇への軽いキスをしてきたとき、ジュールズは目を閉じて、これはマニーだという空想をめぐらせたのだった。

いま、マニーはとてつもなくやさしく、唇は敬うかのように彼女の唇の上を動いている。彼は指をゆっくり髪に差し入れて頭皮を揉んだり撫でたりしながらキスを深めていった。けれど、始まったときと同じく、それは唐突に終わった。彼は体を引き、苛立たしげに自分の髪をかきむしった。「くそっ、すまない。きみはいまそんな気分じゃないのに」

ジュールズはぼんやりと彼を見つめた。震える手を持ちあげて自分の腫れた唇に触れる。

「そんな目で見るな」マニーはジュールズの手を取って自分の唇まで持っていった。「悪かった、ベイビー」

彼が握る力をゆるめたのでジュールズは手を引き抜き、もう片方の手でくるんだ。なにを言えばいいのだろう？　頭が混乱していて、自分の名前も思い出せそうにない。それを言うなら、自分の本名がなにかもわかっていない。喉までこみあげたヒステリックな笑いを、なんとか抑えつけた。

マニーは小声で悪態をつくと、また車を出した。「ちょっと寝ろ。寝ないんなら俺はトニーに電話して、最初の計画どおり陸軍病院に移送させるぞ。そもそも、そうすべきだったんだ」

「トニーって誰なの？」ジュールズはぶつぶつ言いながらふたたび革のシートにもたれこんだ。体を震わせると、マニーは暖房の温度をあげた。

「相棒だ」

「なんの相棒？　あなたがまだコンピューターソフトの会社にいるとは思えないんだけど」

コンピューターおたくにしては、マニーはあまりに危険そうに見える。以前から、彼には似合わない職業だという気がしていた。

「休むんだ」マニーは警告口調になった。「目的地に着いたら話をしよう」

「それがどこか知らないけど」

マニーはにんまり笑った。

「なにがそんなに面白いの？」

「きみだ。だんだん昔のジュールズらしくなってきた」

とたんにジュールズの顔が曇った。猛烈な勢いで頭痛が戻ってきた。「わたしはそのジュールズじゃないわ。最初からそうじゃなかったのかも」

マニーはハンドルを握る力を強めた。「とにかく休んでろ」

ジュールズは反論することなく窓に顔を向けた。昔の屈託なく世間知らずの娘には決して戻れないだろう。あまりに多くのものを見、多くのことをしてきた。いまのジュールズがどんな人間になったかをママとパパに知られなくてよかった。彼らの失望には耐えられなかっただろう。

震える指を唇に持っていく。マニーのキスで、唇はまだふくれている。彼はジュールズのことをどう思っているのだろう？　彼が自分と同じ気持ちだと想像したことはなかった。ジュールズが彼を求めているのと同じくらい激しく、マニーもジュールズを求めているとは。ジでもあのキスを考えると、その可能性を無視することはできない。ジュールズは彼のそぶりに気づいていなかったのか？

昔を振り返って、自分に対するマニーの態度について考えてみた。十代のころ、ジュールズは彼に憧れ、ミセス・マヌエル・ラミレスになることを夢見たけれど、子どもっぽい空想は注意深く心の内にしまっていた。彼に熱をあげていることを知られたら恥ずかしくて死んでしまっただろう。

三年前は、ついさっきのようなキスをマニーとできるならなんでもするつもりだった。だけどいま、こんな感情は事態をますます厄介にするだけだ。彼に過保護な兄以上の存在になってほしいとどんなに願っていても、そんな願いはかないっこない。それに、ジュールズについての真実を知れば、どうせマニーは彼女を求めなくなる。

「雪だ」マニーがこちらを向いたので、ジュールズも振り返った。「昔、きみは雪が好きだったよな」

「そうね」ジュールズは小声で答えた。でもいまは嫌いだ。雪の中だと足跡が残るので簡単に見つかってしまう。その思いを口に出さないよう、彼女は沈黙を保った。フロントガラスのワイパーの向こうに見える大きな雪片に目を凝らした。

通気口から吹き出す温風を受け、ワイパーの規則的な動作音を聞いているうちに、徐々に心が落ち着いてきた。やがてまぶたが心と同じくらい重くなってきたので目を閉じた。眠りに落ちる直前に思ったのは、目的地がどこにせよ、着いたとき雪が降っていなければいいが、ということだった。

8

マヌエルは広いログハウスの前で車を止め、エンジンを切った。まだぐっすり眠っているジュールズをちらりと見る。起こしたくないけれど、建物の中を調べにいくとき彼女を車に残してはいけない。そうしたらジュールズは逃げていく。彼女の目にはそんな決意が見えていた。いまのところは敗北を認めていても、急に従順になるとは思えない。

車から出て助手席側まで行き、そっとドアを開ける。シートベルトを外して痩せた体に腕を回したとたん、ジュールズは目覚めてうろたえた。

「ジュールズ、落ち着け。俺だ」

彼女はダッフルバッグを取って胸に押しあてた。「自分で歩けるわ」

だがマヌエルは無視して彼女を抱きあげた。玄関ポーチに向かいながら、まわりに目をやった。マツの木の香りは強く、遠くからは急流の音がする。建物はゆるやかな丘の上にあるので、中からでも周囲がよく見える。両脇にはうっそうと木が茂っている。水音からすると、川は小屋の裏と奥の森とを隔てる自然のバリアになっているようだ。唯一の開口部は小屋の前まで通じる狭い車道だった。

危険は冒したくないので、ジュールズを地面におろすと指を立てて自分の唇にあてた。「俺の後ろにいろ」銃を取り出してドアを細く開ける。ジュールズは銃の出現に驚いて目を見張ったものの、怖がってはいないようだ。

家の中にざっと目を走らせたマヌエルは、ここなら安全に身をひそめられると判断した。ソファに座るようジュールズに手振りで示し、広いリビングルームの電気をつける。

ジュールズはダッフルバッグをしっかり胸に抱いたままソファに座りこんだ。病院にいたとき、彼女はこのバッグを持っていなかったはずだ。どこから持ってきたのかはわからない。マヌエルはいぶかしく思いながらも口をつぐんでいた。話をするのは、ジュールズを落ち着かせてからだ。

「なにか食べるか？」キッチンのほうを向く。

ジュールズが立ちあがったので、彼は鋭くにらみつけた。「座ってろ。俺が用意する」

彼女はゆっくりと腰をおろした。「わかった」

オープンキッチンからはジュールズの姿が見える。マヌエルは彼女に目を据えたままキャビネットを探った。いつもどおり、トニーのすることに抜かりはない。必要なら数週間でもここに閉じこもって生きていけそうだ。

「パンケーキは食べるか？」

ジュールズの唇にかすかな笑みが浮かんだ。「いいわね。あなた、パンケーキづくりは得意だったものね」

「きみの好物だったよな」

「フランスに旅立った朝以来、パンケーキは食べてないわ」声が割れ、ジュールズは顔を背けた。

マヌエルの胸が詰まった。あの朝、ジュールズはうきうきしていた。トレハン夫妻は大学卒業のお祝いとしてフランス旅行をプレゼントし、彼女は喜びではち切れんばかりだった。マヌエルも見送りのため帰郷していた。早起きしてジュールズの好きな朝食をつくり、空港まで車で送った。それが、前回ジュールズを見た最後だった。

なんでも体験してやろうと意気揚々で旅立ったジュールズと、いま目の前にいる傷ついた女性が同じ人間だとは、とても思えない。

彼は機械的に材料をまぜ合わせて生地をつくった。腰で携帯電話が振動する。手を拭き、ジュールズにちょっと目をやったあと、彼女から見えない食品庫のほうまであとずさった。電話を取り出す。「手短に頼む」低い声で言った。

「もう着いたか？」

「ああ、着いた」

「情報はいま聞きたいか、それともあとにするか？」

マヌエルはふうっと息を吐いた。「あとでこっちからかけ直す。まずはジュールズから話を聞きたい」

「わかった、そっちのいいときに電話してくれ」

「悪い話か?」気がつけばマヌエルは息を殺していた。

一瞬の沈黙。「いい話ってわけじゃない」やがてトニーは言った。「とにかく気を抜くな。もうすぐサンダーソンがおまえに電話する。状況を知りたがってる。僕はなにも知らないととぼけたけど、ボスは信じてないぞ」

マヌエルは静かに通話を終えて電話をポケットに戻した。先にジュールズの弁解を聞くことがなぜそんなに重要なのか、自分でもよくわからない。それでも彼女の口から聞きたい。三年前に起こったことを知るとき、ジュールズの顔を正面から見ていたい。彼女がどれだけ正直に話してくれるかを知りたいのかもしれない。

タイミングを見計らったかのように、電話がまた鳴りだした。サンダーソンからなのを確かめ、マヌエルは応答した。

ボスは単刀直入に切り出した。「マヌエル、報告すべきことはあるか?」

「まだです。俺はまだデンヴァーです」

「もっと諜報員を投入しようか?」

パニックでマヌエルの背筋に冷たいものが走った。「いいえ。ひとりで大丈夫です。俺がやらなくちゃならないんです。俺が彼女を見つけます」

「よし。報告は怠るな。猶予は三日だ。それでも見つからなかったら応援を送る」

通話が切れ、マヌエルは口汚く毒づいた。三日間。三年の空白を埋めるのに三日では短すぎる。彼は電話をポケットに突っこむとパンケーキを焼きあげ、ジュールズを呼びにいった。

「できたぞ」声をあげ、リビングルームに入る。ソファは無人だ。しまった！　部屋を見まわし、暖炉の前に立つジュールズの姿を確認して安堵のため息をついた。

「ジュールズ？」歩み寄って肩に手を置く。ジュールズは驚愕の表情で振り返った。

「びっくりさせるつもりはなかったんだ。パンケーキができた」

ジュールズは口元に笑みを浮かべたものの、目は笑っていなかった。「待ちきれないわ」

彼女はマヌエルの後ろから歩いてきて席についた。マヌエルはパンケーキを山と積んだ皿を彼女の前に置いたあと、向かい側に座った。

ジュールズがパンケーキを取って数口食べるのを見つめる。彼女はほとんどずっと横を向いていて、一度もマヌエルと目を合わせようとしない。話をすべきときが来たとわかっているのだろう。

マヌエルはじっと待った。腹を割って話をする前に、彼女には充分食べて警戒を解いてほしかった。正直なところ、彼女の身に起こったことを聞く覚悟はできていない。自分はなんという臆病者だろう。ジュールズがなにに耐えることを強いられてきたかを知るのが怖いとは。

ほんとうに強いられたのであれば。

彼女の最後の言葉が頭の中でこだまする。あの電話、最後の通話。そこから伝わってきたジュールズの不安、恐怖。それがマヌエルを苦しめている。この三年間ずっと。彼は最悪のシナリオを想像し、それが真実でないことを願っていた。

やがてジュールズが皿を押しのけ、顔をあげてマヌエルを見てきたので、彼は目を合わせた。「わかってるだろうけど、そろそろ話し合わなくちゃならない」

ジュールズは目を閉じてうなずいた。

マヌエルは彼女の手を握った。「怖がるな。もう二度と恐れなくていい」

手をつかんだまま彼女を立たせ、リビングルームまで連れていく。「座れ。俺は火を熾す」

焚きつけの上に箱から出した薪をさっと置き、マッチで火をつけた。ほどなく、薪の上に大きな炎があがった。

彼はソファに戻り、ジュールズの隣に座って顔に目をやった。彼女はひどくはかなげで、触れるのも怖いくらいだ。いまにも壊れてばらばらになりそうだ。どこまで強い調子で答えを迫ればいいだろう、とマヌエルは迷った。

ひと筋の髪を耳にかけてやり、手を頬に置く。「話してくれ、ベイビー」

ジュールズは大きく目を見開いた。恐怖、疲労、不安。それらが一気に前面に表れた。

マヌエルは彼女を安心させたくて抱き寄せた。ジュールズの心臓の激しい鼓動が自分の胸で感じられる。髪を撫でつけ、慰めるように背中を上下にさすってやった。

ジュールズが彼の体にそっと手を回す。マヌエルの胸が詰まった。この瞬間をどんなに長く待ったことか。ジュールズをこの腕の中に抱くことを。ここが彼女のいるべき場所なのだ。

長らく得られなかった慰めを求めて、ジュールズはおずおずと彼の抱擁に身を任せた。広い胸板に頬を押しあて、硬い筋肉にいっそう深く顔をうずめる。話したくない。しっかり押しこめてきた悪魔を解き放ちたくない。

長期間胸に抱えてきた悪魔は、いま解放を求めて彼女の中で爪を立てている。ジュールズがこんなにも自分自身を憎んでいるとしたら、ほかの人も同じように憎んで当然ではないか？

マニーは温かな手を彼女の顎に置き、ゆっくり顔をあげさせた。「だめだ、我慢できない」彼はつぶやき、ジュールズと唇を重ねた。

けれどもジュールズの頭の中では過去が鮮明によみがえっていた。迫りくる暗闇。恐ろしい光景。恐怖で息もできなくなるような記憶。

呼吸が速く不規則になった。パニック。体をまさぐる手。自己嫌悪。

マニーはぱっと顔を引いた。激しい怒りで目がぎらぎら光っている。これほど怒った彼は見たことがない。全身に怒りが充満し、いまにも爆発しそうだ。まるで野獣。ジュールズの子ども時代の保護者、十代の初恋の相手はどこかへ行ってしまった。いまの彼は危険そのものだ。素手で敵を八つ裂きにできそうな男。

ジュールズが思わず身震いすると、マニーの表情はいっそう険しくなった。

「なにを怖がってるんだ？」彼の声は恐ろしく低い。

ジュールズはようやく、彼の怒りの対象が自分ではないことに気づいた。マニーはジュールズの恐怖を察知して怒り狂っているのだ。なにか言おう、なんとかして彼を安心させようとジュールズは口を開けたものの、言葉は出てこなかった。

喉がふさがり、胸の中では途方もない絶望がふくらむ。いまの自分は嫌いだ。でも、強い人間であることは間違いない。

マニーは遠慮がちに抱きしめてきたが、ジュールズは横を向いて身を硬くした。すべてが崩壊しつつある。慎重に築いてきたバランスは急速に崩れようとしていた。

「マニー、息ができないわ」苦しげに呼吸をした。

マヌエルは彼女の肩をつかみ、ふたたび自分のほうを向かせた。「俺を見ろ」怒りは沸騰していたものの、冷静になれと自分に言い聞かせた。

ジュールズはちらっと顔をあげた。その目はどんよりして生気がない。マヌエルは長く激しく悪態をついた。彼のせいだ。あまりに急いで、あまりに激しく彼女を追い詰めてしまった。しかも手をおろしていられなかった。ついに彼女に触れ、抱きしめられるようになって、自分を抑えられなかった。彼女と近づきたかった。ジュールズがほんとうにここにいることを確認したかった。

「きみは安全だ。もうなにも、きみを傷つけることはできない。わかるか？　誰にも、きみを傷つけさせない。ぜったいに」

ついさっき生気を失っていた目に無念さが浮かんだ。「あなたの手に負える問題じゃないのよ、マニー」

そのときガラスの割れる音がして、ふたりはぎょっとした。マヌエルは本能的にジュールズを床に伏せさせ、自分の体で覆った。

銃声が響く。雨あられと降り注ぐ銃弾が窓ガラスを割り、反対側の壁に突き刺さる。

「ちょっと、立たせてよ！」

「伏せてろ」マヌエルは怒鳴って自分の銃をつかんだ。

ジュールズはマヌエルを押しのけてダッフルバッグに手を伸ばし、取っ手をつかもうとした。

「おい、ジュールズ。荷物なんてほっとけ！」

マヌエルは反撃した。銃声がしたほうに向かって、数センチずつずらしながら銃弾を撃ちこんでいく。

ジュールズに腹を蹴られたため、一発の銃弾がとんでもないほうに向かった。「なんのつもりだ？」

ジュールズがバッグを引き寄せて開くと、中身が床に散らばった。片方の手で危険そうなロシア製ライフルを、もう片方でグロックをつかむ。

「援護して」

「なにを……戻ってこい！」

彼女は床を転がっていき、銃撃を始めた。

「くそったれ」マヌエルも前を向いて撃ちはじめた。

玄関ドアが勢いよく開く。マヌエルが反応する前に、ジュールズは侵入者の額に銃弾を撃ちこんだ。ほれぼれする腕前だ。

彼女は死体を脇へ押しやり、その手から機関銃を奪い取った。マヌエルのほうまで木の床を滑らせる。彼は機関銃をつかむと、自分の拳銃をウェストバンドに押しこんだ。

突然ジュールズが拳銃をあげ、マヌエルの頭に銃口を向けた。彼がびくりとすると同時にジュールズは発砲し、彼の背後でドサッという音がした。肩越しに見ると、死体が床に転がっていた。「どうも」マヌエルはぽつりと言った。

割れた窓の外でなにかの動きが見えたので、すぐさま発砲した。黒っぽい人影が倒れる。これで三人。あと何人だ？

彼の考えを読んだかのように、ジュールズはドアのそばから叫んだ。「やつらはたいてい六人ひと組で行動する」

「なんで知ってる？」

「いいから信じて」

ジュールズを信じる？　彼女がなににかかわっているかまったく見当がつかない状況で、どうやったら信じられる？　いまのマヌエルにわかっているのは、彼女が失踪して三年たったあと、第二の両親だと思っていた人たちが爆死し、自分は睡眠薬をのまされ、いまは銃撃を受けていることだ。これで信用しろと言われても無理がある。

しかも、ジュールズは傷ついた子鹿に見えた次の瞬間にはバッグからとんでもない武器を取り出して復讐の天使となった、という事実がある。

もうたくさんだ。マヌエルの我慢も限界だった。この銃撃戦を生き抜けたなら、ジュールズにはきっちり説明させる。今度こそ男性ホルモンに邪魔はさせない。

「ついてこい」彼はジュールズを手招きした。反論を許さない口調ではあったが、彼女が従うという確信は持てなかった。

しかし意外にもジュールズは床を這って近づいてきた。「計画があるのね？」

「ああ。〝俺たちは必死こいて逃げる〟って計画だ」

ジュールズは無礼に鼻を鳴らした。「そんなに短気にならなくてもいいでしょ」

「口を閉じてろ。生きてここから逃げられたら、たっぷり説明してもらうからな」

「もしも生きて逃げられたらね」

マヌエルはジュールズをひとにらみしたあと裏口まで這っていった。誰も外で見張っていないという期待は抱いていないけれど、川まで行ければ逃げるチャンスはあるかもしれない。あくまで〝かも〟だが。

「俺が撃ちはじめたら、きみは裏口から飛び出して走れ。川まで行くんだ。二分たっても俺が現れなかったら、向こう岸まで行って、これを使え」マヌエルは自分の携帯電話を彼女の手に押しつけた。「〝1〟を押すだけでいい。トニーが出る」

ジュールズは決然とした顔でマヌエルを見つめた。「あなたが現れなかったら、わたしは戻ってきてあなたを連れ出す」

彼は裏口のドアを蹴り開けて撃ちまくりはじめた。

飛び出したジュールズは雪の中に突っこんだ。まずい。雪はすでに二、三センチ積もっている。

一発の銃弾が頭のすぐ横の粉雪にめりこんで氷の粒が舞いあがった。ジュールズは銃弾が来たと思われる方向に発砲すると、木々のあいだに駆けこみ、川を目指した。

背後では銃撃戦がつづいている。機関銃のダダダッという短い音につづいて、高性能ライフルの長い射撃音。そのあとマニーの拳銃の発射音。しまった。彼に渡した機関銃ウージーの弾丸は切れたらしい。

残った刺客三人のもとにマニーひとりを残していくわけにはいかない。彼女はライフルに新たな弾倉を装着し、ふたたび丘をのぼった。

マニーはドアのすぐ内側にいて、ジュールズの左手の森に向かって撃っている。彼の背後に目をやったジュールズは、玄関ポーチのすぐそばに動きをとらえてはっとした。近すぎる。銃を持ちあげ、引き金を絞る。

振り返ったマニーはジュールズの居場所を特定し、恐ろしい目でにらみつけた。「ばかめ、ジュールズ。人の言うことを聞けないのか？　さっさと逃げろ」

ジュールズは彼を無視して残った敵ふたりを捜した。近くにいる。気配が感じられる。ジュールズとマニーが小屋の裏手まで移動したため、いま正面はがらあきだ。やつらはすでに中に入っているかもしれない。

「伏せて！」ジュールズが叫ぶと、ありがたいことにマニーはすぐさま床に這いつくばった。ライフルが間に合わなかったのでグロックを左手でつかみ、マニーの後ろにいる男を狙って撃った。

男は前のめりに倒れ、マニーは落とした自分の銃を拾った。

「いいだろう、きみが逃げてなくてよかった」ぶつぶつと言う。

彼は小屋から駆け出して、雪の中をジュールズのほうまで転がってきた。左側にいた最後のひとりがマニーの前方の雪に銃弾を浴びせる。ジュールズが撃ち返す前にマニーが肘をついて体を起こし、一発発射した。直後に銃撃がやんだ。気味悪い静寂が木々の中に広がる。

「行くぞ」マニーは立ちあがった。ジュールズを引っ張って小屋に戻り、リビングルームを横切って玄関ドアに向かった。

「待って」ジュールズは彼の手から逃れて床に這った。急いで散らばったバッグの中身を拾い集めて放りこむ。必要なものばかりだ。

立ちあがると、マニーは万力のようにきつく肘を握ってきた。「ここから出るぞ」

外に出て、ジュールズを押しこむようにして車に乗せた。エンジンをかける前に、ダッシュボードに装着された小さい装置のボタンをいくつか押した。

「なにしてるの？」

「車に爆弾がしかけられてないことを確かめてる」

「どうしてわかるの？」ジュールズは驚いて尋ねた。

「できれば手を止めて説明したいところだが、それよりさっさとここから離れたい」

ジュールズは肩をすくめ、マニーはエンジンをかけた。雪の中で可能なかぎりスピードを出して道路を走る。

「あなた、なんなの？　ＦＢＩ？」

「というわけでもない」マニーは道路から目を離さなかった。

「どういう意味、〝というわけでもない〟って？」

「俺はＦＢＩじゃないって意味だ」彼は苛々と答えた。「なあ、Ｑ＆Ａの時間はあとにしないか？　必死で逃げまわってないときに」

ジュールズはシートに沈みこみ、窓から外を眺めた。アドレナリンの急激な分泌が止まったいま、あばれまわった疲れがどっと押し寄せた。ぐったりとして目を閉じ、マニーが何者かという謎について考えをめぐらせる。なにをしているにしろ、彼はなんらかの機関とつながりがあり、身を守る方法を知っている。コンピューターソフトウェアの専門家ではない。

彼がＦＢＩかその類だとしたら、ジュールズは正体を明かすわけにいかない。いや、どんな状況であっても彼は知ったら無事ではすまないだろう。けれどジュールズはいま初めて、彼の職業が自分にとってどんな意味を持つのかについて考えはじめた。

マニーが法執行機関の人間だとは想像したこともなかったけれど、たしかにそう見える。そして恐ろしい。怒ったときの彼を表すのにふさわしい言葉はそれしかない。法を逸脱しようとする人間にとって、マニーは強力な抑止力となるだろう。

法執行者であるマニーに、ジュールズはどうして打ち明けられるだろう？　彼が守ると誓った法律を自分はことごとく破ってきた、という事実を？

9

車はテキサス西部の不毛な土地を走っていった。前方には果てしなく道路がつづいている。薄明るい曙光が東の地平線に現れはじめ、空をラベンダー色に染めた。

ふたりのあいだには重苦しい沈黙が漂っている。マニーは小屋を逃げてきたときからずっと、すごい力でハンドルを握りしめていた。一度たりともジュールズのほうに目を向けず、前の道路に視線を据えている。彼は怒っている。ジュールズに対して？　わからないけれど、もう彼女を壊れ物扱いしてはいない。その事実にジュールズは安堵した。

憎しみや怒りなら対処できる。やさしさや寛大さや思いやりには慣れていない。親切さにはどう応えていいのかわからない。いまなら、彼に見つめられるたびに泣きそうにならずにいられる。

ため息をついて目を閉じた。彼女のせいでマニーが死ぬ前に、彼から離れなければならない。さっきの刺客はNFRの人間だった。ノーススターの指示なのは間違いない。どれだけジュールズを守れるつもりでいても、マニーは自分がどんな敵と対峙しているかまったく知らないのだ。

ダッフルバッグにはパスポート、金、武器が入っている。国を出てマニーから逃げるために必要なものばかりだ。ふだんは辛抱強く行動するけれど、いまは機会が訪れるまでのんびり待つ余裕はない。機会は自分でつくらねばならない。

「きみがなにを考えてるにしても、きっと俺の気に入らないことだろうな」

彼の声が響いたので、ジュールズはマニーのほうを向いた。「どうしてわたしの考えがわかるの？」

「推測するのはそんなに難しくない」マニーは横目で彼女を見やった。「きみは俺なしでどこへも行かない。とくに、機関銃を振りまわす殺人鬼連中がうろうろしてる中では」

彼はハンドルを握る力をゆるめて息を吐いた。「やつらが何者か知ってるのか？」

「見当はついてる」

「教えてくれるか？」

ジュールズはうつむいた。「新フランス革命《ニュー・フレンチ・レボリューション》という組織の人間よ」

「おいおい。テロリスト連中に命を狙われてるってわけか」

「知ってるの？」ジュールズは戸惑って彼を見た。「NFRはかなり地味な組織よ。中東のテロ組織みたいに、暗殺の成果をおおっぴらに宣伝しない」

「もっと重要な質問は、なんできみが敵の正体を知ってるのか、どういう理由でやつらがきみを殺したがってるかってことだと思うが」

「複雑なの」マニーが想像もできないほど事情は複雑だ。ジュールズだって、自分の役割を完璧に理解しているわけではない。自分は表の世界と裏の世界のあいだを行き来しているけれど、どちらもいい世界ではない。

「だったら、いつなら教えてくれるんだ？　俺がケツに銃弾を受けたあとか？」

「怒ってるのね」

「ああ、猛烈に腹を立ててる。銃で狙われたら腹を立てる癖があるんでね」

ジュールズは問いかけるように眉をあげた。「銃で狙われることはよくあるの？」

「話を変えるな。ＮＦＲはなんできみを追ってる？」

「わたしに腹を立てたから」

「俺も腹を立ててるけど、きみを殺そうとはしてない」

「でも連中は心底怒り狂ってる」

「で、それはなんでだ？　ふつう、テロ組織は特定の個人をつけ狙わない。やつらの目的は大量殺人だ」

「厳密には、彼らはテロリストじゃないわ」ジュールズはささやいた。

マニーは道路から外れそうになった。速度を落とし、ぽかんと口を開けてジュールズのほうを向く。「おい、なんだってテロ組織を弁護してるんだ？」

「弁護してるわけじゃない」ジュールズは反論した。そんなつもりではなかったのに。困った。口を閉じて、マニーに好きに考えさせておくべきだった。「テロリストと革命家は同じじゃない。テロリストは、そう、テロを行う人間。社会に恐怖を植えつけるのが活動目的。

まともな、現実的な目的はない。革命家は社会に変化をもたらすために行動する。現実的な目標がある」

「自分の耳が信じられないな」マニーの声は張り詰めている。「やつらをなんとでも呼べばいい。それでも犯罪者に変わりはないし、数多くのアメリカ人を殺してきたんだぞ」

「アメリカ政府もね」ジュールズは皮肉を効かせた。

マニーは首を横に振った。顔が赤くなる。つまり、彼は愛国者ということだ。ジュールズもそうだった。昔は。いまは奥地のジャングルに逃げていきたい。愛国者の義務や名誉などと呼ばれるたわごとから遠く離れて。

またしばらく沈黙の時間がつづいた。ジュールズは体の前で手を揉み合わせ、深く息を吸った。「マニー？」

「なんだ？」

「ママとパパはどうなったの？」思った以上に声が震えている。両親は死に、葬儀も行われていないはずだ。ふたりはどこかの死体安置所に寝かされているのか？　ふたりきりで、家に連れ帰ってくれる家族もいず？

「火葬された」マニーは小声で答えた。「本人の希望だった。これに決着がついたら、一緒に故郷に帰ってふたりのために葬儀を行おう」

これ。マニーは嫌悪をこめてその言葉を口にした。〝これ〟がすべてジュールズのせいなのはわかっている。彼女のために両親は死に、適切な埋葬もできずにいるのだ。

とてつもない悲しみに襲われ、ジュールズは両手に顔をうずめた。実の両親の死について悲しみは感じない。彼らはジュールズと同じく人殺しだった。でも養ってくれたママとパパは？　ふたりの唯一の罪は、身寄りのない幼女を引き取って無条件に愛したことだった。

「ジュールズ」マニーの声には悔しさがあふれている。彼はジュールズの肩をつかんだあと、手を握った。

「ふたりを愛してたわ。あなたがそう思ってないのは知ってる。だけど、わたしが家から遠ざかってたのはふたりのためだった。なのに、なんの役にも立たなかった」ジュールズの唇からは悲痛さがこぼれ出た。とてつもない憎しみも。まるで毒のように。自分が毒蛇になった気がした。

マニーは車の速度を落とし、トラック用ドライブインの駐車場に入った。エンジンを切ると座ったまま横を向き、ジュールズを見る。「その遠ざかってた理由を教えてくれ。きみが自分の意思で国へ帰らなかったとは、俺は一瞬たりとも思わなかった。それは意図的なことだと言ってるのか？」

ジュールズはぎゅっと目を閉じた。「そういう単純な話じゃないの」

「いや、単純な話だ。帰郷を妨げられたのか、自分で帰郷しないことにしたのか、ふたつにひとつだ」

「あなたは物事を白か黒かで決めつけようとしてる。でも、世の中そんなものはほとんどないのよ。わかるでしょ」

「いや、わからないな。コーヒーでも飲みながら説明してもらおうか。俺は飲まないと持ちそうにない」彼は疲れた様子だ。

ジュールズは鼻にしわを寄せた。「わたしはジュースにして。コーヒーはもう必要ないから」

マニーはその冗談に微笑まなかった。ジュールズはため息をついて車をおり、慎重に伸びをした。痛みに襲われて顔をしかめる。胸の打撲傷はまったく癒えていないけれど、ちゃんと治るのを待つ時間はない。

「大丈夫か？」マニーが心配そうに尋ねてきた。

ジュールズは泣きたくなった。マニーは怒りながらも心配してくれる。だめよ、ジュールズ。もう泣くのはやめなさい。彼女は自分にうんざりしてドアを閉め、マニーについて狭いレストランに入っていった。

ふたりは窓のそばのブースに入った。メニューを見るあいだも、用心深くまわりに目をやっていた。やはり彼は法執行機関の人間らしい。そういう人間特有の勘がある。そして優秀であることも認めねばならない。何者かはわからないとしても。

ウェイトレスが注文を取りにきて、ガムを噛みながらマニーが話すのを待った。彼を値踏みしているのは明らかだ。興味津々で彼の体に目を走らせ、必要以上に近づいている。

ジュールズは眉をひそめ、ウェイトレスの貪るような視線を追った。自分の身を守る以外の目的で男性を見たのは、ずいぶん久しぶりだ。そしてたしかに、彼は三年前よりすてきになっていた。筋肉隆々の腕、広い胸板。この胸に抱きしめられたら、間違いなく安全だと感じられる。

咳をして、こみあげてきたヒステリックな笑いをごまかした。最後に心の底から安全だと感じたのは、いつだっただろう？

マニーの緑の目が射貫くようにジュールズを見つめた。「どうかしたか？」

ジュールズはふたたび咳をした。「あの、いえ、ちょっと痛みがあっただけ」完全な嘘ではない。胸と肺はたまらなく痛む。

マニーは早口でウェイトレスに注文を伝え、問いかけるようにジュールズを見つめた。

「ジュース以外に欲しいものは？」

ジュールズはかぶりを振った。食べ物を入れなくても、胃袋は充分あばれている。

ウェイトレスが戻っていくと、彼は身を乗り出してまっすぐにジュールズを見た。「さて、三年前なにがあったか教えてくれ。どうして帰ってこなかった？　きみは一度だけ電話してきて、もう帰れないと言った。死ぬほど怖がってるみたいだった。くそっ、ジュールズ。それがどんな感じかわかるか？　きみは跡形もなく姿を消したんだぞ。なんの手がかりもなかったんだ、ほんの何日か前まで」

彼と目を合わせられず、ジュールズは下を向いた。「ごめんなさい」

「俺はきみのことを全然知らないんじゃないかという気がしてきた」

「あなたの考えてるようなことじゃないの」ジュールズは顔をあげた。「帰らないと自分から進んで決めたわけじゃない。ママとパパに対して、そんなことはしない。あなたにも」

「だったらなにがあった？　誰かに危害を加えられたのか？」マニーの目がまたも危険な光を帯びた。

ジュールズは自分の腕をさすった。「すべては話せない――」

「話せない、それとも話したくない？」

「そう、話したくないのよ」顎をあげる。「あなたたちから離れておくしかなかった。指示どおりにしなかったらママとパパを殺すとやつらに言われたから。あなたも殺すと。でも結局、この三年は無駄だった。どうせママとパパは死んだんだから」

マヌエルは黙って彼女を見つめ、いま聞いた話を消化しようとした。「誰だ、〝やつら〟ってのは？」そのとき、ふと思いついた。「ああ、そんな。NFRか？　NFRがきみを仲間に引き入れたんだな」

ジュールズの沈黙が答えになっていた。「ちくしょう。つまりきみは、この三年間NFRのメンバーだったのか？　だからやつらを弁護したのか？」

「弁護はしてない。それより悪質な組織もあると言いたかっただけ」

「質問の答えになってないぞ」マヌエルはうなった。「俺を苛つかせるのをやめて、ちゃんと話をしろ」

「わかったわ。こう言えばご満足？　わたしはNFRの正会員。NFRで食べ、飲み、寝た。

わたしにとっていちばん大切な人たちが危険にさらされてたからよ。自分が軽蔑する人間になった。それで家族やあなたが生きていられたから」

嘆き、怒り、悲しみ。そのすべてがジュールズの目の中で激しく渦巻いている。マヌエルも心の奥で同じものを感じた。彼女は真実を語っているのか？　そのはずだ。なにしろつい数日前、ママとパパは彼女に会いにいったために死んだのだから。

携帯電話が振動し、彼は苛々とつかんだ。「なんだ？」ジュールズから目を離さずに怒鳴る。

「都合が悪いか？」トニーが訊いた。

「まあな」

「おまえたちふたりが無事なのを確かめたかったんだ。大丈夫なのか？」

「さっき言ってた情報だが」マヌエルはトニーの質問を無視してきつい口調で言った。「いま教えてくれ」

しばしの沈黙。「ええっと、わかった。資料を取ってくるからちょっと待ってくれ」

マヌエルはジュールズのつらそうな目を見つめながら待った。

トニーが戻ってきた。「いいか？」

「ああ」

「おまえの女は、高度な訓練を受けた暗殺者らしい。すごく優秀だ、僕の情報が正しいなら。それも、無差別に殺してまわるテロリストじゃない。狙うのは厳選した標的だ。僕の理解が正しいとしたら、彼女はNFR内の一部隊のメンバーだ。最前線の目立つところにはいないけど、自分たちの目的に不都合な特定の個人を狙う、小さなエリート集団だ」

マヌエルは吐き気を覚えた。窓に投げつけたいと思いつつ、電話をきつく握りしめる。なにかを壊したい。なんでもいい。こぶしを壁にめりこませたい。

「大丈夫か？」トニーは尋ねた。「彼女がおまえにとってどんなに大切だったかはわかってるんだ」

「大切だ、トニー。彼女はいまでも、俺にとって大切なんだ」マヌエルは通話を終えて電話をテーブルに置いた。

「相棒のおかげでわたしの話が正しいと確かめられた？」ジュールズは皮肉をこめて尋ねた。

マヌエルは首を横に振った。「俺にはわからん。いまなにを言っていいかもわからない」

「なにも言わなくていいわ」ジュールズの声には苦悶が聞き取れた。「これで、あなたがわたしから離れておくべき理由がわかったでしょ。わたしのそばにいちゃいけないのよ。ぜったいに」

「ばかばかしい」

ジュールズは眉をあげた。

「きみは理由があって国から離れてた。だったらどうして戻ってきた？　なんであいつらはきみを追ってる？」

「やつらは組織を離れる人間にやさしくないの」

「やつらがママとパパを殺すと脅してたから戻らなかったんなら、なんで三年たったいま帰ってきたんだ？」ジュールズの話には、どこかしっくりこない部分がある。ジュールズが彼に嘘をつくと思うと、ナイフで刺されたように胸が痛む。

「ばかだったからよ」ジュールズは自嘲した。「もっと利口なつもりだった。黙って姿を消せる、誰も捜そうとはしないと思ってた。家族から離れてるかぎり、やつらには見つからないと。でも間違いだった。わたしは任務に失敗して死ねばよかったのよ」

マヌエルは呆然と彼女を見つめた。ジュールズは感傷に浸っているわけではない。真剣そのものだ。彼女は死ぬことを考えていたのか？

「どうやってわたしを見つけたの？　やつらがあなたに接触したの？」

「俺はずっときみを捜しつづけてた。組織の情報源、人員、俺に使えるあらゆるテクノロジーを利用した。だが一週間前まではなにもわからなかった」

ジュールズは身を乗り出した。「どの組織で働いてるの？　FBIじゃないって言ったわね。だったらなに？」

真実を話すべきかどうか、マヌエルは迷った。しかし彼女に嘘はつくまい。彼女が嘘をついたようには。「CIAだ」

彼女の顔に嫌悪感が広がることは予想していなかった。NFRで過ごした歳月で、そこまで大きな影響を受けたのか？　NFRはCIAが長年潜入を試みてきた五大組織のひとつだ。まだ一度も潜入に成功したことのない、ただひとつの組織。

「CIA？　いつから？　わたしがフランスに発つ前から、もうCIAで働いてたの？」

マヌエルはうなずいた。「大学を卒業してすぐに」

ジュールズは面白くもなさそうに笑った。「つまりコンピューターの仕事というのは、最初から隠れ蓑だったわけ？」

彼は今度もうなずいた。

「フランスから戻ったら、あなたに仕事を紹介してもらうつもりだったのに」

「俺のほうは、きみに結婚を申しこむつもりだった」うっかり言葉が口をついて出てしまい、もう撤回できない。しかし、いまはどうでもいい。あれは大昔の話だ。

ジュールズは殴られたかのようにのけぞった。「な、なんですって？」

またしても電話が鳴り、マヌエルは今度こそ窓に投げつけようかと本気で思った。

「いい話だろうな」噛みつくように言う。

「そこから離れろ」トニーは言った。

マヌエルはすぐさま警戒態勢に入り、立ってついてくるようジュールズに手振りで示した。ポケットから数枚の紙幣を取り出してテーブルに放る。「どういうことだ？」ジュールズを外の車まで導きながらトニーに尋ねた。

「数分前に衛星が通信を傍受した。その子が話題になってた。ジュールズにすごくカッカしてるみたいだ。それと、おまえがダラスに向かってるのも知ってる。僕からの提案だが、南に向きを変えてヒューストンまで行き、ワシントンDC行きの飛行機に飛び乗れ。それとマヌエル、もうサンダーソンに隠しごとはできないぞ。僕が知ってることは、ボスも全部知ってる。充分注意しろ。僕に電話するときは、予備の方法を使え。わかるな?」

トニーの言いたいことはマヌエルにもわかった。電話するたびに何十もの経路をたどらねばならないのは面倒だが、ボスに自分やトニーにつきまとってほしくない。

マヌエルはジュールズを助手席に座らせて勢いよくドアを閉めた。「あとで詳しく報告してくれ。NFRについて、集められるだけの情報を集めろ。とくに、やつらが仲間を集める方法について。できるようになったらすぐ電話する」

10

ヒューストンまでの車中、ジュールズは狸寝入りをしていた。マニーの視線が感じられる。ジュールズをさらに問い詰めたがっている。でも、NFRで過ごした歳月については話したくない。いまはまだ。いや、永久に。忘れられるものならすべて忘れてしまいたい。

思わず笑いそうになった。追われているとき、やつらのことを忘れるのは難しい。簡単に逃げられると考えたとは、なんと浅はかだったのだろう。

しかもマニーは、ジュールズの、そしていまやマニー自身もの命を握る組織で働いているという。ジュールズはほんの一瞬、彼はもっと内情を知っていながらとぼけているだけではないかと考えた。いや、彼はそんな人間ではない。なにも信じられず、誰も信頼できない世界にあって、この人はどんな非道な組織に身を置いていようと正しい道を歩んでいる。ジュールズはそんな思いにしがみついていた。

真実を彼に告げるわけにはいかない。どうせ話しても信じてくれない。それに、真実を知ることはジュールズと行動をともにすることと同じく、彼の死を招く危険性がある。

「目を開けろ。起きてるのはわかってるんだ」マニーは冷たく言った。「もうすぐホテルに着く」

「その前にドラッグストアかスーパーに寄りたいわ」

彼は眉根を寄せた。「ぜったい必要なとき以外は、きみを外に出したくない」

「髪を染め直したいの。赤はちょっと目立つから」

そもそもどうして赤に染めたのか、と彼は訊きたそうだった。けれどもジュールズは黙れと言わんばかりににらみつけた。マニーは唇を引き結んで高速道路をおり、スーパーの駐車場に乗り入れた。

「さっさとすませよう」低い声で言う。

数分後、ふたりはジュールズが必要とするものを詰めた小さな袋を持って車に戻った。高速道路に戻っていくつかの出口をやり過ごしたあと、ふたたび高速をおりて空港脇の小さなホテルの敷地に入った。

正面入り口の軒下まで行くと、マニーはジュールズに目を向けた。「俺がチェックインしてるあいだ、ここでおとなしく待ってると約束するか？　それともきみを中までかついでいったほうがいいか？」

「どこへも行かないわよ」

彼はしばらくジュールズを見つめたあとドアを開けた。イグニッションからキーを抜いてポケットに入れ、外に出る。

ジュールズは座って待ちながら周囲を見渡した。あらゆることを詳細まで見て取る。州間

べて。

数分後、マニーが戻ってきてエンジンをかけた。数メートル走って、近くの駐車スペースに車を入れる。「行くぞ」

ジュールズは荷物を持って車をおり、伸びをしてこわばった筋肉をほぐした。マニーのあとについて、横の入り口からホテルに入っていく。

部屋は質素で、寝具やカーテンは色あせていて薄かった。マニーは内側からドアの鍵をかけ、スライド錠をおろした。ジュールズはふたつあるベッドのひとつの端に腰かけてバッグを足元の床に置いた。「で、いまからどうするの？」

「予約できるいちばん早い飛行機でワシントンDCに向かう。空港でうろうろしたくなかった。隠れる場所がないし、長時間人目にさらされることになる」

「だから時間までここでじっとしてるわけね」

「そうだ。シャワーを浴びたいなら浴びてこい。車にきみの着替えがある」

ジュールズは驚いて顔をあげた。

「病院にいるとき、服を欲しがってただろ。用意できるまで待たなかったけどな」マニーはいやみっぽく言った。

「ありがとう」ジュールズはささやいた。「じゃ、ちょっと行ってくる」シャワーのことを考えただけで、ほっとして倒れそうになった。それに、髪も染め直さないといけない。

バスルームに入るとジーンズとシャツを脱ぎ、腹と胸についた赤いあざを見て顔をしかめた。鏡をのぞきこむという過ちを犯してしまい、映った自分の顔を見てたじろいだ。ひとことで言うなら、ひどい顔だ。染めた髪は安っぽく見え、目の下には濃いくまができている。買ってきたものを取り出してカウンターに並べ、シャワー室に入った。蛇口をひねって高温の湯を出し、その下に頭を出した。

マヌエルは水音が聞こえてくるまで待ったあと、ようやく警戒をゆるめた。トニーに電話してフライトの情報を教えてもらわねばならない……それ以外にも、トニーが掘り起こした情報すべてを。

携帯電話を取り出し、予備のネットワーク経由を通して電話をかけるという面倒な作業にかかった。やがてトニーの低い声が聞こえてきた。

「運行情報がわかった。いくらがんばっても、残念ながらいちばん早くて明日の朝の便だ。シカゴの悪天候のおかげで、午後の便が足止めを食ってる。予約しようと思ったけど、ジュールズの予約をどうしたらいいかわからなかった。彼女が身分証明書を持ってるかどうか確かめろ。なかったら乗るのは無理だ。おまえも偽名を使え。マヌエル・ラミレスとして予約したら、すぐサンダーソンにばれるぞ」

マヌエルはため息をついた。「いますぐにはわからん。彼女はシャワー中だ。出たら確認して連絡するから、それで予約を取ってくれ。ほかになにかわかったか？」彼は息をひそめて返事を待った。

「まだだ。うまくいけば、おまえがここに来るときにはもっとわかってるだろう」

マヌエルは礼を言って電話を切り、大きく息を吐いた。サンダーソンをだましているのは心苦しい。ジュールズを見つけたいというマヌエルの思いに、ボスはとても理解を示してくれていた。マヌエルがCIAの情報源を利用しているとき、サンダーソンは何度も見て見ぬふりをしてくれた。なのにいま、マヌエルはサンダーソンに嘘をついているばかりか、裏切りとみなされかねない行動に出ている。

最悪だ。しかし、ほかにどうすればよかった？　ジュールズがなにをしてきたにせよ、見殺しにはできない。もしも彼女が国に対する反逆者だったとしたら？　昔から愛していたやさしく無垢な少女が悪辣なテロ組織に加入したなどとは、とうてい考えられない。いくら証拠が揃っていても。

彼は苛立って髪をかきむしった。彼女とは話をしなければならない。だがその前に彼女の服を取ってこなければ。

そっと部屋から出ると急いで車まで行き、後部座席の袋を取る。部屋に入ったとき、バスルームから出てきたジュールズとぶつかりそうになった。

タオル一枚だけをまとった濡れた体を見て、マヌエルはごくりと唾をのんだ。目をそらして袋を差し出す。「ほら、服だ」

「ありがとう」ジュールズはそっけなく言った。「髪を染めてくる」そしてバスルームに戻った。

マヌエルは窓際まで歩いていき、肘かけ椅子に大きな体をおろした。どうしてこんな難しい事態になってしまったのだ？　疑問はふくらむ一方だ。中でもいちばん知りたいのは、ジュールズはフランスに旅立つ前からＮＦＲに入るつもりだったのか、ということだ。あるいは、彼女の旅行は単なる偶然だったのか？

彼は目をこすった。眠りたい。ふたりとも睡眠が必要だ。だがそれよりも答えを知りたい。真実の答えを。いったいどうやったら、彼女に話をさせられる？　ジュールズはＮＦＲとのかかわりを認めたものの、それ以外はいっさい話そうとしない。それが単なる信頼の問題だとしたら、ジュールズが信頼してくれないことにマヌエルは傷ついただろう。しかし、それだけではないという気がする。彼女はマヌエルを守ろうとしているらしい。それは、彼女が素直に打ち明けてくれないこと以上に腹立たしい。

しばらくうとうとしていたようだ。バスルームのドアが開く音を聞いて目を開けた。ジュールズはマヌエルが渡したジーンズとＴシャツ姿で出てきた。まだ濡れている髪は耳の後ろにとかされている。赤毛ではなく、淡いブロンドになっていた。

Ｔシャツは、痩せ細った体の弱々しさをまったく隠していない。こんな人間が病院で見張りを倒し、小屋で暗殺者を撃ち殺したとは、とうてい信じられない。

彼女はベッドの端に腰をおろしてしばらく前方を見据えていたが、やがてマヌエルのほうに目を向けた。

「飛行機の予約をしなくちゃならない」マヌエルは沈黙を破った。「きみは数種類の身分証明書を持ってるよな」

ジュールズはうなずいて屈みこみ、バッグから数通のパスポートを取り出してベッドに広げた。「ワシントンDCまで飛ぶのよね?」

マヌエルはうなずいた。

「カップルとして一緒に乗るの、それとも別々に?」

マヌエルは眉をあげた。「一緒にだ」

「ばかな質問だったわ」ジュールズはささやいた。

「ああ、そうだ。きみは俺の目の届く範囲から出ない」

ジュールズはメリーランド州の運転免許証を投げた。「だったらこの人になる」

マヌエルは免許証を拾いあげ、写真と名前を見た。クリスティーナ・マックスウェル。彼女のほうを見て、この三年間ジュールズはどんなに近くにいたのだろうと考える。

その思いを読んだかのように、ジュールズは首を横に振った。「メリーランド州に足を踏み入れたことはないわ」

彼は電話を取りあげてトニーにかけた。必要な情報を伝えて通話を切る。「明日の朝八時のフライトだ」

ジュールズの疲れた顔に安堵が広がった。目の下のくまはさらに大きくなっていて、動きひとつひとつに疲労が刻みこまれている。

「ベッドに入ってろ。俺はシャワーを浴びる」マヌエルは小声で言った。

ジュールズは無言だった。おそらく疲労のあまり口も利きたくないのだろう。マヌエルは立ちあがってバスルームに入ったが、部屋の入り口がよく見えるようドアは開けたままにしておいた。


シャワーの水音が聞こえたとたん、ジュールズは立ちあがった。床のバッグを取って中身をベッドの上にあける。五カ国の通貨の紙幣の束。それぞれ違った名前のパスポート六通。ランプの淡い光を反射する拳銃のグロックと短機関銃のHK94やライフルを見たときは、一瞬狼狽を覚えた。これらは置いていかねばならない。

銃弾と何枚もの地図がベッドの上に散乱している。端には小さなGPS装置。荷物の中央にある携帯電話が目に留まった。手を伸ばしておずおずと触れる。あの男が電話をしてきたのはわかっている。ジュールズが出るまでかけつづけるだろう。簡単にあきらめるようなやつではない。

ジュールズは吐き気を感じつつ電源ボタンを押した。着信音はしないので、ほっと息をついた。電話をベッドに置き、明日持っていくものをまとめはじめる。

そのとき視界の隅で電話の画面が明るくなった。次の瞬間電話は生き返って振動した。苦いものが喉までこみあげる。ジュールズは電話を見つめ、バスルームに目をやった。まだ水音はつづき、シャワー室からは湯気が漂ってくる。

毒蛇にさわろうとするかのように、ジュールズはこわごわ手を伸ばした。恐怖を募らせながら電話をつかむ。

深呼吸してから電話を持ちあげ、ボタンを押した。「なんの用？」

ノーススターの皮肉っぽい笑い声が聞こえてきた。「ほう、ではNFRの出来の悪い刺客からは逃げられたんだな」

ジュールズは目を閉じた。「わたしに用はないでしょ。もう解放してくれない？」

「いや、用はあるんだ、マガリー。最後に一度だけ」

「最後なんてないわ」ジュールズは言い返した。「わたしはばかじゃないのよ」

「きみに提案がある。わたしたちふたりが得をする提案だ。しかも、きみのほうがもっと得をする」

「さっさと要点を言って」ジュールズはバスルームを一瞥した。「あんまり時間がないの」

「頼みたい任務がある。きみのような才能を持つ女にとっては朝飯前の仕事だ。それを果したら解放してやる。そのあときみがどんな人生を送ろうが、わたしには関係ない」

「断ったら？」

ノーススターは誘うような口調から情け容赦ないきびしい口調に変わった。「断るなら、大切な恋人に別れのキスをするんだな。わたしをあなどるな。わたしにどんな力があるかは知っているはずだ。きみの前から恋人を消すのは、ハエ叩きで虫をつぶすようなものだぞ」

ジュールズの心臓が喉までせりあがった。そう、ノーススターが本気なのはわかっている。

彼の仕事は人殺しだ。見せしめのためなら自分の母親を殺すこともいとわないだろう。力のほどを示すため、彼はジュールズの両親を殺した。ジュールズはマニーを守らねばならない。どんな犠牲を払っても。「その任務のあと、あなたが彼の命を奪うという脅しをつづけない保証はある？　あなたがほんとうのことを言ってる証拠は？」

「保証はないし、証拠を見せるつもりもない。これ以上きみに用はない。きみのような暗殺者はいくらでもいる。駄々をこねるきみの子守をつづける気はない。この任務を果たせ。そうしたら望むものが手に入るぞ。自由だ。断ったら、きみを生き地獄に放りこむ。最初にためらったときのことは覚えているだろう」

息が詰まるほどの恐怖が猛スピードでジュールズの中を駆け抜けた。必死で心の奥に閉じこめてきた記憶が出してくれとあばれている。額に汗が浮いた。こんな思いをさせるノーススターを地獄へ送ってやりたい。

「それとも、きみはあれが気に入ったのかな？」ノーススターは嘲笑した。「あれを楽しんだのか、マガリー？」

「やるわ」ジュールズはそっと言った。彼を黙らせるならなんでもする。恐ろしい記憶は消し去りたい。マニーの安全を守り、自分の正気を保たねばならない。

「わかってくれると思っていたよ。ワシントンDCに着いたらメールを確認しろ。詳細な指示を伝える」

「どうしてワシントンDCに行くのを知ってるの？」

返ってきたのは沈黙だった。「ちくしょう」ジュールズは悪態をつき、電話をベッドに投げつけた。

苛々して部屋を歩きまわる。どうしたら、二度としないと誓ったことができるだろう？いや、どうしてせずにいられるだろう？　マニーは世界一大切な人だ。でもノーススターが約束を守ると信じていいだろうか？

もちろんノーススターは信用できないけれど、指示に従うしかない。ジュールズに対するぞんざいな態度から、ノーススターはもう彼女に関心がないかもしれないというかすかな希望が生まれた。いまは彼もジュールズを必要としているようだが、あとがまはいくらでもいる。

悲しみで胸が詰まった。マニーはジュールズの信頼を求めている。彼女がすべてを打ち明け、問題の解決を彼に任せることを。それができるなら、こんなにうれしいことはない。でも彼が仕えているろくでなしどもが、それを不可能にしている。マニーに真実を打ち明ければ、自分たちふたりの命を敵の手にゆだねることになる。

だから、もう一度だけ暗殺者を演じよう。さもなくば、マニーの信用しているやつらが彼の命を奪うことになる。

ジュールズはすばやく考えをめぐらせて状況を分析した。計画を実行するには、マニーに彼の勝ちだと思わせる必要がある。そうしたら彼も、ジュールズが逃げるつもりだとか、とんでもない計画を立てているとかの疑いは抱かないだろう。一世一代の芝居をしなければならない。

しかし、過去についての嘘はつきたくない。彼には真実を話そう。起こったことについて、なんの嘘偽りもない真実を。決して頭から離れられない恐ろしい記憶を口にすることを考えると、胸がむかむかする。

この三年間で初めて、ジュールズは他人に対して完全に正直になるのだ。嫌悪で唇がゆがんだ。彼女は悲しみに包まれながらも、自分が最も憎む人間にゆっくり変身していった。血も涙もない殺人者に。

11

マニーがバスルームから出てくると、ジュールズの目は彼に釘づけになった。どんなに目を背けようとしても背けられない。彼はショートパンツ姿で、裸の胸はまだ湿っている。黒髪は濡れてくしゃくしゃだ。彼はつかつかと歩いてきて、たたんだシャツを椅子から拾いあげた。

彼が腕をあげてシャツを頭からかぶるところを、ジュールズはうっとりと眺めた。胸と腹の筋肉は波打ち、腕の筋肉は隆起してぴんと張る。彼がシャツを腰までおろしながら顔をあげたときジュールズと目が合った。彼女はまじまじ見ていたのを知られて恥ずかしくなり、後ろめたさに顔を赤くした。

「腹は減ってるか？」マニーは撫でるような視線でジュールズの顔を見つめた。「出前を取ってもいいぞ」

それに応えてジュールズの腹が鳴った。食べ物のことを考えると胸がむかつくけれど、それは長時間なにも食べていないからだ。マニーがつくってくれて数口食べたパンケーキは、石のように胃袋の底に張りついている。ジュールズはうなずいた。「いいわね」

「なににする?」マニーは分厚い電話帳をめくった。

「任せる」ノースターに命じられたことをどうしたら実行できるかと考えていると、また吐き気がこみあげた。

マニーは電話でサンドイッチとドリンクの出前を注文した。通話を終えるとジュールズのほうを向いた。決然とした表情になっている。「きみの傷を見せてくれ。そもそも病院を出ちゃいけなかったんだ。ましてや国じゅうを駆けまわるなんて」

ジュールズはびくりとしてベッドの上で身を縮めた。傷を見せろと言われるのは予想していなかった。マニーは無表情でベッドの横に立っている。「あおむけに寝ろ。長くはかからない」

彼女がおずおずとベッドの上であおむけになると、マニーはそっとシャツを引きあげた。あらわになった胸を見て顔をしかめる。「おい、ジュールズ。まるでイースターエッグ用の染料の中であばれたみたいだぞ」

「それはどうも」ジュールズはつぶやいた。

マニーは指で軽く腹部からあばらまで押していった。特別痛いところに触れられたとたん、ジュールズは思わず声をあげた。

「すまない、ベイビー」マニーは悔しそうな顔になった。「頭もまだ痛むか?」

「いまは、体じゅうで痛くない場所はほとんどないわ」ジュールズは率直に答えた。

マニーは眉をひそめた。「鎮痛剤のタイレノールがある。飲んでくれ」

彼は薬を二錠取り出してプラスチックカップに水を入れ、ジュールズに差し出した。彼女がひと口で薬をのみこむのを確認し、カップを受け取る。「食べ物が来るまで休んでろ」

ジュールズは反論もせず枕に頭を落として目を閉じた。マニーに世話をしてもらうのは気分がいい。たとえいまだけであっても。

マヌエルはジュールズがベッドに沈みこんで目を閉じるのを見守った。疲労の限界に達しているように見える。顔は青白く、体は弱々しい。いまにも壊れてしまいそうだ。

彼女はどんな犠牲を払ってきたのだろう？　ママとパパのために。マヌエルのために。一部始終を知りたい。マヌエルは数分間、彼女の胸が上下するのを見ていた。そのときドアがノックされ、彼はぎくりとした。ジュールズも驚いて目を開けたが、彼は自分の唇に指を押しあてた。

「食事だ」声を出さず唇の動きで伝える。

ジュールズはうなずいたものの、銃を取り出して慎重にドアまで歩くマヌエルに目を据えていた。マヌエルがのぞき窓から見ると、十代の若者が廊下に立っていた。

彼は用心して声をあげた。「食べ物はそこに置け。ドアの下から二十ドル札をそっちに滑らせる。釣りは取っとけ」

少年はまばたきひとつしなかった。食べ物を下に置き、マヌエルがドアの下から出した紙幣を取る。「ありがとうございました」そう言うと早足で歩き去った。

マヌエルはしばらく待ったあと、そろそろとドアを開けて顔を出した。廊下が無人なのを確認して屈みこみ、袋と飲み物の缶二個を取る。

それを中に持って入ってジュールズのベッドの端に置いた。彼女は体を起こし、マヌエルが出してきたサンドイッチを物欲しげに見つめた。

「チキンサラダとルートビアを注文しといた」マヌエルは小さくにやりとした。

ジュールズはうれしそうに声をあげた。「ルートビア。最高ね」

彼はくすりと笑って缶を放った。それから彼女の分のサンドイッチを渡し、袋を持つ。窓辺の小テーブルまで移動して自分のサンドイッチの包みを開けた。

ふたりは黙ったまま食べた。ジュールズはひと口ずつじっくり味わっているようだ。これが初めてではないが、マヌエルは彼女がどんなに長いあいだ食事なしで過ごしてきたのかと考えた。

食べ終えると腕時計に目をやった。早く質問に答えてほしいけれど、ジュールズがなにより休息を必要としているのはわかっている。彼自身、ひと晩落ち着いて眠りたい。

だからシャツを脱いで窓に近いほうのベッドまで行き、カバーをめくった。ジュールズの視線を感じながらシーツに潜りこむ。彼女のほうを向くと肘枕をして、ジュールズが食べるのを見守った。

ジュールズはそわそわとマヌエルに目をやり、ベッドの横のゴミ箱に空き缶を投げ入れて立ちあがった。彼女がジーンズを脱ぐときマヌエルは目をそらしたけれど、太腿の半ばまでシャツに覆われた細い脚は見えていた。

驚いたことに、ジュールズは歩いてきてマヌエルのすぐそばに立った。彼が顔をあげると、ジュールズは青い目を大きく見開いていた。そこには不安の光がある。「わたしがよくあなたのベッドに潜りこんで、一緒に話したのは覚えてる？」

記憶が燦々と輝いて、マヌエルの胸がふくらんだ。ジュールズが眠りに落ちるまで、何時間でも話したものだ。そんなふうに彼女と親密に過ごす時間を大切にしていた。いま彼は体をずらして自分の横の場所をぽんぽんと叩いた。ジュールズはこれを望んでいるのだろうか。ジュールズがベッドに入ってきたので、マヌエルは痩せた体にカバーをかけてやった。手を伸ばしてそっと顔を撫でる。指で頬をなぞったあと、カールしたブロンドをひと筋耳にかけた。

「二度と俺から隠れようとするな。どんな敵がいようと、俺たちふたりで一緒に対決しよう」

ジュールズは顔を横に向けた。「二度と逃げないわ」

勝利感がマヌエルの体を貫く。しばらくジュールズを見つめ、彼女の失踪という話題を持ち出そうかどうしようかと考えこんだ。問い詰めたくはない。だがジュールズはなにかを待っているようだ。彼に尋ねてほしがっているのか？ 「話をしたいか？」

マヌエルを見る彼女の目に恐怖が浮かんだ。「わたし――あの……」口ごもり、ごくりと唾をのむ。「なにを知りたいの？」

「最初から始めようか？」彼はやさしくうながした。「フランスでなにがあった？ なんで俺に電話をして、俺やママやパパのそばにはいられないと言ってきたんだ？」

ジュールズは息を震わせたので、マヌエルは彼女の脇腹を上下に撫でた。彼女には安心だと感じてほしい。

「パリに戻る列車を待って、コーヒーを飲んでたの。帰国する予定の前日だった」ジュールズは上を向いて天井を見つめた。マヌエルは手をおろし、話をつづける彼女をじっと見つめた。

「ウェイターがカウンターの男性からのおごりだと言って飲み物を持ってきた。次の瞬間フランス人がわたしのテーブルに来て、変なことを言いはじめた」

「どんな？」

「わたしのほんとうの名前はマガリー・パンソンで、両親はフレデリック・パンソンとキャリーヌ・パンソンだと言ったわ。わたしは、あなたは頭がおかしい、わたしの名前はジュールズ・トレハンだしパンソン夫妻なんて聞いたことがないと答えた」

マヌエルは眉間にしわを寄せた。変というより気味悪い話だ。

「そしたら男は、やつらがわたしの実の両親を殺したと言ったの」

「誰が殺したって？」

「それは言わなかった。そいつは封筒を渡して、中を読んだら連絡をくれ、話し合うことがたくさんある、わたしの将来を含めて、と言ったわ」

「封筒にはなにが入ってたんだ？」マヌエルは黙っていられなかった。頭の中では無数の疑問が渦巻いている。どういうことかちっともわからない。

「読んだのは、もっとあとになってから。それはNFRの応募書類で、わたしの両親だと言われる人についての詳細な情報もあった。両親はNFRの設立時からのメンバーだった」

「そんなことを信じたのか？」マヌエルはあっけにとられていた。彼の知るジュールズだとは思えない。彼女はそんなにだまされやすくない。

彼女は怒りにぎらぎらと目を光らせた。「信じたわけないでしょ。とにかく、そのときわたしはそいつに失せろと言い、そのフランス人は歩き去った。そしたら今度はカウンターにいた別の男がやってきて銃を出し、ついてこいと命令した。意外にもアメリカ人だったわ。そいつは、わたしがほんとうは何者かをそろそろ知るべきだと言った。わたしはタクシーに押しこめられて連れ去られた」

「それから？」

ジュールズはしばらく黙りこんで天井を見つめた。息が荒くなる。「それから地獄へ行った」

マヌエルは肘をついて上体を起こし、ジュールズの腰に腕を回して自分のほうを向かせた。

「きみはいま俺と一緒にいるんだ。やつらはこれ以上きみを傷つけられない」

「それが信じられたらいいのにと思うわ」

「話してくれ」どこまできつく問い詰めればいいかわからないまま、マヌエルは言った。真実を知りたい。彼女が途方もない行動に同意した理由を知りたい。「俺がきみを守れることを、なんで信じられないんだ？」

ジュールズはその質問についてじっくり考えこんでいるようだった。完全に動きが止まり、呼吸が浅くなる。彼に話したくなくて葛藤しているように思えた。

マヌエルは息をひそめて待った。彼女に信頼してもらうことが自分にとってどんなに大切なのか、いま初めてほんとうにわかった。

「男は、NFRに入る気はあるかと訊いてきた。もちろん、そのときはまだ封筒を開いてもいなかった。開くつもりもなかった。男がなんのことを言ってるのか全然わからなかったから、まさかと答えた。口汚くののしってやった」

マヌエルは微笑みかけた。その光景は充分想像できる。

「男はわたしの汚い言葉を喜ばなかった。タクシーは街の外で止まり、男はわたしを別の車に乗せた。手を縛って目隠しをした。車は何時間も走りつづけた」

ジュールズは目を閉じた。彼女の悲しみと恐怖がマヌエルに手を伸ばしてくる。彼が命綱であるかのように。彼はジュールズの手を取って指を絡め、安心させるようにぎゅっと握った。

「車が止まると、男はわたしをおろし、わたしたちはある建物に入っていった。男は目隠しを外して部屋を出た。ふつうのオフィスみたいだった。場所は街なか。車の走る音が聞こえた。コピー機や電話の音がした。建物にはほかにも人がいる。悲鳴をあげてその人たちの注意を引こうかと考えた。でもそれを実行する前に、さっきの男が戻ってきた。あとでわかったことだけど、そいつはノーススターと呼ばれる男だった。やつがわたしを見る目つきは恐ろしかった。ひどく冷たかった。そのとき初めて、心から怖くなったわ。

ノーススターの説明によると、NFRのメンバーがわたしに接触したのは、昔両親がNFRにかかわってたからということだった。どんな組織にも入るつもりはないとわたしが言うと、やつは笑い飛ばした。わたしに選択の余地はないんだと言った。

わたしがあきらめろと言ったら、ノーススターは机から封筒を出して、中を見ろと言って渡してきた。中には写真があった。ママとパパと……あなたの」ジュールズは喉を詰まらせながら言葉を吐き出した。「でも、まだ事情がのみこめなかった。わたしにすれば、あなたは遠く離れたところ、やつらの手が届かないところにいた。だけどノーススターは、わたしが指示されたとおりにしなかったら、あなたたちを皆殺しにすると言ったの」

マヌエルは怒りで唇を噛みしめた。

「あなたがなにを考えてるかは知ってるわ。わたしだって同じことを考えた。なんでも同意して、そのあと警察かアメリカ大使館に駆けこもうと思った。ノーススターもわたしの考えを読み取ったらしかった。彼の言うことを本気で信じているか、と訊いてきた。わたしは愚かにも、わからないと答えた。

するとノーススターは机のボタンを押して女の人を呼んだ。秘書みたいだった。彼女が入ってくるなり、やつは銃を出して彼女の頭を撃ち抜いた。わたしの目の前でよ！」ジュールズは自分の脚を抱えて胸に引き寄せた。

「なんてことだ」マヌエルはつぶやくと、ジュールズのこわばった体を抱きしめる。だがジュールズは腕を突っ張って抱き寄せられるのを拒んだ。体をずらしてマヌエルから離れ、うつろな目で彼の後ろを見つめた。

「これで信じるかと訊かれて、わたしはうなずくしかなかった。ショックだった。部屋じゅうに血が飛び散ってた。そのあと——そのあと——」声がかすれ、ジュールズは言葉を切った。

「そのあとどうなった?」マヌエルはやさしく先をうながした。

「別の男が入ってきた。年配だった。上品そうに見えた。そいつはなにも言わず、ただ微笑んだ。そして、死体の真横でわたしをレイプした。ショックで呆然としてたわたしは、抵抗もできなかった」

まじりけのない怒りがマヌエルの中でわき立った。何度もこぶしを握っては開く。ジュールズが距離を置こうとしているのを意にも介さず、彼女を抱き寄せた。

腕の中で彼女を揺らし、髪、背中、手の届くすべての場所を撫でる。正気を失いそうだ。怒りの赤い靄で目の前が曇っている。生きてきた中で、これほど人を殺したいと思ったことはなかった。ジュールズを傷つけた人でなしをつかまえることができるなら、体じゅうの穴という穴から血を流させて楽しむだろう。

腕の中でジュールズはぐったりとしている。マヌエルは目を閉じ、彼女を抱きしめた。

「終わったあと、男はわたしを床に残して帰っていった」ジュールズの声はマヌエルの胸でくぐもっている。彼はジュールズを楽にさせるため腕の力をゆるめた。

「あと始末をするようノーススターに言い残して。そいつもアメリカ人だった。男が帰ったあと、ノーススターはママとパパの写真を出してきて、死んだ女の人の血を塗りたくった。写真をわたしの横に落として、彼が真剣かどうか疑いを抱いたときはこの写真を見て誰の血がついてるか思い出せと言った。それから、起きあがって身を清めろと命じた。わたしの顔に受話器を押しつけて、最初に接触してきたフランス人に向かってNFRに入りたいと言わせたの。

次の日、わたしはフランス人に会って組織に入った」ジュールズはそっけなく言った。「毎月、ノーススターはママとパパの新しい写真を送ってきた。いつも血が塗りつけられてた。わたしをレイプした男が誰かは知らないけど、そいつが組織のトップなのはわかってる」

「ひどい」マヌエルはささやいた。ジュールズはどんな地獄に耐えてきたのだろう？　とんでもない話だ。彼女の世界で、そんなことが起こってはならない。これはマヌエルが生きる世界での話だ。マヌエルなら、テロリストが目的を果たすためにする異常な行為になじみがある。しかし世間知らずの二十二歳の娘にとって、それはどう感じられただろう？

ジュールズはまだマヌエルの腕の中で板のように身を硬くしている。彼に触れられるのが耐えられないかのように。マヌエルは体を引いて彼女に気持ちの落ち着く姿勢を取らせようとした。そのときジュールズの目に恥辱が見えた。苦悶と、彼に拒絶されるのではという不安も。

「ジュールズ、そんなことは考えるな」マヌエルは彼女の顎をつかみ、親指で頬を撫でて、涙の跡でざらついている肌をなめらかにした。「これで俺のきみに対する気持ちが変わると思ってるなら……大間違いだぞ」

「でも、わたしはひどいことをしてきたのよ。口にできないようなことを」ジュールズはつらそうにささやいた。「任務に出るたびに、ママとパパの写真を持っていった。あなたが死んで力なく倒れたところを想像した。愛する人たちがわたしの過ちの代償を払うのを防ぐには、任務を果たすしかないと自分に言い聞かせた。あなたたちの命と引き換えに他人の命を奪った。ああ、そんな自分が憎い。家族を死なせないために後ろ暗いことをしなくちゃならない、そんな自分が憎い」

ジュールズはいままでに増して、迷子になった少女のように見える。何年も前にマヌエルが路上で見つけたよちよち歩きの幼児が思い出された。いま、生気のない青い目には途方もない苦しみが浮かんでいる。抑えがたい苦しみ。純粋な苦しみ。

この三年間彼女がどんなことを強制されてきたかは充分想像がつく。トニーによれば、彼女は非常に優秀だったらしい。任務に失敗して死ねばよかった、というさっきの発言が思い出された。あれは心からの気持ちだったことを、マヌエルはいま確信した。ジュールズは耐えがたい重荷を背負ってきたに違いない。

「俺がきみを助けてやる。助けさせてくれ。力を合わせれば解決できる」そう言いながらも、マヌエルは無力感にまみれていた。自分はジュールズの失敗に知らん顔をしていられるのか？　失敗。まるで人を不快にさせただけみたいな言い方だ。死んだ人間は、不快もなにも感じられないというのに。

ジュールズは大きく首を横に振った。「無理よ、マニー。あなたはわかってない」

「俺がどこで働いてるのか忘れたのか？」マヌエルは彼女の顎をあげて自分のほうを見させた。「情報源がないわけじゃない。たぶん、ＮＦＲについては俺のほうがきみよりよく知ってるぞ」


ジュールズの胸が苦しくなった。彼女の置かれた状況について、マニーの知らないことはあまりにも多い。彼がすべてを知っているはずがない。でも、もし知っているとしたら？　彼女は恐怖に震えた。マニーを信頼したい。全面的に信じたい。けれど、彼女の運命を握る組織で働くマニーを、どうしたら信じられる？

最初は死を恐れていたけれど、もう死ぬのは怖くない。あれだけの苦悩や恐怖を味わってきて、死への恐怖は消え失せた。

マニーの視線が突き刺さるのを感じて、徐々に頬が熱くなってきた。彼はなにも見逃さない。ジュールズの頭の中から思いを自由自在に引き出すこともできるのではないか。ＣＩＡが彼を採用したのは正しかった。正義感と義務感によって、マニーは強硬な愛国者になっている。

ジュールズはほかの誰にも話していないこと、心の奥底に隠していたことをマニーに打ち明けたけれど、まったく安堵は感じていない。自分の味わった屈辱を、できれば彼には知ってほしくなかった。自分が使い古されて薄汚れているように感じる。まるで捨てられたゴミだ。いや、やつらはジュールズを投げ捨ててもいない。投げ捨ててほしかった。そうしたら這ってでも家に帰って傷を癒やせただろうに。

でもそれはかなわず、いまは自分の憎む人生を送っている。人生などという高尚なものですらない。自分は単なる存在。呼吸するだけの生き物。人生はとっくの昔にあきらめていた。

マニーが首に手を回し、うなじをやさしく揉んだ。彼の目には思いやりや愛があふれている。ジュールズに、そんなものを受ける資格はない。いまはこれまでになかったほど強く自分を憎んでいる。この男性を裏切るのは、冷酷に人を殺す以上にひどいことだ。

「なにを考えてるんだ、ベイビー？」

ジュールズは罪の意識を感じてうなだれた。マニーを放って自分ひとりでワシントンＤＣへ行くべきだ。彼のそばにいれば、ジュールズを殺そうとする人々の目を彼に向けさせてしまう。自分のせいでマニーが死んだら、ジュールズは生きていけるか？　もちろん答えはノーだ。すでにジュールズのせいで両親が死んだ。彼らが実の両親であろうがなかろうが関係ない。ふたりは実の娘のようにジュールズを愛してくれたし、ジュールズも彼らを愛していたのだから。

「ジュールズ？　大丈夫か？」マニーが心配そうな口調で尋ねてきた。

ジュールズは彼を見あげ、安心させるような笑みを浮かべようとした。でも圧倒的な悲しみに襲われているとき、微笑むことはできなかった。「いいえ」正直に答える。「大丈夫じゃないわ。永遠に大丈夫にはなれそうにない」

マニーは彼女の顔を両手で包んだ。彼が唇を近づけてくると、ジュールズの心臓は締めつけられた。胸の鼓動がどんどん大きくなり、息ができない。彼はとてつもなくやさしく、自分の唇でジュールズの唇をかすめた。あまりの思いやりあふれる仕草に、ジュールズは泣きたくなった。彼はジュールズを、ちょっと扱いを間違っただけで壊れてしまうガラスのように気を使っている。

ジュールズは彼に信頼された上でその信頼を踏みにじるつもりなのも気にせず、飢えたように彼にもたれかかった。いま大切なのは彼が触れつづけてくれることだけだ。何年ぶりかで、人の肌のぬくもりを感じたい。

マニーは舌でそっと彼女の唇を舐めて中に入れてくれと求めている。ジュールズがすぐさま唇を開けると彼の舌が軽く、慈しむように入ってきた。片方の手を髪に差し入れて後頭部を支え、ジュールズをいっそう自分のほうに引き寄せる。ふたりの魂を絡め合わせようとするかのように。

「わたしが死ねばよかったのよ」ジュールズは彼の唇に向かってささやいた。「わたしが死ぬべきだった。ママとパパじゃなく」突然悲しみがこみあげ、彼女は声を詰まらせた。

「だめだ」マニーはわずかに唇を離した。熱い息が顔にかかる。彼の声には感情がこもっていた。「そんなことを言うな。きみを失ったら俺は耐えられない。きみが失踪したとき、俺はきみには想像もできないほど苦しんだんだ」

彼はこめかみから頬に口づけ、ふたたび唇をとらえて軽くやさしくキスをした。

ジュールズの胸の奥がざわめいて、必死で求めるもののささやきが聞こえた。なんとしても手に入れたいけれど、どうしても持てないもの。それを思ったとき心が冷え、ゆっくりと体を引いた。

気を落ち着かせるため深呼吸をして、欲望を制御しようとする。無数の感情が入れ代わり立ち代わりこみあげてきて、すっかり疲れてしまった。彼の腕に抱かれて一夜を過ごすのはたやすい。でもこれ以上マニーを利用するわけにはいかない。

「眠るんだ、ベイビー」マニーはジュールズを隣に寝かせ、自分たちふたりの上にカバーをかけた。

自分のベッドに戻らねばならないのはジュールズもわかっていた。それでも彼に抱きしめられたとき感じる安らぎは拒めない。だからマニーに身を寄せ、頭を彼の胸に置き、目を閉じて、眠りが訪れることを祈った。

12

マヌエルはベッドサイドに立ち、眠るジュールズを見つめた。彼女は子猫のように体を丸めている。手を伸ばして触れたいけれど、起こしたくはない。つきまとう恐怖からジュールズが逃れられるのは、寝ているあいだだけかもしれない。

なぜこれほど困難な事態になったのだろう？　かつては、ふつうの人生を送ることだけが望みだった。ジュールズと結婚し、二、三人子どもを持ち、アメリカンドリームを実現する。CIAに入局しても目標は変わらなかった。何年かアメリカ合衆国に仕えたあとは、もっと平凡な仕事をするつもりでいた。

ところがいまは果てしない悪夢から逃れられずにいる。自分とジュールズが陥った難局は、とうてい克服できないように思える。マヌエルは世間知らずではなく、能天気な楽観主義者でもない。このとんでもない苦境から脱出する方法はまだわからない。

NFRは怒りのあまりジュールズを消そうとしている。そしてジュールズが既知のテロ組織にかかわっていること、この三年間してきたことを知ったら、アメリカ政府は彼女を刑務所に放りこむ。

テロが横行する現在、テロリストが大目に見られることはない。テロ組織の大義に共感しているとほのめかすだけで、全知全能の超大国の注意を引いてしまうこと間違いなしだ。で、マヌエルの立場は？　既知のテロ組織のメンバーを手助けするCIA諜報員。くそっ、そんなのは考えるだけでも我慢できない。

腕時計に目をやる。飛行機に乗るためジュールズを起こすまで、あと一時間ある。彼はバスルームに入ってトニーに電話をかけた。

「こっちから電話しようと思ってたとこだ」トニーは言った。

「どうした？」

「お望みの情報が入手できた。NFRのメンバー採用戦術だ」

やつらの〝戦術〟と聞いただけで、マヌエルの怒りが沸騰した。彼らは下劣なケダモノだ。

「極端に急進的な組織に比べたらおとなしいもんだ。基本的には、これと狙った相手に接触し、組織の目的を説明し、連絡方法を教えて去る」

「それから？」

「それだけだ。組織に連絡を取るのも誘いを無視するのも本人しだい。強制的に引き入れられることはない。そんなことをしても忠実な信奉者にはならないからな」

マヌエルの喉に苦いものがこみあげた。ジュールズは嘘をついたのか？　マヌエルをだました？　いや、彼女はそこまでの役者じゃない。あの苦悩はとても偽装できない。「間違いないな？　もっと強制的な方法は記録にないか？」

トニーは束の間黙りこんだ。「なにが言いたい？　ジュールズはNFR加入を強制されたのか？」

マヌエルは吐息をついた。「まだよくわからない。NFRに入ったいきさつについて、ジュールズはちょっと違う説明をしてるんだ」

「それを信じるのか？」

一瞬言葉に詰まったあと、マヌエルは答えた。「ああ、信じる。なにかがおかしい。彼女の話は、おまえが言うこととある点までは同じだ。フランスで、ある男がジュールズに接触した。彼女の実の両親についてわけのわからんことを言ったあと封筒を渡し、連絡をくれと言って去っていった。しかし、似てるのはそこまでだ」

「どういう意味だ？　実の両親ってのは？　おまえは、トレハン夫妻がジュールズを養子にしたって言ってたよな」

マヌエルは眉間にしわを寄せた。ジュールズの身に起こったことをトニーに話す心の準備はできていない。真偽を突き止めるまで、すべては言いたくない。「ああ、実の両親はフレデリック・パンソンとキャリーヌ・パンソンというそうだ」

「ふむ。調べてみよう。なにか出てくるかもな」

「すまん。面倒なことばかり頼んで」

「気にすんな。しかしマヌエル、気をつけろよ。ジュールズが自分で言ったとおりの人間だとしたら、おまえたちは身を隠してなくちゃならない。お偉方連中は、おまえが彼女を引っ張ってくることを求めてる。ずっと前から、NFRに入りこむ方法を探してたんだ。彼女が利用できるなら、ためらいなく利用するぞ。利用できないなら……テロリストがどんな扱いを受けるかは、おまえだって知ってるよな」

「この三年間でNFRが暗殺した人間について調べてくれ。ジュールズのかかわりについて、わかるかぎりのことを知りたい」

「任せろ。さ、飛行機に乗れ。ワシントンDCに着いても、見つからないようにしろよ。おまえのいどころがわからなくて、サンダーソンは心臓発作を起こしかけてる。ワシントンDCにいるのを嗅ぎつけられたら、おまえはお先真っ暗だからな」

マヌエルは鼻で笑った。「警告をどうも」ひと息ついたあと付け加える。「それと、協力には感謝する」

「なに改まってんだよ」

マヌエルは電話をポケットに戻した。トニーが話したことについて考えながら寝室に戻る。ジュールズの話の一部は合致する。だがそれ以外はまったく話が合わない。

ジュールズが彼女を傷つけた男の言いなりになっていることを思うと、はらわたが煮えくり返る。彼女が真実を話したことについては、なんの疑いも持っていない。しかし……。どんな場合にも〝しかし〟がある。彼女はすべての真実を話したのか？　一部省略してはいないか？

ベッドの端に腰をおろし、彼女の頭に手を置く。ジュールズはいまもまだマヌエルを守ろうとしているのか？　どうやったら、そんなばかげた思いを捨てさせられる？　彼女がなにを考えているにせよ、マヌエルを守るためにジュールズが命の危険にさらされることは許せない。彼は面白半分でスパイごっこをやっている素人ではない。ＮＦＲの計画を出し抜くことはできるはずだ。

　ジュールズが動いてカバーがずれた。彼女の口から小さなうめき声が漏れ、マヌエルは髪を撫でてやった。彼女を抱きしめ、二度と離さずにいたい。ジュールズはまばたきをして目を開けた。一瞬混乱と強い恐怖が顔に広がる。そのあと安堵の表情になり、ゆったりと眠たげな笑みを浮かべた。

　マヌエルは思わず身を乗り出し、柔らかで魅力的な唇にキスをした。「おはよう」


　ジュールズは彼の唇の感触を味わった。彼に触れられたとたんに悪夢から解放された。マニーが後ろにさがったので体を動かしたとき、肩がずきんと痛んだ。

　顔をしかめて起きあがり、腕を回す。いくつもの場面が次々と脳裏を横切った。薬を盛られ、倒され、髪をつかまれ、顔を枕に押しつけられ、肩に鋭い痛みが走り、頭上で小さな笑い声が響いた記憶。それを追い払おうと、ぎゅっと目を閉じた。フランスでのあの恐ろしい日以来、残虐な出来事の記憶については考えず、心の奥底に押しこめていた。マニーにそれを話してしまったいま、記憶は頭の中で明るい光を放っている。

「ジュールズ、どうかしたか？」マニーが手を伸ばして頬を撫でてきたが、ジュールズは身を縮めた。

肩の皮膚は燃えるように熱く、痛みはどんどん強くなる。後ろに手をやり、痛みの原因を思い出そうとした。あの日の記憶のほとんどは自分の中にうずめていた。ノースターに立たされ、身を清めるように言われた。もうひとりの、レイプしたほうの男は誰だろう？　頭の中でふたりの声がもつれ合っている。どちらも極悪人だ。彼女はなんとか頭痛を止めようとして、こめかみに爪を立てた。

あの男は何者？　顔を思い浮かべようとしたけれど、思い出せるのは息もできなくなる恐怖だけだった。いや、違う。一度別の場所で見たことがあった。訓練期間中だ。あれは苦しみと恥辱にまみれた日々で、記憶は曖昧だ。頭を下にしてソファに押しつけられ、誰かに馬乗りになられた。後ろから声が聞こえる。指示を出す、あの男の声。激しい肩の痛み、喉までこみあげる吐き気。皮膚に注がれた冷たいもの。そして暗闇。無。思い出せない。

「ジュールズ！」マニーの声が、今回はもっとはっきり響いた。

ジュールズは自分を包む闇と闘った。呼吸が速くなり、吐き気が襲ってくる。

ベッドを飛び出してマニーを押しのけた。バスルームに駆けこみ、トイレに向かう。床に崩れ落ちた次の瞬間、胃袋が引っくり返った。

力強い手に腰をつかまれて体を起こされ、マニーに抱えられた。ジュールズは彼に支えられて激しく嘔吐した。そのあいだマニーはしっかりつかんでいてくれた。

吐き終えるまで、彼は無言で髪を撫でていた。ジュールズは沈黙に感謝した。いまはどんな音も受け入れられそうにない。

胃の痙攣がおさまると、ぐったりと彼にもたれかかり、手で口をぬぐった。マニーが一瞬そばを離れ、そのあと水音がした。彼はすぐに戻ってきて、ジュールズが口をすすげるようプラスチックカップに入った水を渡してくれた。それから無言で彼女の体に腕を回した。顎の下に彼女の頭をおさめ、じっと抱きしめた。

彼は寝室まで戻るとベッドの端に腰かけ、ふたりの体が密着するようジュールズをいっそう強く抱き寄せた。部屋に静寂が広がる。ジュールズには自分の心臓の音も聞こえた。それは胸の中でがんがん響いているので、きっとマニーにも轟音が聞こえているだろう。

それでもマニーはなにも言わなかった。ジュールズは彼の腕の中で徐々にリラックスしていき、やがて力なく寄りかかった。肩の燃えるような痛みは強くなりつづけ、血のにおいもした。自分の血だ。これは傷つけられたときの記憶？　やつらはジュールズになにをしたのだろう？　彼女の威厳をすべてはぎ取っただけでは不充分だったのだ。やつらが満足することはあるのか？

ジュールズは肩の不快感をやわらげようともぞもぞ動いた。マニーが腕をゆるめ、ジュールズは彼から離れた。彼の目に浮かんでいるものを見たくないので、視線は下に向けていた。きっとそこには哀れみがある。でも哀れみは見たくない。マニーに同情されるのだけはごめんだ。

「シャワーを浴びてくる」ジュールズはぼそぼそと言った。

よろめきながらバスルームに戻り、シャワーを全開にする。服を脱ぐと冷たい水の下に足を踏み出し、息をあえがせた。体の感覚が失われていく。それでも冷たい水を浴びつづけた。ショックを与えて頭をすっきりさせる必要がある。しっかりしなくては。いまこそ冷徹な暗殺者にならねばならない。

さらに数分間自分を罰しつづけたあとシャワー室を出て体を拭く。裸のまま鏡の前に立ち、映った姿を見つめた。表情を引きしめ、目つきを鋭くしようとした。懸命の努力で築いてきた非情な顔を取り戻さねばならない。なのにいま見えているのは、か弱く怯えた臆病者だった。

肩の痛みがいっこうにおさまらないので、背を向けて振り返り、鏡で肩の後ろを見てみた。けれど、ノーススターに無理やり入れられた小さなタトゥーがあるだけだ。思い出しているのはこのタトゥーを彫られたときのことか？

彼女は当惑して頭を横に振った。いや、タトゥーを入れたときのことはよく覚えているけれど、ほかにも曖昧なイメージがある。タトゥーは不快だけれどそれほど痛くなかった。いま記憶によみがえっていること――血、切られた痛み――はタトゥーによるものではない。でも、同じ部位のようではある。あのときは薬をのまされていて、頭がぼうっとしていた。なにかが記憶から抜け落ちているのかもしれない。もう一度体をひねって鏡を見てみたけれど、やはり肩でとぐろを巻く蛇しか見えなかった。

この三年間、ほとんど鏡は見なかった。背中一面が紫色に塗られていたとしても気づかなかっただろう。もう一度後ろを見て、マニーに調べてもらったほうがいいだろうかと思案した。

そんなことをしたら、彼はジュールズの頭がおかしいと思うだろう。いや、すでにそう思っているのではないか。

ブラジャーはせずに無地のTシャツに袖を通した。マニーが買ってくれたジーンズを取り、まだ湿っている脚にはく。ヒューストンはコロラド州やニューメキシコ州に比べてずっと暖かいけれど、ウィンドブレーカーを着て中ほどまでファスナーをあげると、守られているという感じがした。錯覚にすぎないとしても。

振り返ってまた鏡に目をやる。「しっかりするのよ、ジュールズ」きつい口調で自分に言った。「腑抜けみたいにふるまうのはやめて、計画を実行しなさい」

その場に立って決然と鏡に映った自分の姿を見ているうちに、不安が少し消えてきた。これはマニーのためだ。失ってしまった両親のためだ。彼らのためなら、心が麻痺するような恐怖と恥も忘れられる。

ちゃんと自分を取り戻したと確信すると、彼女はドアを開けて寝室に戻った。

マヌエルは瞬時にジュールズの変化を察知した。怯えて震える天使は消え、その代わりに立っているのは自信に満ちた落ち着いた女性だ。

ジュールズは冷静な目でマヌエルを見つめてきた。傲慢にも見える、場の主導権を握ろうとする態度。「準備は万端？」

マヌエルはうなずいたものの、彼女の変化をどう受け止めるべきか戸惑っていた。「飛行機は一時間半後に出発だから、そろそろ行かないとな」

ジュールズはうなずいてバッグを取った。グロックとHK94を取り出し、どちらも装填されていることを確認する。新たな弾倉を装着して安全装置をかけた。彼女が武器の扱いに長けているのは一目瞭然で、マヌエルは不愉快になった。彼女がこの三年間どうやって生きてきたかを思い出させるものは見たくない。

「それは持っていけないぞ」マヌエルは腕組みをした。

ジュールズはにやりとした。「そう思う？　まあ、知らなかったわ」

マヌエルは眉をあげた。「そいつでなにをするつもりだ？」

「生きて空港に着けるようにするつもり。ＢＭＷを引き渡す場所がどこかにあるんでしょ？平凡で頭でっかちな警備員に、ボンドカーに手を触れさせるわけにはいかないはずよ」彼女はたっぷりの皮肉をこめて言った。「銃はそのとき車に置いていく。ほかのものは持っていくわ」

マヌエルは声をあげて笑いそうになった。だがやがて、彼女が懸命に強がっている理由を思い出し、胸が締めつけられた。「ボンドカーは空港の外で乗り捨てる。そこからはシャトルバスだ」

ジュールズは荷物を詰め終え、大きすぎるバッグを細い肩にかついだ。顔をあげたとき、彼女の目はマヌエルに鉄格子を連想させた。決して他人を寄せつけない目。

「なら行きましょ」ジュールズは世界じゅうの重荷を背負う覚悟にも見えた。

マヌエルはその表情を気に入らなかった。彼女はマヌエルの世界を引っくり返すようなことを企んでいるという強い感じを受けた。いま以上に混乱させることを。

13

マヌエルはBMWを運転して環状道路に入り、加速して中央車線まで行った。ジュールズは無表情でシートにもたれている。あの頭の中でなにが進行しているのか、マヌエルはなんとしても知りたいと思った。いや、知らないほうがいいかもしれない。

次の出口でおりるため車線を変更する。朝のラッシュアワーが終わり、交通量は減っていた。環状道路を出ようと速度を落とした瞬間、車ががくんと前に傾き、マヌエルの頭はのけぞってシートに叩きつけられた。

「なに――？」

ジュールズはすばやく体勢を立て直して後ろを向いた。「あの野郎がぶつかってきたのよ！」

マヌエルがバックミラーを見ると同時に、SUV車ハマーのフロントグリルがBMWのリアバンパーにふたたび衝突した。

ジュールズは大声で長々と悪態をついた。

「言葉遣いが悪いと注意されたことはないか？」

彼女はマヌエルを一瞥したあと、シートの背もたれから後ろに身を乗り出した。

「なにしてる？」マヌエルはそう訊きながらアクセルを踏みこみ、追跡者を振り払うため三本向こうの車線に入っていった。

「あのアホどもに殺されないようにしてるのよ」ジュールズはグロックをバッグから出し、横の窓をおろした。

マヌエルは手を伸ばしてジャケットのフードを引っ張り、彼女を引き寄せた。「頭を使え、ばか。ヒューストンのど真ん中で撃ち合いはやめろ」

ジュールズは彼をにらみつけた。「誰が撃ち合いするって言ったの？」ふたたび窓から身を乗り出し、慎重に狙いをつけて二発撃った。

ハマーがぐらりと揺れて横滑りする。ジュールズは左右の前タイヤを撃ち抜いていた。マヌエルはアクセルを踏んで車を加速させた。

ところがハマーはすぐに車体をまっすぐ戻し、車列を縫って走るＢＭＷをふたたび追いかけた。

「旅の連れができたわよ」ジュールズがつぶやく。

マヌエルはバックミラーを見て毒づいた。二個のヘッドライトが近づいてくる。

「危ない！」

進入路から現れたトラックを避けようと、マヌエルは大きくハンドルを切った。トラックをよけ、次の出口まで車を飛ばす。すぐに高速からおりなければならない。

高速を出て速度を落とし、脇道に入ろうとする。そのときハマーがまたもや後ろからぶつかってきて、BMWは一八〇度回転した。マヌエルはアクセルを踏んだままハンドルを切ってまた前向きになり、そのまま走りつづけた。

「どうしてハマーは減速しないの？　フロントタイヤを撃ち抜いたのに」ジュールズが身を乗り出してもう一発撃つ。今回、敵は撃ち返してきた。

「中に入ってろ」マヌエルは怒鳴って彼女のジャケットを引っ張った。

そのときサイドミラーが木っ端みじんに割れた。「ちくしょうめ！」マヌエルは大急ぎで角を曲がって脇道に入っていった。なにをしても相手の車を振りほどけない。さらに、そのすぐ後ろからはパトカーが追ってくる。

「つかまってろ」彼は歯を食いしばった。思いきりブレーキを踏むと、ハマーが横に並んだ。彼はそこで大きくハンドルを切ってUターンし、反対方向へと加速した。

唯一の問題は、パトカーが迫っていることだ。正面衝突したくなければ止まるしかない。ミラーをちらりと見ると、ハマーは姿を消していた。

「くそっ」マヌエルはブレーキを踏んで車を止めた。パトカーが四方八方から集まってくる。「ばかなことはするなよ」彼は警告した。逮捕を免れるためにジュールズがなにをするかわからない。

ジュールズは彼を鋭くにらみつけたあと、両手を窓から出した。マヌエルも同じようにし、警官はすぐにふたりを車から引きずり出した。

マヌエルは車のボンネットのほうに屈みこまされた。両手は背中に回され、警官ふたりによって手錠をかけられた。顔をあげて見ると、ジュールズもボンネットに顔を押しつけられて両腕を後ろにねじられている。「気をつけろ」マヌエルは叫んだ。「彼女に手荒なまねをするな」

「黙れ」いちばん近くにいる警官が言った。「どういうつもりだ？　ギャング同士の抗争か？」

「俺がギャングに見えるか？」体を起こされ、マヌエルはうなった。

マヌエルとジュールズは被疑者の権利を読みあげられたあと、乱暴に別々のパトカーに押しこめられた。マヌエルはジュールズを乗せたパトカーが走り去るのを見送った。ちくしょう。こんなことになる予定ではなかった。心配する必要はないと思うが、ジュールズがおとなしくして口をつぐんでいることを彼は心から願った。

警察署に着くと、手続きに従って指紋を取られ、上半身写真を撮られた。取り調べに入る前に、マヌエルは電話をかけさせろと言い張った。

「俺の電話をくれ」ジュールズを手荒に扱った警官に向かって、うなるように言う。

警官は携帯電話をマヌエルの手に叩きつけて部屋の端まで行き、マヌエルはトニーの番号を押した。トニーが休憩中でなければいいのだが。

「飛行機に乗れなかったみたいだな」応答したトニーは困ったように言った。

「なんでわかる？」

「乗ってたらいまは空の上だろ。だけどおまえは電話してる。てことは乗ってないわけだ」

「大正解」マヌエルはつぶやいた。「頼みがある。大至急だ」現在の状況を手短に説明する。

「取り調べが始まる前にジュールズをここから出さなきゃならない。俺たちがつかまったことをサンダーソンに知られないうちに」

「難しい問題ばかり起こしやがって」トニーは苛立っている。

「ここから出してくれるのか、くれないのか？」

「ちょっと時間をくれ。待ってろ」

マヌエルは電話を切って警官に返した。「独房に連れてけよ、おまわり」

「ウィリアムズ巡査だ」警官はむっとして言い返した。

マヌエルはウィリアムズをにらみつけた。ふだんは地元の警官に対してもっと寛容な態度で臨むけれど、こいつは許せない。「女に乱暴なまねをするのが好きなのか？」

「車の窓から銃を振りまわしてたからだ」ウィリアムズは語気を荒らげた。

たしかにそのとおりだ。だからといって、ジュールズをあんなふうに扱っていいことにはならない。マヌエルは唇を固く引き結んで独房に入っていった。ドアがバタンと閉じる。トニーが今回の窮地から救ってくれるのには、どのくらい時間がかかるだろう。

ジュールズの身が案じられる。

十分後、ウィリアムズが戻ってきて独房のドアを開けた。「なんで正体を隠してた？」

マヌエルは眉をあげた。「俺の正体って？」トニーはどんな話をでっちあげたのだろう。

「連邦捜査官なんだってな。傲慢野郎め」

なるほど、トニーはマヌエルをＦＢＩにしたらしい。いいだろう。警官どもは一刻も早く彼を追い出したがるはずだ。警察はFBIが縄張りを嗅ぎまわるのを好まない。

ウィリアムズについて警察署の中を通り、ジュールズが拘束されている区画に向かう。独房に近づくと、奥の隅で縮こまっているジュールズが見えた。床に座って膝を抱えている。だがマヌエルを見たとたん、彼女はぱっと立ちあがった。弱々しさは瞬時に消え失せた。

鉄格子まで来て警官をにらむ。そのあとマヌエルに顔を向けた。「出られるの？」

その質問に答えるように、ウィリアムズは独房のドアを開けた。ジュールズはゆっくり出てくると、得意げににやりと笑って警官の足を踏んだ。ウィリアムズは渋い顔でジュールズをにらみつけた。

「行く前に、警部補がおまえらに会いたがってる」ウィリアムズは嫌悪もあらわに言った。ふたりにさっさと消えてほしがっているらしい。

マヌエルはジュールズの背中に手を置き、警官の後ろから廊下を進んだ。狭い執務室に入っていくと、四十代と見える男性が眼鏡の縁越しに目を向けてきた。

「座れ」命令し、眼鏡を取って机に置く。

ジュールズは従ったものの、マヌエルは立っておくことにして、壁際の書棚にもたれた。せっかく相手を見おろすという有利なポジションにいるのだから、それを手放す気はない。

「きみたち、いったいここでなにをやってるんだ？」警部補が質問する。マヌエルは机の前に置かれたネームプレートに目をやった。

「申し訳ありませんがお話しできません、バーンズ警部補」

「ばか者め。きみたちは我が管内で銃をぶっ放してたんだぞ」警部補はジュールズをきつくにらんだ。

ジュールズが身を硬くする。マヌエルは彼女が沈黙を守ってくれることを願った。

「なぜ命を狙われたのかは見当もつきません」マヌエルは淡々と答えた。「しかし相棒は敵にむざむざ殺されたくなかったんです」

警部補はマヌエルの耳が痛くなるような悪態をついた。「さっさと出ていけ。州間高速十号線に乗って、二度と振り返るな。きみたちがヒューストンに戻ったという話は聞きたくない」

「車のところまで送ってほしいんですが」マヌエルはこれ以上警部補を怒らせないよう注意して頼んだ。

「それと、持ち物を返してください」ジュールズが冷たく言う。「全部」

「ウィリアムズに車両保管場まで送ってもらえ。持ち物は受付でサインして受け取ること」バーンズは短気に言った。

マヌエルとジュールズが警部補の部屋を出ると、ウィリアムズが壁に寄りかかっていた。

「行くぞ。こっちは暇じゃないんだ」

彼のあとについてパトカーまで行き、後部座席に腰かける。「後部座席にはうんざりね」

ジュールズはつぶやいた。

「ボンドカーがまだ運転できる状態だといいけどな」

「無敵じゃなかったの?」

「皮肉はやめろ」

「着いたぞ」ウィリアムズは車両保管場に乗り入れた。「あそこにいるマキルヘニーって名前の担当に申し出ろ。キーを渡してくれる」

マヌエルとジュールズがおりたとたん、ウィリアムズの車は走り去った。

「愛を感じるわね」ジュールズが言う。

「行くぞ」

数分後、ふたりはBMWを眺めて破損具合を確かめた。後部はかなり傷んでいるものの、目的地までたどりつくことはできるだろう。

ジュールズは助手席に乗りこんでマニーが運転席に来るのを待った。限界まで伸ばされた輪ゴムのように、神経はぴんと張っている。本能はなにかがおかしいと叫んでいた。誰かが自分たちを殺そうとした、というだけではない。

車が走りだすと、彼女は頭を後ろにもたせかけた。

「大丈夫か？」マニーが視線を向けてくる。

「ええ。ちょっと考えてるだけ」

「なにを？」

ジュールズはしばらく黙りこんだ。疑いを口に出しても、どうせマニーは彼女の頭が変だと思うだろう。ジュールズ自身、自分の頭はおかしくないと断言できずにいる。それでも、どう考えても筋が通っていない。

「ジュールズ？　話してくれないのか？」

「どこかで車を止めて」彼女は吐息をついた。「時間がかかりそうだから」

マニーはショッピングセンターの駐車場に入ってエンジンを切った。「なにが引っかかってる？　きみの以前のお仲間がおれたちを殺そうとしてるってこと以外に」

「問題はそこよ。やつらはNFRじゃない」

「なんだと？」

「聞こえたでしょ」

「わかった。なんでNFRじゃないとわかるんだ？　やつらはハマーが嫌いだとか？」

「皮肉はやめてってば。わたしにはよくわかってるんだから」

「なあジュールズ、やつらがNFRかどうかなんて、俺にはどうでもいい。知りたいのは、俺たちがどこへ行こうとやつらに居場所を知られてる理由だ。偶然にしちゃできすぎだろ」

真剣に肩が痛くなってきたので、ジュールズは痛みをやわらげようと肩を縮めてさすった。思い出せないのが腹立たしい。なにか重要なことが記憶から抜け落ちているのはわかっているのに、断片をつなぎ合わせられない。

マニーはさっきの発言の説明を求めてジュールズを見つめている。「とにかくNFRのやり方じゃないのよ」

ジュールズが命令に従うと承知した以上ノースターが命をつけ狙うはずはないということを、説明できるわけがない。だからこそ、誰が殺そうとしているのかという疑問がジュールズを悩ませている。

「なるほど。で、NFRじゃないとしたら、いったい誰だ？　きみが怒らせた組織はひとつだけじゃなかったのか？　もしかすると、この三年間できみが暗殺した相手と関係あるのかもな」

マニーが襲いかかって全力で顔を殴ってきたとしても、ジュールズはこれほど打撃を受けなかっただろう。彼女は大きく息をのんだ。顔から血の気が引くのが感じられる。「ひどいわ、マニー」車のドアを開けて外に出た。新鮮な空気を吸いたい。あと一分でも車にいたら窒息する。

ジュールズが歩き去ろうとしたとき、マニーが車から飛び出した。彼女の肩をつかんで自分のほうを向かせる。「やつらはなんで俺たちの居場所を知ってる？」

マニーはそこまでジュールズを見さげ果てた人間だと思っているのか？　「本気で、わたしがやつらを手引きしてると考えてるの？」ジュールズは愕然として尋ねた。

マニーは怒りで目をぎらつかせた。「どう考えればいいのかわからない。きみは、追ってくるのはNFRじゃないと言った。誰にしろ、そいつらには俺たちを見つけだす不思議な能力がある。俺たちがどこへ行こうが、やつらは一歩先を行ってる」

ジュールズは彼の手を振りほどいた。「さっさと車に乗って消えてよ、マニー。あなたの助けはいらない。自分の身は自分で守れる。わたしがしてきたことはすべて、家族を――あなたを――無事に守ることだったのよ」

「くそっ、俺はどこへも行かないぞ。真実を話してほしいだけだ」

「真実？　真実がなんなのか、全然わからない。わかってるのは、これがＮＦＲの仕業じゃないってことだけ。やつらの手口じゃないわ」


マヌエルはジュールズを見つめ、言い返したいのをぐっとこらえた。ＮＦＲの手口に合わないのは、今回のことだけではない。しかし、ジュールズが加入を強制されたいきさつについて話を蒸し返したくはない。「だったら誰なんだ？」

ジュールズは首をかしげ、また肩をさすりはじめた。「わからない」

「肩をどうかしたのか？」

彼女はびっくりして顔をあげた。「いいえ、どうして？」

マヌエルは答えなかった。「これ以上敵の注意を引かずにワシントンＤＣまで行く方法を考えないとな。いままでのところ、死人でも目が覚めるくらいの大騒ぎばかりだ。やつらが追跡装置をしかけてるとしか思えないが、車にはなにもなかった」

ジュールズは顔面蒼白になった。目が泳ぎ、どうしようもなく体が震えている。彼女はどんな地獄に耐えているのかと考え、マヌエルは顔をしかめた。

「それだわ」ジュールズはささやいた。

「なんだ？」

「追跡装置よ。ああ、わたしはばかだった」彼女は振り向くと、首を左右に振りながら大股で車に戻っていった。マヌエルは彼女の不可解な態度に困惑してついていった。

ジュールズはドアを勢いよく開き、あわててバッグの中を探った。悪態をつぶやいてバッグを座席に投げつける。振り返ってマヌエルのほうを向いた。「ナイフある？」

「なんだって？　きみの武器庫にナイフは入ってないのか？」

「いやみを言ってる場合じゃないの。ナイフは持ってるの、持ってないの？」

マヌエルは屈みこんでズボンの裾をめくりあげた。予備の拳銃の横にポケットナイフがくくりつけてある。それを抜いてジュールズに手渡した。

ジュールズはナイフを彼の手に押しつけた。「あなたがやって。わたしは手が届かない」

「なんの話だ？」マヌエルはナイフをつかまなかった。

ジュールズはシャツの襟を広げて押しさげた。

「見事なタトゥーだ」マヌエルは肩甲骨に彫られた小さな蛇に目を留めた。

彼女はナイフを投げてマヌエルに受け取らせた。「そこを切り開いて」

「そんなことをさせたいのか？　気が変になったのか？　タトゥーを消すなら、もっと安全な方法があるはずだぞ」

「タトゥーじゃないの」ジュールズは歯を食いしばっている。「タトゥーの下に追跡装置が埋めこまれてるのよ」

14

ジュールズはマニーの顔に驚愕が広がるのを見つめた。ため息をつく。彼は詳しい説明を求めるだろうけれど、実のところジュールズには説明できない。しかし頭にこびりついている記憶が、自分たちがどこへ行こうとやつらに見つけられるという事実と関係があることには、一片の疑いも持っていない。

「肩を切り開けだと？　頭が変になったのか？」

「それについては議論の余地があるわね。でも、切り開いてほしいのは事実。そうして追跡装置を掘り出して。行く先々に悪者どもに現れてほしくなければ」

「ばかげてる。こんなポケットナイフできみを切り刻めるもんか」

「意気地なし。わたしはもっとひどい仕打ちにも耐えてきたのよ。こうするしかないのはわかるでしょ。だからさっさとやって」

「人目のある駐車場じゃ無理だ」

「なら、できる場所を探しましょ。とにかく急いで。今日はこれ以上命を狙われたくないから」

マニーはぞっとした表情になったものの、ジュールズの言うとおりだと納得はしたようだ。それでも気が進まないのは明らかだった。

「乗れ」彼はそっけなく言い、運転席に回った。

ジュールズは助手席に乗りこんでマニーを見やった。「またホテルに入ったほうがいい？待ち伏せされないためには急いで処置しないと」

「いや、密閉された建物に入りこまないほうがいい。空き地を見つけよう。きみが正しいことを願うよ。無駄にきみを切り裂きたくない」

「正しいわ」ジュールズには確信があった。いまなお、ナイフに皮膚を切り開かれたときの激しい痛みが感じられる。肉を開く指の感触も。やつらは追跡装置を埋めこんだあと、傷を隠すためタトゥーを入れたのだ。あいつらは常にジュールズの居場所を知っていた。彼女に勝ち目はなかった。ママとパパに生き延びられる可能性はなかった。

結局のところ、やはりジュールズの不注意によってふたりを殺したのだった。

「追跡されてることに、なんでいまになって気づいたんだ？」マニーが尋ねる。

ジュールズは目を閉じた。それがどんなに愚かに見えるかはわかっている。体内に金属が入っていることを、人はそう簡単に忘れない。だがジュールズはマニーに話すまで、あの日の出来事の記憶を心の奥に封じこめていたのだ。「いままで気づかなかったのを信じてもらえるとは思ってない。とにかく大事なのは、装置を取り出すことよ」

マニーは唇を固く結んで無言を保った。でも顎がかすかにぴくぴくしているのが見える。

彼は怒っている。怒って当然だ。ジュールズにそれを責めることはできない。

彼が混雑した道路で車を走らせるあいだ、ジュールズは周囲に怪しい動きがないかと目を光らせていた。街なかを数ブロック行くと建物が少なくなり、広くて草深い公園が現れた。ジュールズはうなずいた。ここなら充分視界が開けている。誰もこっそり忍び寄ることはできない。

すぐに車を出せる場所に止めたあと、マニーはエンジンを切ってジュールズに向き直った。

「車の中でいいか？　きみが悲鳴をあげて注目を集める危険は冒したくないんだが」

ジュールズはまっすぐに彼を見据えた。「外のほうがいいわ」

マニーはちょっとジュールズを見つめ、彼女には耐えられると判断したようだ。黙ってドアを開け、ポケットナイフを持って車をおりる。ジュールズも自分の側のドアを開けて外に出た。これから行われることを思うと胃袋が引っくり返る。でも怖がっているのをマニーに知られたくない。もっとひどい状況に直面したこともある。彼の目の前で醜態をさらしてたまるものか。

マヌエルはジュールズがゆっくり立ちあがって車のドアを閉めるのを見守った。彼女はジャケットを脱ぎ、ボンネットに放った。「どこに立てばいい？」

彼は周囲を見まわした。無理だ。公共の公園で昼日なかに彼女の肩を切り裂くことなどできない。彼女を傷つけたくないのはもちろんだが、今度注目を集めたら逃れるのは難しいだろう。

「ジュールズ、車に入ってくれ。外じゃできない。車のドアは開けとく」

しぶしぶではあるが、ジュールズは承知してうなずいた。マヌエルは後部ドアを開けてジュールズを見やった。「向こうのドアに顔を向けてひざまずいてくれたら、俺が後ろから体できみを隠せる」

ジュールズは従い、地面に膝をついて上半身を車に入れ、アームレストを握りしめた。マヌエルは彼女のシャツを引きあげて、ざっとまわりを見て近くに人がいないのを確かめた。親指で小さなタトゥーに触れると、ジュールズは身を震わせた。困った。痛みを感じさせずに切るのは不可能だ。

「早くやってよ」ジュールズはうなった。

マヌエルはナイフの刃を出して先端をタトゥーの上部にあてがった。苦痛を長引かせたくないので、すばやく切りおろして三センチほど皮膚を裂く。ジュールズは身を縮めて息をのんだ。

彼はジュールズのシャツで背中を流れ落ちる血をぬぐった。そして刃の先端をそっと傷口に押しこんで異物を探した。驚いたことに、補聴器用電池ほどの大きさの丸い金属盤が見つかった。それを手のひらに取り出し、傷口にシャツをしっかり押しあてた。「あったぞ」

眉をひそめて金属の物体を見おろす。追跡装置についてはよく知っている。彼の知るかぎり、これはNFRが入手可能なものではない。だがその疑問は当面脇に置いて、ジュールズに注意を戻した。

背中に手を置いて支え、彼女を立たせる。「大丈夫か?」ジュールズのつらそうな顔を見て、胸が苦しくなった。

ジュールズはうなずいた。「まだ出血してる?」

「ああ。ほんとうなら縫わなきゃならないとこだが、とりあえずどこかで落ち着いて絆創膏を手に入れよう。消毒もしないと」

ジュールズは彼の手に視線を落とした。「それはどうするの?」

「壊したらこっちの手の内をさらけ出すことになる。やつらを惑わせるほうがいい」まわりを見渡した彼は近くのバス停に目を留めた。

「車に入って待ってろ。こいつをバスにつけてくる」

ジュールズは中に入った。背中の赤いしみが広がっていく。急いで薬局まで行かねばならない。マヌエルはバスが走ってくるのを見て草むらを駆け抜けた。バスが止まると乗りこみ、運転手に目を向ける。小銭を出そうとポケットを探るふりをしたあと、顔をしかめた。「悪い、金を忘れてきたみたいだ」彼はすばやく追跡装置を床に落としてバスをおりた。

バスが走り去ると、急ぎ足で車に戻った。運転席に入って気遣わしげにジュールズを見やる。「大丈夫か?」彼女は青ざめて震えている。目には内面の動揺が映し出されているけれど、それは傷の痛みとは関係ないだろうとマヌエルは思った。

「平気よ。すぐにここを出ましょう」

彼女を前のめりにさせたマヌエルは、シャツに染み出した血の量を見て眉をひそめた。

「傷口に絆創膏を貼ったあと、新しいシャツを着ないといけないな」

「とりあえず車を出してくれない？」

彼はエンジンをかけて発車させた。公園を出ると、医療用品を買えそうな店を探しながら運転した。数ブロック行ったところに小さな薬局を見つけ、車を止める。「ここで待ってろ」

ジュールズは薬局に入っていくマニーを見ながら、彼がためらいなく自分を信用したことに驚いていた。ジュールズが必死で逃げようとしていたのを、マニーは忘れたのか？　彼女は革が血だらけになるのもかまわずシートにもたれこんだ。

この数日間であまりに多くのことが起こった。ジュールズの人生は一変した。マニーの人生も一変した。彼はジュールズに対してどんなに憤っているだろう。これまで彼はあふれるほどの思いやりを示してくれた。でもジュールズについての真実、彼女の計画を知ったら……。それを考えると体が震えた。いままでありとあらゆる苦しみを味わってきたけれど、彼に憎まれるのは耐えられない。

肩が疼く。血のにおいに吐き気を催し、彼らが装置を埋めこんだときの記憶がよみがえった。

人でなしども。

ぎゅっと目をつぶり、憎しみや復讐の願望を心から締め出そうとした。そんな感情は人を無防備にし、不注意にするだけだ。なのに、あまりに長いあいだ感情を押し殺してきたため、いま心にはむき出しの感情が噴出している。さまざまな感情が四方八方から襲ってくる。悲しみ。後悔。憂鬱。

だめだ、もう二度と泣くものか。

マニーが小さな袋を持って戻ってきた。ジュールズは詮索するような視線を無視した。彼はドアを閉めると、座ったまま体をひねるよう手振りで示した。

「シャツを脱げ。きみが着られそうなＴシャツを買ってきた」

ジュールズは一瞬ためらったあと、胸をドアのほうに向けて血染めのシャツを脱いだ。乳房を見たところでマニーの男性ホルモンがあばれるとは思わないけれど、いま以上に無防備に感じたくなかった。

彼の手がそっと肩に置かれると、ジュールズはたじろいだ。マニーは冷たい布で傷口を拭き、入念にきれいにした。

「いいか、ちょっと痛いぞ」

ジュールズが息を吸う間もなく、肩に焼けるような痛みが走った。消毒液がしみ、痛みをこらえて大きく息を吐き出した。

マニーは親指で皮膚を押しながら傷口に絆創膏を貼ったあと、Ｔシャツを彼女に渡した。

ジュールズは急いで頭からかぶった。

「最高の治療とはいえないが、なんとかなるだろう」

ジュールズはうなずいた。「これからどこへ向かうの？」

マニーはため息をついてエンジンをかけ、ＢＭＷをバックさせた。後ろを見ながら駐車場を出て道路に向かう。

「トニーに電話をする。どうしてもワシントンＤＣに行かなくちゃならない」

ジュールズは返事をせず、マニーが携帯電話で相棒に連絡を取るのをぼんやりと聞いていた。

そう、ワシントンＤＣに行かねばならない。ジュールズの運命はワシントンＤＣで決まる。この三年間の生活から逃れる最後のみじめな努力をしたあとは姿を消して、マニーがもとの生活に戻れることを願おう。

膝の上でこぶしを握りしめると、爪の先がてのひらに食いこんだ。ノーススターの正体を暴くことができさえすれば、すべてを終わりにできるだろう。あれだけの苦痛を与えてきたやつを殺すのは楽しいはずだ。

マニーはジュールズの手をつかみ、きつく曲げた指を伸ばさせた。「また上の空だったぞ、ベイビー」

ジュールズはたじろいだ。彼はまた愛称で呼んできた。長いあいだジュールズに怒りつづけることはできないらしい。ジュールズは思わず彼の手をつかみ、命綱であるかのように握りしめた。彼がトニーとの話を終えたのも気づいていなかった。

そのあとなんとか冷静さを取り戻してマニーのほうを向いた。「トニーはなんて？」

マニーはため息をついた。「これからボーモントまで行く。そこでトニーが別の車を用意してくれてる。それに乗ってワシントンDCに向かう」

「それもボンドカー？」

彼は小さくにやりとした。「トニーが用意してくれるんなら、ありとあらゆる装置がついてるだろうな」

ジュールズは席にもたれた。「ごめんなさい、マニー。あなたを面倒に巻きこむつもりはなかったのに」

彼はジュールズの顎に手をかけて自分のほうを見させた。

「むしろ三年前に巻きこんでほしかったよ」

15

マヌエルは州警察のパトカーの注意を引かない程度に、できるだけ速く州間高速道路十号線を運転した。ジュールズはとてつもなく疲労困憊した様子でぐったり席にもたれこんでいる。気持ちはわかる。マヌエルもかなり前から疲れ果てている。いまはただ、ふたりでゆっくり休めてジュールズの面倒を見られる安全な場所を見つけたい。

ボーモントに着くと、トニーの言ったとおり別の車が待ち合わせ地点に置かれていた。ふたりはBMWからこのSUVに乗り換えた。ルイジアナ州境と平行してテキサス州南部を北上する。

首が痛い。背中が痛い。こんなに気分が悪いのは卒業式の夜に泥酔したとき以来だ。

ジュールズが沈黙を破った。「わたしに運転させて」

マヌエルはちらりと視線を向けた。「俺は元気だ」

彼女はふんと鼻を鳴らした。「いまにも倒れそうよ。運転させて。事故は起こさない。約束する」

マヌエルはため息をついて車を止めた。率直に言って、こんなことで言い争いたくはない。

ふたりは席を入れ替わり、マヌエルはシートにもたれて目の端でジュールズを見つめた。彼女はハンドルをしっかり握っていて、目は前方に据えながらも頻繁にバックミラーやサイドミラーをチェックしている。

マヌエルは口を開けた。訊きたいことが多くある。だが言葉が出てくる前に思いとどまった。正直なところ、答えは知りたくない。それに、ジュールズに地獄の日々を思い出させたくもない。

二度とそんな思いは味わわせない、とマヌエルは自分に誓った。ジュールズは彼が守る。

「どこかでひと晩泊まる？」ジュールズが目を向けてきた。「それとも運転しつづける？」

「できるかぎり運転しつづけたほうがいいだろうな。悪党どもとは極力距離を置きたい。テネシー州に着いたらいったん止まろう。トニーがいい場所を探しといてくれるだろうし」

「その人を信頼してるのね」

それは質問ではなかったけれど、ジュールズは驚いたように言っていた。おそらく彼女は誰ひとり信頼しなくなっていたのだろう。

「ああ、信頼してる。命をかけて。俺たちの命をかけてもいいくらいに」マヌエルは強く言った。

ジュールズがうなずいたとき、マヌエルは彼女が信頼してくれているという希望の萌芽を感じた。

「運転を代わろうか？」

ジュールズはにっこり笑った。「まだいいわ、一時間しか運転してないもの。ちょっと寝たら？　アーカンソー州に着いたら代わってもらうから」

「わかった。起こしてくれ」

彼女はふたたびうなずいた。

ジュールズはマニーが頭を肩に落として眠りにつくのを見守った。手を伸ばして彼に触れたい。腕の中に潜りこんで自分も眠りたい。もう限界を超えそうだ。疲労は全身の毛穴からしみ出そうとしている。それでもマニーには休息が必要だ。自分は以前にも長時間眠らなかったことがある。ときには数日も。今回もできるはずだ。

前方に伸びる果てしない道路に注意を集中した。通り過ぎる町々はぼやけて見え、やがて空が暗くなってきた。テクサーカナに着いたあとは東に曲がり、州間高速でアーカンソー州リトルロックに向かった。

誰がジュールズを殺そうとしているのだろう？　ノーススターが彼女のあらゆる動きを知っていたのは間違いない。しかし、ジュールズが仕事を受けると承知したあとで、どうして殺そうとするのか？　ほかの人間が彼女の居場所を知っているはずはないのに。

横でマニーの電話が振動した。ジュールズはぱっと電話を取りあげ、マニーが起きないようボタンを押して切った。

機械的に運転して車のあいだを縫い、眠気に襲われないよう道路里程標を数えて進む。リトルロックの郊外数キロのところまで来たときマニーは目覚め、体を起こした。

「大丈夫か?」まだ眠そうな声をしている。

「ええ」

「俺が運転しようか?」

ジュールズは答える代わりに高速をおりてガソリンスタンドに車を入れた。いずれにせよ給油する必要がある。彼女はエンジンを切って前のめりになり、ハンドルに頭を置いた。

力強い手が背中から這いあがり、慎重に傷口をよけて首と肩を揉んだ。

「寝てろ、ベイビー」マニーの声には愛と気遣いがあふれていた。「俺がガソリンを入れる。なにか買ってこようか?」

ジュールズはかぶりを振り、ドアを開けて外に出た。冷たい空気を浴びても頭はすっきりしなかった。ここはコロラド州ほど寒くないのだ。車の前を回って、ガソリンを入れるため出てきたマニーとすれ違った。

驚いたことに彼はジュールズをつかんで胸に引き寄せ、しっかり抱きしめた。安心させるように背中を撫でる。絆創膏を貼ったところには触れないよう気をつけていた。

ジュールズはマニーの胸に頭をつけ、この瞬間の慰めに浸った。砂漠が雨水を吸収するように。マニーは頭のてっぺんに口づけたあと、ゆっくり体を引いた。

「中に入って休んでろ。すぐに出発する」

ジュールズは助手席に入ってため息をついた。シートはまだマニーの体温で温かい。彼の存在を感じたくて、丸めた体を革に押しつけた。

数分後、マニーが運転席についてエンジンをかけた。

「あなたが寝てるとき、誰かから電話があったわ」駐車場を出るとジュールズは言った。

「たぶんトニーだ」

彼女は肩をすくめた。「かもね」

マニーはしばらく彼女を見つめたあと携帯電話を手に取った。

ジュールズは横を向いて窓の外に目をやり、どうすべきかと答えを求めて空を眺めた。でも答えが見つからないのはわかっていた。マニーは低い声で話している。トニーがテネシー州での目的地についての情報を伝えているのだろう。あるいはジュールズに関するいまわしい話か。そんなものなら、マニーはもう充分知っているけれど。

背中に触れられたので振り返ると、マニーは通話を終えていた。

「ちょっと休め。トニーが用意してくれた場所に着くまで、あと六時間ほどかかりそうだ」

ジュールズはうなずいて座席に身を沈めた。六時間。長い時間だけれど、とても充分とはいえない。もっと時間が欲しい……。

いや、時間などいらない。彼女は目を閉じた。ジュールズが求めるのはぜったい手に入らないものだし、それをぐずぐず考えてもしかたがないのだ。

16

午前二時ごろ、マニーは広い湖に面したログハウスに通じる道に入っていった。ジュールズは疲れきっていたけれど、眠ってはいなかった。神経がぴりぴりしていて眠れなかった。

車をおりて冷たい夜気を浴びる。刺激で五感が目覚めることを願って大きく息を吸った。マニーについてドアまで行く。ニューメキシコ州のときと同じく彼は銃を取り出してドアを押し開け、銃を前に突き出し、そのあとゆっくり入っていった。

「照明のスイッチを探せ」

ジュールズが壁を手探りしてスイッチを入れると、玄関が明るく照らされた。

「俺は家の中を調べてくるから、きみはここにいろ」

彼女は吐息をついたが反論はしなかった。彼には腕利き諜報員を演じさせておこう。疲労のきわみに達しているジュールズは、クローゼットに隠れたお化けを探しにいく気になれなかった。

数分後マニーが戻ってきて、リビングルームに入るよう合図した。

心配そうな面持ちでジュールズを見る。「まっすぐベッドに行きたいか？」

どう答えていいかわからず、ジュールズはその場にたたずんだ。疲れている。生まれてこの方、ここまで疲れたことはなかった。でも暗い部屋にひとりで入っていくのは、認めたくないほど怖かった。

「よかったら暖炉に火を熾すから、しばらくここで座ってよう。きみの絆創膏も替えなくちゃならないし」

彼はそれほど簡単にジュールズの思いを読んだのか？　考えが顔に出ないよう気をつけなければ。この三年間生き抜いてこられたのは、歩く掲示板ではなかったからだ。

「いいわね」やがて彼女は答えた。

大きな石の暖炉のそばにあるソファまで歩いていき、脚を折って座りこんだ。

マニーはしばらく暖炉の前にいて、横に置かれた新聞紙をくしゃくしゃと丸めて炉床の下に入れたあと、外に出た。なにかがこすれたりぶつかったりする音がする。間もなくマニーは腕いっぱいの薪を抱えて戻ってきて、暖炉に並べはじめた。

すぐに炎が乾いた薪を覆い、暖炉は生き返ってパチパチとはぜた。マニーは車から持ってきた袋のひとつを探ると、絆創膏と消毒薬を取り出した。

ジュールズは彼に背中を向け、緊張して手当てを待った。彼はやさしい手つきで絆創膏をはがした。液体のはねる音が聞こえた次の瞬間、ジュールズの肩に焼けるような痛みが走った。

彼女は大きく息を吐いて目を閉じた。マニーが布で傷口を拭いている。

「すまない」

首を横に振り、彼が傷口に新しい絆創膏を貼るあいだじっとしていた。手当てを終えたマニーはジュールズをソファに寝かせた。

「長い一日だったな」

「うーん」

気まずい沈黙。意味のないおしゃべりをしようという努力は放棄した。ジュールズは炎を見つめた。ぬくもりが全身を包んでいる。

マヌエルはジュールズが身を守るように自分の体に腕を回す様子を見つめた。それがどんなに無力に見えるか、彼女は自覚していないようだ。

なにか訊きたそうに何度か彼のほうに目をやりながらも、勇気を奮い起こせずにいる。昔のジュールズならなんでもためらいなく質問しただろう。マヌエルは悲しみに包まれた。胸が苦しい。

「マニー?」

「なんだ?」

「前に言ったのは本気だったの? レストランで」

マヌエルは困惑して眉間にしわを寄せた。

ジュールズの息が荒くなる。「あの……わたしと結婚したかったということは?」

彼は一瞬目を閉じた。「ああ、そうだ。本気だった」

「まあ」

彼女はパニックに陥ったように見えた。どう答えていいかわからないらしい。

マヌエルは手を出してそっと頬をかすめ、なめらかな肌の感触を味わった。彼女の顎をつまんで、親指で耳のそばを丸く撫でる。

「言えるのはそれだけか？〝まあ〟？」

マヌエルを見つめてきた彼女の目には、苦悩と、疑問と、希望のようなものが浮かんでいた。

「想像したこともなかったから……」言葉がとぎれ、ジュールズは横を向いた。

彼女の肩は震えている。ぴくりと動くたびに、マヌエルの心に矢が突き刺さった。

彼は身を乗り出してジュールズを引き寄せ、自分のほうを向かせた。互いの目が合う。彼女の目には無力感が浮かんでいた。それをぬぐい去ってやりたい。マヌエルは彼女の額に口づけた。

唇をそのまま彼女の唇まで移動させると、ジュールズは吐息を漏らした。

「きみがフランスから帰って残りの生涯を俺と一緒に過ごすことを、なによりも望んでた」

マヌエルは両手をあげてジュールズの顔を包んだ。

ジュールズは彼の抱擁に身を任せた。マヌエルが手を離すと、彼女は顔を彼の胸につけた。

マヌエルは傷めている肋骨を傷つけないよう気をつけながらしっかり抱きしめた。

マヌエルの胸に顔をうずめたあと、ジュールズは柔らかな口を上に向けて彼の首まで持っていった。そこにそっとキスをすると、マヌエルの背筋を電撃が走った。

彼は手をジュールズの首まで持っていき、指を髪に差し入れた。腕の中に彼女がいるのは正しいことに感じられる。昔からここがジュールズのいるべき場所だったかのようだ。長いあいだ彼女を待っていた。ようやくジュールズを取り戻したいま、自分を抑えておくのは至難の業だ。

過酷な経験をしてきたジュールズには、やさしさが必要だ。やさしくしなかったらマヌエルは地獄行きだ。

「ここで寝ましょう」ジュールズはささやいた。「火のそばで」

「きみがそれでいいなら」マヌエルはしぶしぶ体を離した。「毛布と枕を取ってくる」

ジュールズは寝室に向かうマニーを見送ったあと、ソファから出て暖炉に近づいた。寒くはない。むしろ暑いくらいだ。さっきはマニーの体の熱で火傷しそうだった。

怖くない。彼が決してジュールズを傷つけないことはわかっている。その正反対だ。ジュールズは彼を傷つけるだろう。でも今夜は一緒にいたい。この世のなによりもそれを望んでいる。自分の世界が引っくり返った日の恐ろしい出来事を記憶から消し去りたい。

マニーは毛布と数個の枕を持って戻ってきた。ジュールズは暖炉の前の床を指差した。カーペットは柔らかくてふわふわだ。毛布を敷けばマットレスとして充分だろう。

彼は膝立ちになって毛布を広げ、枕を置き、暖炉の前で寝られるようにした。横になって肘枕をする。そして自分の横のスペトスを軽く叩いた。

　ジュールズは躊躇なく彼のところまで行き、彼の胸に背中をつけて暖炉に顔を向けた。マニーは肩に手を置き、さっきジュールズが彼にしたように屈みこんで彼女の首にキスをした。

　ジュールズの腕と首に鳥肌が立つ。長らく冷たかったところが欲望で熱くなった。

　目を閉じ、彼の手が腰から尻へと動くのを感じた。手につづいて彼の唇が移動する。彼は途方もなくやさしく、羽毛のように軽く触れてくるだけなのに、ジュールズは体の奥底までそれを感じた。

　後ろを向いてマニーと顔を合わせる。自分の顔にはきっと不安が刻みこまれているだろう。震える手でマニーの頬に触れた。彼は大きな手でジュールズの指をつかみ、その先端を自分の唇まで持っていって一本ずつにキスをしていった。

「俺がこの瞬間をどんなに待ち焦がれてたかわかるか？　きみをこの腕に抱くことを。きみを自分のものとして愛せることを」

「離さないで」ジュールズはそっと言った。

「離すもんか」

　マニーは手を彼女の後頭部にあてがい、くるりと回転してジュールズの上になった。彼女をじっと見おろす。「きみを傷つけはしない。なにがあっても傷つけない」

「わかってる」

　ほんとうにわかっていた。

彼はジュールズのシャツの裾をジーンズから抜いた。てのひらを腹部に滑らせながらシャツを胸までたくしあげていく。頭を屈めて胸郭のあざに口を押しつけ、痛むところにキスをする。そのあまりのやさしさにジュールズは喉がふさがり、こみあげた感情で胸が詰まった。彼がシャツを頭から脱がせて腕を解放するあいだ、ジュールズは目を閉じていた。彼の指がジーンズまでおりていくと、彼女の全身に熱がゆっくり広がった。

マニーはジュールズの腰から手を離して上体を起こし、自分のシャツを頭から脱いで横に放った。ああ、彼はほんとうに大柄だ。胸板は広く、腕は筋肉隆々。どこからどう見ても戦士だ。罪なき者の守護者。

ただし、ジュールズは罪なき者ではない。

好ましからぬ思いが頭をよぎり、顔が暗くなる。マニーは彼女の狼狽を感じ取ったらしく、体をおろしてジュールズを抱きしめた。

肉体と肉体の触れ合い。裸の体同士がぶつかって一体化する感触は心地いい。柔らかなジュールズに対してマニーは硬く、弱々しい彼女に対して彼は強い。しばらくのあいだ、ジュールズは途方もなく安全だと感じた。大切にされていると。

この瞬間を手放したくない。こんな思いは二度と味わえないかもしれない。これが永久につづいてほしい。

唇をあげて彼の唇を受け止める。ふたりの口は溶けて融合した。ジュールズは秘めた思慕、子どものころの空想、女性としての欲望のすべてを解き放った。

彼女の必死のキスにマニーもキスを返し、ジュールズの快楽のため息を吸いこんだ。彼女の腰をつかみ、ジーンズの中で硬くなっているものを押しつける。ジュールズは抑制なくそわそわと脚を動かし、デニムの生地が肌をこするのを感じた。

「脱いで」とささやく。

マニーはいったん体を離してジーンズを脱ぎ、蹴りのけた。彼女に目を戻す。ジュールズは強い視線を感じて身を震わせた。

「きれいだよ、ジュールズ。いままでで最高にきれいだ」

ジュールズは微笑んだ。半ば面白がり、半ば照れて居心地悪く。これ以上ないほどひどい様子なのに、マニーはきれいだと思ってくれている。たぶん長く会っていなかったからだ。それなら理解できる。マニーだっていまこの瞬間、ジュールズの目には最高に美しく見える。暖炉の光を浴びた裸体はすばらしい。

彼はへそから始めて軽いキスの雨を腹部から胸へと降らせていった。舌が渦巻くように動いて片方の乳首を、次にもう片方を舐めたときには、ジュールズは息をのんだ。ついに乳首が口に含まれると、目を閉じてうめいた。

耐えがたいほどの欲求が胸に生じて下腹部まで広がる。それを満たせるのはマニーしかいない。以前の恐怖も恥もどこかへ行ってしまった。ここにいるのは、生涯常に求めていた男性なのだ。

マニーの手が彼女の太腿を開かせ、柔らかな肉をやさしく愛撫する。彼の指の巧みさに、ジュールズはもっと多くを求めてそわそわと動いた。

マニーはふたたびキスをして、自分のものだと主張するように舌を口の奥まで差し入れた。

「大丈夫か？」

話せそうになく、ジュールズはうなずいた。マニーは彼女の額に落ちた髪を払って耳の後ろにかけた。彼があまりにも愛と許しに満ちたまなざしを向けてきたので、ジュールズは泣きたくなった。彼女の裏切りを知ったら、マニーはどんな目で見てくるだろう？

思わず呼吸が乱れた。

マニーの目つきがいっそうやさしくなる。

「怖がるな、ベイビー。俺は誰にも二度ときみを傷つけさせない」

ジュールズは彼の思いこみを訂正しなかった。できなかった。

マニーが軽く、やさしくキスをしてくると、ジュールズの心の痛みはいっそう強くなった。

手を伸ばして彼の胸に触れ、指先で硬い筋肉と薄い胸毛をかすめる。彼はジュールズに押されるようにしてあおむけになった。ジュールズは彼の体をもっと探索したくて上になった。

マニーがうなる。「きみに触れられるのを夢に見てた」

その言葉に勇気づけられたジュールズは指で触れた跡を唇でなぞった。深く息を吸いこみ、彼のにおいで五感を満たす。温かく心慰める彼の味は、ジュールズの舌の上でゆったりとしたワルツを踊った。

彼の欲望のあかしを目にしたとき、一瞬ジュールズの動きが止まった。それは硬く立ちあがっている。でも触れてみると、なめらかですべすべしていた。

「ああ、ジュールズ」

彼に対する自分の力を楽しんで、ジュールズはにっこり笑った。そこにキスしようと屈みこんだけれど、マニーが肩をつかんで止めた。

「やめろ。そんなことされたら持たない」

ジュールズの体を引きあげ、頭を自分の頭と同じ位置まで戻す。それから彼女をつかんだままごろりと回転してふたたび上になった。自分の体重でジュールズを押しつぶさないよう手をついて体を浮かしたけれど、ジュールズは彼の体の隅々まで感じていた。

マニーはしばらくのあいだ、ただジュールズを見おろしていた。さっき手がしたように、視線でも彼女の体を愛撫している。

「愛してる」

ジュールズは呆然と彼を見つめた。あまりの衝撃に返事もできない。心臓は胸から飛び出しそうだ。

マニーはジュールズをじっと見ている。いまの言葉を彼女に受け入れさせようとするかのように。彼の目は感情で色濃くなっている。愛。ジュールズはそれを否定できなかった。したくなかった。マニーは彼女を愛している。

彼は黙って待ち、この告白を理解して彼が単にセックスを求めているだけではないと納得する時間をジュールズに与えている。彼女の胸は締めつけられ、息を吐こうとするたびに痛くなった。

手をあげてマニーの頰に置き、親指で目の下、頰骨、顎の線をなぞる。愛していると言いたい。大好きだと。昔から愛していたと。でも、彼が無条件に差し出してくれる愛に背を向けるつもりでいるとき、そんなことを言うのは究極の裏切りに思える。

けれど態度で示すことならできる。

ジュールズの手は彼の体の上をさまよった。広い肩から胸、力強い鼓動を感じられる胸骨のくぼみ。

「証明して」やがて彼女は言った。それしか言えなかった。

マニーは目を閉じた。次に開けたとき、その目は欲望で輝いていた。ジュールズへの気遣いで。そして愛で。ジュールズを包み、心に侵入してくるくらいの大きな愛で。

彼は自分の太腿でジュールズの脚を開かせ、勃起したものを入り口にあてがった。ジュールズは彼の腰に脚を巻きつけてうながした。彼が欲しい。

マニーはまた目を閉じてゆっくりジュールズの中に入ってきた。首の筋肉が張り、隆起する。彼がどうしようもなくやさしく、うやうやしいので、ジュールズのまぶたは流すまいとこらえた涙で熱くなった。ジュールズが彼を信頼していることを、マニーは知らないのか？彼が決して傷つけないとわかっていることを？

ジュールズは彼にしがみついた。もっと近づきたい、彼の大きな体に包まれて安心したい。マニーの首に顔をうずめ、目をきつく閉じる。胸に感情がこみあげた。

「愛してる」彼はもう一度言った。その言葉をジュールズがどんなに聞きたがっているかを知っているかのように。

ジュールズの体の下に腕を差し入れ、彼女が抱きついているのと同じくらいきつく彼女を抱き寄せる。ふたりの体は、あいだになにも入る余地がないほどぴったり接している。彼がゆったりとやさしくジュールズの中を出入りしているあいだ、ふたりはリズムを見つけ、ひとつとなって動いた。

マニーはときどき止まって髪、こめかみ、頰など、口が届くあらゆる場所にキスをした。ジュールズの心はさらに溶けていった。彼が絶頂に近づいていながらジュールズが追いつくのを待っているのがわかっていたから。

そうして彼はまた動きだした。ジュールズを半狂乱にし、なにかに近づけていく。その正体はよくわからない。でもジュールズはそれを求めていた。なによりも強く求めていた。落ち着きなく身をくねらせ、背中を反らせる。けれどマニーは腰をつかんでジュールズをなだめた。

「俺たちには丸々ひと晩ある。急ぐんじゃない。一緒に楽しもう。きみを愛させてくれ。きみにふさわしい愛し方で」

ジュールズはため息をついて体の力を抜いた。彼に導いてもらおう。

「それでいい」マニーはささやいた。

彼は顔をおろしてキスをした。長く、熱く、息もできなくなるようなキス。ジュールズはあえいだ。彼はジュールズの口を貪ったあと、顎から首へとおりていった。彼女に自分のしるしをつけ、彼女を求めるキス。彼女が自分のものだと言葉を使わずに宣言するキス。

彼はさらに体を下へ滑らせて乳房にキスをした。股間のものが抜けると、ジュールズは喪失を感じて彼を引き戻そうとしたけれど、マニーはやさしく止めた。

「落ち着け。こんなふうにきみを見るのを長いこと待ったんだ。じっくり時間をかけたい」

ジュールズは再度ため息をついて見おろした。マニーの黒髪の頭が乳首に向かう。彼は熱っぽく左右の乳首を交互に吸い、もてあそび、乳房を愛撫した。

彼は言葉どおり時間をかけた。舐め、ついばむ。やがてジュールズは快感で頭が変になりそうになった。ついに彼が顔をあげたとき、ジュールズは彼がまた貫いてくるのだと思った。ところがマニーはさらに下へと向かい、肩で脚を押し広げてそのあいだに頭を置いた。

彼の口が最も秘めた部分に触れた瞬間、ジュールズの皮膚は小刻みに震えた。あまりに大きな快感の襲撃に耐えきれず、目を閉じる。手は両脇でこぶしを握った。膝が震える。マニーにどんどん高みへと押しやられ、脚の力はすっかり抜けた。

彼はそこに口づけ、やさしく吸っている。舌でゆったり舐められると、ジュールズは狂おしいばかりの歓喜を感じた。背を弓なりに反らし、筋肉は張り詰める。頂点が迫っている。もうすぐだ。あと少し。もう一度……あと一度触れられたら……。

そこでマニーは口を離して体を起こした。獰猛なまでの目の輝きに、ジュールズは戦慄すら覚えた。彼はふたたびジュールズを貫いた。ふたりの腰がぶつかり、彼は自らを深く埋めこんだ。やがて動きだしたとき、テンポはさっきより差し迫っていた。彼の顔は張り詰めている――ジュールズも全身ありとあらゆる場所が張り詰めている。

ジュールズは彼に抱きつき、決して離れないとばかりに体を密着させた。マニーの口は耳元にある。荒い息が首にかかる。世界が粉々に砕けてまわりの光景がぼやけ、彼女は目を閉じて小さく叫んだ。

マニーもすぐさまつづいた。ジュールズが達した瞬間、彼は快感のうなりをあげて彼女の首に顔をうずめた。腰を打ちつけて身をこわばらせる。ジュールズの指の下で彼の筋肉がふくらんだ。

上掛けの下でふたりがひとつに溶け合っているあいだも、マニーは自らをジュールズの奥深くにうずめていた。

徐々に体から力が抜けていき、震えがおさまってくるにつれ、ジュールズはぐったりとなったけれど、それでもマニーにしがみついていた。

彼はなだめるようにジュールズの髪を撫でつづけ、耳にささやきかけた。愛の言葉、肯定の言葉。それをジュールズは渇きに飢えた人間のように吸いこんだ。

マニーはジュールズを抱きしめたまま横向きになった。

ジュールズは彼の抱擁に身をうずめ、首の付け根に顔を置いた。今夜は、明日のこと、自分がすべきことについて思い悩まずにいよう。今夜は、愛してくれる人、全身全霊で愛する人の腕に抱かれていよう。

17

　窓から夜明けの光が差しこみ、リビングルームを淡く照らす。マヌエルは目をこすり、腕をあげて腕時計に目をやった。

　ジュールズは信頼しきった様子で彼の胸に抱きついている。マヌエルは我慢できず、彼女に腕を回してさらに引き寄せた。ジュールズは身じろぎしたものの、眠ったまま彼にすり寄った。

　いままで感じたことがないほどの強い満足がマヌエルの全身にあふれた。頭を屈めて彼女の髪にうずめ、甘い香りを吸いこむ。唇で柔肌をかすめ、彼女を起こさないようそっと口づけた。

　こんなに幸せだったことは記憶にない。少なくともこの三年間、幸せは感じなかった。それを考えたとたん、マヌエルは顔をしかめた。現在自分たちが置かれた状況について、幸せに思えることはなにひとつない。

　夕日に向かって走っていって一生幸せに過ごす、というような単純な結末はありえない。満ち足りたふつうの生活が送れる望みは持てない。ジュールズはテロリスト、マヌエルはC

ＩＡの花形たる対テロ部隊の一員。局の幹部がジュールズのことを知ったなら、自分たちふたりとも無事ではいられない。

ジュールズを連れて遠く離れたところまで逃げていきたい。ＣＩＡからもＮＦＲからも手の届かないところへ。だがマヌエルは臆病者ではないし、答えのわからない疑問はあまりに多い。トニーの助けを借りて、その一部でも答えを得たい。

ジュールズの下敷きになっている腕をそっと抜き、彼女から離れた。彼女がまた動いたので息を殺したが、目覚めなかったので安堵の息を吐いた。

コーヒーを飲みたい。トニーに電話をせねばならない。シャツは床に残したままジーンズをはく。ポケットを急いで探ると、携帯電話はまだそこに入っていた。次の瞬間、電話が鳴った。

表示を見るとサンダーソンだった。胸の中で不安が渦巻く。今度こそ最後通告か？　このまま電話を鳴らしておこうかとちょっと考えたものの、ＣＩＡが彼とジュールズを追っているのであれば、知っておいたほうがいい。

「ボス」マヌエルは応答した。平然と聞こえるようにしたけれど、うまくいったかどうかはわからない。

忍耐強いため息が聞こえた。「マヌエル、いったいなにをやっている？」

まずい。マヌエルはサンダーソンが話をつづけるのを待って無言を保った。

「なぜきみの指紋がヒューストンの警察署からわたしのコンピューターに送られてきたか教

えてくれ」

「単なる誤解です」

「なあ、きみがその女の子を守ろうとしているのはわかっているんだ。くそっ、マヌエル、きみのせいでわたしは窮地に陥っている。お偉方は、どういうつもりでお尋ね者のテロリストを野放しにするのかとしつこく訊いてきている」

マヌエルは目を閉じた。「申し訳ありません」

「慎重に行動しろ。きみは孤立している。わたしもできるかぎりのことをして、きみに害が及ばないようにするつもりだ。どうせトニーもそうしているんだろう。とぼけたコンピューターおたくめ。しかし、きみが逮捕されたら、わたしにできることはない。わかったか？」

「ありがとうございます」マヌエルは神妙に言った。「ボスに迷惑はかけません。俺は問題を解明しようとしてるだけです。どうも物事は見かけどおりじゃないみたいで」

サンダーソンは鼻を鳴らした。「それは明らかだな。充分注意しろ、マヌエル。きみの女はいろいろと面倒を引き起こしている」

通話は切れた。マヌエルは携帯電話を握りしめ、部屋の向こうまで投げつけたい衝動を抑えた。

コーヒーでも飲まないとやっていられない。

裸足でキッチンに入っていったとき、コーヒーメーカーがない可能性を思って一瞬ぞっとした。いや、トニーがそんな意地悪をするわけはない。コーヒーの飲めない場所にマヌエルを送りこみはしないだろう。

キャビネットを探るとコーヒーメーカーとコーヒー豆の缶が見つかった。用心してにおいを嗅いだが、かびくさくはない。すぐに極上のコーヒーの香りがキッチンに広がった。この数日の疲労を取るには、三杯は必要だ。

二杯目を飲んでいるとき、ジュールズがキッチンに入ってきた。彼のシャツを着ているのを見て、マヌエルはにやりと笑った。シャツはだぶだぶで膝まであるけれど、彼女が着ると愛らしい。

ジュールズは緊張した様子で彼に目を向けてきた。マヌエルはカップをカウンターに置いて歩いていき、ジュールズを抱きしめた。頭のてっぺんにキスをする。

「おはよう」

「おはよう」ジュールズの声は彼の胸でくぐもっている。

マヌエルはジュールズを引きはがして目をのぞきこんだ。「大丈夫か？　肩の具合はどうだ？」

「心配ないわ。痛むけど、そんなにひどくない」

「座れ」マヌエルは近くのスツールを指さした。「簡単な朝食を用意する」

ジュールズはキッチンと狭い食事スペースを隔てるカウンターまでスツールを引いてきて腰をおろした。硬いカウンターに肘をついててのひらに顎を置き、キッチンを歩きまわるマヌエルを眺める。

「いつここを出るの？」

マヌエルはコンロにフライパンをかけ、振り返ってジュールズを見やった。「一、二日ここにいようと考えてた。状況が落ち着くのを待って、また走りだす。そのあいだトニーには、問題の解決策を探してもらう。とりあえずいまはトニーの電話を待ってるとこだ。やつが最善と考えてることをする」

ジュールズの顔に狼狽が走った。マヌエルは目を細め、彼女の反応を見守った。いまはなにを考えているのだろう？

「なにか問題でも？」

ジュールズは首を横に振った。「いいえ、というか、急いでワシントンDCまで行くんだと思ってたから。あなたに、こんなところでわたしと一緒にいてほしくない……あなたは殺されるかもしれない」

彼女が考えているのはそれだけではない。マヌエルにはそのことに絶対的な確信があった。しかし、だとしたらなにを考えているのかはわからない。ため息が出た。いずれ真相は突き止められるのか？　彼女の身にほんとうはなにが起こったのか、いずれわかるのか？　あるいは、それは永遠に謎のままなのか？

彼は卵を割ってオムレツをつくり、数分後にはジュールズの前に皿を置いた。「平らげろ。きみは痩せすぎてる」

ジュールズはかすかに笑い、オムレツにフォークを突き刺した。「ゆうべは、わたしが痩せすぎてるのをいやがってなかったみたいだけど」

自分がなにもいやがっていなかったことを思い出すと、マヌエルの体が反応した。彼はカウンターのジュールズの向かい側に自分の皿を置き、まっすぐに彼女の目を見つめた。

「きみについて、俺がいやだと思うことはなにもない。だからといって、きみのことを心配してないわけじゃないぞ」

ジュールズは頬を染め、束の間目を泳がせた。欲望で？

彼女はフォークを握ったまま下に置いた。顔をあげてマヌエルを見ようとはしない。彼女の言葉を聞き取るため、マヌエルは耳を澄ませねばならなかった。

「してたはずなのに」

マヌエルは首をかしげた。「なにをしてたはずだって？」

「あなたと結婚」ジュールズは消え入りそうな声で言った。「昔からあなたを愛してた。あなたの歩いた地面を崇めるくらいに」

マヌエルの胸が苦悶で締めつけられ、呼吸も苦しくなった。

「いまはどうなんだ？　いまは俺をどう思ってる？」

ジュールズはフォークから手を離して膝の上に置いた。まだマヌエルを見ようとしない。ようやく顔をあげたとき、その目には苦痛があふれていた。

「そんなのわかってるでしょ？　あなたが世界じゅうの誰より大切だということは。だからこそ、あなたの身になにも起きないようにしたいの。わたしはママとパパを殺してしまった。

あなたを殺させるわけにはいかない。わたしのせいであなたが殺されることは許せない」

その瞬間、マヌエルは確信した。ジュールズは自らの意思でNFRに加入したのではない。彼女の苦しみは顔にくっきり表れている。彼女がNFRに入ったのはマヌエルのためなのだ。マヌエルは吐き気を覚えた。

悪いのはマヌエルかもしれない。彼女がフランスに発つ前にCIAであることを告白していたら、ジュールズは彼に助けを求めただろう。この三年間を地獄で過ごすこともなかっただろう。マヌエルを、彼女が守るべき無力なコンピューターおたくとは思わなかっただろう。

マヌエルはカウンター越しにジュールズの手をつかんだ。「俺たちは力を合わせて問題に立ち向かう。きみがどう考えていようと、この三年間ひとりでなにに耐えてきたにしろ、大事なのは、きみはもうひとりきりじゃないってことだ」

彼女の美しい青い目に悲しみがにじむ。ジュールズはマヌエルを信じていない。いいだろう。なんとしても信じてもらうようにするのだ。

携帯電話が鳴ったので、マヌエルは取りあげた。「もしもし」

「よう、相棒。二時間後にヘンリー郡空港を出る飛行機の予約が取れたぞ」

マヌエルは驚いて目をぱちくりさせた。「飛行機は前にも一度試しただろ。危険すぎると思わないのか？」ある程度の時間機内で身動きが取れなくなると思うと不安になる。正体不明の相手に追われているのだから。たしかに追跡装置は取り除いたが、敵がそう簡単にあきらめるとは思えない。

「自家用機専門の小さな空港だ。できるだけ早くおまえたちにここまで来てもらうのに、僕が考えついた最善の方法だ。それ以外の方法はあと数日高速を運転することだけど、それだと無防備すぎる」

「そうだな」マヌエルは譲歩した。「承知した」

「じゃあまた」

マヌエルはジュールズを見やった。「二時間後の飛行機だ」

ジュールズの表情は不可解だったものの、ボディランゲージは安堵を示していた。なぜそこまで熱心にワシントンDCに行きたがっているのだろう？

「荷物をまとめるわ」ジュールズはスツールをおりた。

マヌエルは手を伸ばしてもう一度彼女に触れたかった。腕に抱きたかった。昨夜の触れ合いではまったく不充分だ。決して充分になることはないし、自分たちが失った時間のすべてを埋め合わせることはできないだろう。

自分の皿を見おろし、脇に押しのけた。食欲は失せた。ワシントンDCに着いたらどうなるかはわからない。彼女を同僚に紹介するわけにはいかない。〝やあ、これが俺の愛する女だ。ちなみに彼女は、俺たちがこの数年潜入を試みてたテロ組織のメンバーだよ〟

頭がずきずき痛む。てのひらで口をぬぐった。ワシントンDCに着いたときには、トニーが謎を少しは解き明かしていてほしいものだ。そうでなければ、自分たちはとんでもない窮地に立たされる。

ログハウスを出ると、ジュールズは朝のさわやかな空気を鼻から深く吸いこんだ。顔にあたる冷気が心地いい。後ろではマニーがドアに鍵をかけたあと、SUVの横に立つジュールズに追いついた。

テニスシューズで砂利を踏み、荷物を積みこむため車の後部に回る。ドアを開けようとすると、ロックされていた。

ジュールズは後ろから顔を出してマニーに呼びかけた。「キーはある?」

マニーは彼女の伸ばした手にキーを放るのではなく、後ろまで歩いてきて鍵穴に差しこんだ。ドアをあげ、ジュールズからバッグを受け取る。

彼が振り向いたとき、ジュールズはヒュンという小さな音を聞いた。次の瞬間SUVの後部座席が震え、マニーは痛みに悪態をついた。ジュールズは即座に状況を理解した。

狙撃手だ。

18

ジュールズはマニーに飛びかかって地面に倒した。と同時に彼の肩のホルスターからグロックをつかむ。銃弾がもう一発うなりをあげて飛んできて、ジュールズの腕をかすめて地面にめりこんだ。

「くそっ、ジュールズ、どけ！」マニーは彼女を押しのけて地面を転がった。「銃を返せ！」

ジュールズは彼を無視した。頭にあるひとつの思いだけに集中した。彼を死なせはしない。敵がジュールズを狙っているのなら、いいだろう、彼女をつかまえにくればいい。

マニーを跳び越え、砂利道に転げこむ。背後でマニーが毒づく声を聞きながら、よろよろと立ちあがった。グロックを持ちあげて、銃弾が来たほうを狙ったまま横向きに走る。マニーから離れて。

卑劣漢はどこだろう？　一瞬でも止まったら狙撃手の餌食になるのはわかっているので、全速力で走った。木の陰に飛びこみ、少しでも動きの兆候がないかと発砲された方向に目を凝らす。

後ろからエンジンの轟音が聞こえてきた。ちらっと振り向くと、ＳＵＶがこちらに向かってくる。マニーがジュールズに追いつこうと勢いよく車を飛ばしている。車が横に来て止まった瞬間、ジュールズはドアをぱっと引き開けた。狙撃手の標的になりたくないので助手席側へ回ることはせず、そのまま後部座席に飛びこんだ。マニーは急いで発進させ、ＳＵＶは砂利道から大通りへ向かって走りだした。

「ばかなことしやがって」マニーは叫んだ。「どういうつもりだったんだ？」

ジュールズはマニーの悪態を無視して彼の腕を見た。彼の血に。動悸が激しくなる。ああ、大変だ。マニーは撃たれている。

「マニー、止めて」

マニーは肩越しに振り返ってうるさいと言いたげな視線を向け、猛スピードで高速を突き進んだ。

「マニー、あなた撃たれてるわ！」

「お見事な推理だな、ホームズくん」

ジュールズは前の背もたれを乗り越えて助手席に落ちた。あわてて姿勢を立て直し、脚を下に、頭を上にする。

彼の袖は銃弾によって切り裂かれていた。ジュールズは破れた袖を引きおろして傷口を露出させた。

皮膚の表面を切り裂いただけの傷だとわかって、心臓が何度か飛び跳ねた。傷口のすぐ上の肩に唇を押しあて、目を閉じて安堵に浸る。

「俺は無事だ」マニーはささやいた。「この車を止めてきみのケツを叩いてやったら、きみのほうは無事じゃいられないからな」

ああ。よかった。彼がどんなに怒っていようとかまわない。マニーは生きている。大怪我はしていない。彼が残りの生涯ジュールズに怒りつづけていたっていい。彼に〝残りの生涯〟があるかぎり。

ジュールズは、荷物の残された後部座席まで背もたれから身を乗り出した。バッグからTシャツを取り出して、ふたたび助手席に戻る。

「ナイフはある?」

マニーはため息をついた。怪我したほうの腕でハンドルを握り、左手でポケットを探った。

「ただのかすり傷だぞ」

ジュールズは彼の抗議を意にも介さずナイフを開いた。Tシャツを細長く切り、ナイフを床に落とす。

細長い布切れの一枚でそっと血を拭き取って、肘と肩の中間あたりにできた長さ五センチほどの切り傷を子細に見た。

「ほんとは縫ったほうがいいんだけど」

マニーは鼻息を吐き、バックミラーを確認した。

「誰か追いかけてきてる?」

彼は首を横に振った。「いまのところ怪しい動きはない。空港まではあと数キロだ」

ジュールズが布切れを腕に巻きつけてきつく縛ると、マニーはうなった。

「電話を取ってくれ。トニーに電話して、俺たちが着いたらすぐ離陸できるよう準備しとけとパイロットに伝えてもらう。片田舎の空港で標的にされるのはごめんだ」

ジュールズはマニーに電話を渡してシートにもたれた。アドレナリンの噴出がおさまると、体が震えはじめた。止めようとすればするほど震えは激しくなる。

マニーは殺されたかもしれなかった。

ノーススターに電話をかけて、いったいどういうつもりか問い詰めたい。やつはジュールズに任務を果たさせたい一方で、手下に命じて襲わせている。マニーの命を狙うことでジュールズを脅しているのだろう。マニーが殺されたらジュールズはぜったいに命令を聞かないことを、ノーススターに教えてやらねばならない。

あれは警告だったのか。追跡装置がなくてもノーススターはジュールズがどこへ行こうが見つけることができるという、明瞭なメッセージ。ノーススターは彼女を監視していて、ジュールズが合意に背いたらマニーは死ぬということだ。

彼女は目を閉じ、激しい震えを抑えようとした。

「くそっ、ジュールズ、俺は大丈夫だって言っただろ」マニーは苛立っている。

ジュールズは目を開けてマニーを見つめた。心臓が一本の糸で袖からぶらさげられているような気分。

「わからない？　わたしのそばにいちゃいけない理由が、まだわからないの？　あなたが殺されたら、わたしがどうするかわかってる?」

マニーは口汚いののしりの言葉を吐いた。「いいか、ジュールズ、そんなに強情を張るのをやめなかったら、思いっきり尻をぶってやるぞ。俺は一人前のおとなだ。自分の身は自分で守れる。いままで数えきれないくらい、銃撃され、爆破されかけ、ぶん殴られてきた。こんなのは珍しくないし、ちゃんと対処できる。きみがあと一回でもさっきみたいな危険に自分の身をさらしたら、もうNFRのことを心配しなくてもよくなるぞ。あいつらが幼稚園児に思えるくらい、俺がたっぷりお仕置きしてやる。わかったか?」

ジュールズは笑った。笑わずにはいられなかった。そのためいっそうマニーを怒らせてしまい、彼は仏頂面になった。

やがて笑いはヒステリックな響きを帯び、どうにも止まらなくなった。目の隅に涙が浮かぶ。それでも絶望に駆られて笑いつづけた。

マニーはため息をついて傷ついた腕を伸ばし、ジュールズの手をつかんだ。「俺は大丈夫だって」

その声から激しい怒りは消えていた。ジュールズの体の震えがよけいに激しくなる。マニーは彼女の手を握っていた手を肩まで移動させ、なだめるように背中を上下に撫でた。

マヌエルは血が通わなくなって指の関節が白くなるまで、左手できつくハンドルを握りしめた。今回、敵はどうやって自分たちを見つけ出したのだ? いずれにせよ、ジュールズは不都合なやつらを怒らせてしまい、そいつらには彼女を許すつもりがないようだ。しかもマヌエルがＣＩＡの協力や保護を彼女に与えることはできない。なにしろジュールズはテロリストだ。合衆国にしてみれば、彼女が自ら進んでそうなったか否かはどうでもいい。とにかくＮＦＲのメンバーを捕獲できれば万々歳なのだ。

ジュールズが小さな声を出したので、マヌエルは彼女を自分のほうへ引き寄せ、腕の痛みに顔をしかめた。ジュールズは彼に身を預けている。どんな犠牲を払っても彼女を守る、とマヌエルは自分に誓った。

「あとどのくらい？」

「もう街に入ってる。トニーによれば、空港はパリスから五分くらいらしい」

ジュールズはうなずいて体の力を抜いた。マヌエルは腕の痛みを無視して車のあいだを縫って走りながら、彼女の髪を撫でつづけた。

数分後、車は土の田舎道に入り、金属製の小屋にも見える飛行機格納庫に向かった。小型ジェット機から男がひとり現れて大きく腕を振った。

「おたくがマヌエル・ラミレス？」男はエンジン音に負けまいと声を張りあげた。

マヌエルはうなずくと、ジュールズに手を貸してＳＵＶからおろした。「俺は荷物を取るから、きみはジェット機に乗っとけ」

ジュールズは承知しなかった。「わたしが荷物を取る。あなたは怪我してるのよ」

マヌエルは苛立ちにうめいた。「さっさと乗れ。荷物は俺が持っていく」

ジュールズは不満げに唇を引き結んだものの、SUVの横で立っていたら格好の標的になることに気づいたらしく、ジェット機まで駆けていった。パイロットがドアを開けて彼女を引っ張りあげる。

マヌエルは後部座席から荷物を取ってジェット機へと足を急がせた。ジュールズの隣に座ったとたん、ジェット機は舗装した滑走路を進みはじめた。

ジェット機が離陸すると、マヌエルは安堵の息を吐き、シートにぐったりともたれた。

「痛む？」ジュールズが尋ねる。

マヌエルはジュールズのほうに体を向けた。「きみが撃たれてたとしたら、胸がもっと痛んだだろうな」

ジュールズの目が怒りでぎらりと光った。「だったらどうして、わたしも同じように感じてるのがわからないの？」

こんなことを言い合っていてもきりがない。「この三年間、俺がきみを守ってやるべきだった。そのことは一生忘れられない。きみは長いあいだ、ひとりで苦しんできた。今後は誰もきみを傷つけない。傷つけようとするやつがいたら俺が相手だ」

ジュールズはつらそうにうめいたけれど、マヌエルは彼女が異議を唱える前に唇に指をあてて黙らせた。

コックピットをちらりと見て、ジュールズに目を戻す。「口論で時間を無駄にするのはやめよう」頭を屈め、彼女と唇を重ねた。

ジュールズは熱した蜂蜜のように彼の中でとろけた。小さな手がマヌエルの胸を這いのぼり、首に巻きつく。マヌエルは自分と接する彼女の感触を堪能した。彼女はついに本来いるべき場所、マヌエルの腕の中に戻ったのだ。

ジュールズをきつく抱きしめ、頭に自分の顎を置く。彼女を愛している。昔からずっと愛していた。愛していなかったことは記憶にない。

恐怖がゆっくり背筋を這いおりた。ジュールズを守れなかったらどうしたらいい？　ワシントンDCに向かっているいま、彼女はこれまでより大きな危険にさらされている。ジュールズを上司に引き渡すことはできないし、テロリスト野郎どもが彼女をつけ狙うことは許せない。

いま初めて、祖国から逃げることを真剣に考えた。ジュールズを連れてどこか遠くの島へ行き、二度と振り返らない。だが、そんなのは無理だ。国を裏切ったりできるものか。

彼は首を横に振った。不安で心を悩ませるのはやめよう。トニーの協力を得て、事態を打開する方法を考え出そう。しなければならない。

ジュールズが首のくぼみに顔を埋めてきたので、マヌエルはなめらかな髪に口づけた。

「ゆうべ俺は痛い思いをさせたんじゃないか？」昨夜のことについて話し合う時間は持てなかった。彼女が以前レイプされたことを考えて、自分が急ぎすぎたり怖がらせたりしたのではないかと心配でたまらなかった。

ジュールズは一瞬こわばったあと体を引いた。

「いいえ。すばらしかったわ」

マヌエルは彼女の顎に指をかけて顔をあげさせた。「愛してる。それを忘れるな。これからは、なんでもふたりで立ち向かう。きみひとりじゃない。もうそんなことはないんだ」

ジュールズはしばらく黙ってマヌエルを見つめた。彼の顔に視線を這わせる。それから手をあげ、指で軽く頬骨に触れた。

「わたしも愛してるわ」彼女はおごそかに言った。

マヌエルの胸で歓喜が渦巻いた。ジュールズをふたたび抱き寄せ、頭を自分の肩にもたれさせる。ジュールズはマヌエルを愛しているのだ。ふたりが一緒にいられる方法を考えよう。彼女を政府に引き渡すことなく一緒にいられる方法を。

19

ジェット機は午後、バージニア州の小さな自家用飛行場に着陸した。ジュールズはダッフルバッグを持ってマニーのあとから飛行機をおり、待機しているSUVに向かった。ノーススターと話をしなければならない。なにが起こっているのか、なぜ彼がジュールズとマニーを狙い撃ちしているのかを知る必要がある。マニーが見ていないとき、ジュールズはバッグから携帯電話を取り出してポケットに突っこんだ。

「トイレに行きたいから、ガソリンスタンドで止まってくれる?」マニーの隣に乗りこみながら言う。

嘘ではなかった。トイレには行きたくてたまらない。しかしその機会を利用して、マニーに聞こえないところでノーススターと話すつもりでもいる。

「できればトニーが用意してくれた家に着くまで待ちたいんだが、無理なら最初に見かけたガソリンスタンドで止まろう」

「ありがとう。緊急事態になりかけてるから」

マニーはふふっと笑い、コンソール越しに手を伸ばしてジュールズと指を絡めた。

ちょっとした仕草だけれど、それは多くを語っている。

これからは、なんでもふたりで立ち向かう。ひとりじゃない。もうそんなことはない。

ああ、ほんとうにそうだったらいいのに。そうであってほしい。

車が速度を落としてガソリンスタンドの駐車スペースに乗り入れたので、ジュールズは顔をあげた。マニーに感謝の笑みを向ける。

「すぐに戻るわ」

SUVを出て、急いで売店に入った。マニーはあまり長く待つ気がないだろうから、手早くすませなければならない。トイレに入るとすぐにドアをロックし、ポケットから電話を出した。

震える手で、一年以上かけていなかった番号を押す。追跡を不可能にするため無数の接続を経由して相手を呼び出すのには数秒を要した。

深呼吸をして電話を耳に押しつける。長く待たなくてもよかった。三度目の呼び出し音が鳴ったあと、ノーススターの声が聞こえてきた。

「指示に正しく従っていないな。メールをチェックしろと言っただろう。電話をかけてこいとは言わなかったぞ」

ジュールズは彼の叱責には答えなかった。「どういうつもり？　なんでわたしたちを殺そうとしてるの？」

珍しく、ノーススターは束の間黙りこんだ。「わたしがきみを死なせたかったなら、きみはいまごろ死体安置所だぞ。わたしの時間を無駄にするのはやめて、ちゃんと任務を果たせ」

「彼を傷つけたら、わたしは地の果てまでもあなたを追う」ジュールズは冷たく言った。「狙撃手を引っこめて。いまあなたがどんな悪趣味なお遊びをしてるのか知らないけど、任務は果たすと言ったでしょ。死んだらできないのよ」

またしても沈黙。ノーススターのことを知らなかったら、彼がうろたえていると思うところだ。

「仕事をしろ、マガリー。でないとボーイフレンドは遺体袋に入って家に帰ることになるぞ」

ジュールズが返事をする前にノーススターは電話を切った。ジュールズは激しく悪態をつき、電話をポケットに戻した。いったいどういうことだろう？　ノーススターは、自分は襲撃の黒幕ではないと言っているのか？　彼でないとしたら誰？

こめかみがずきずき痛くなり、首の後ろに不愉快な痛みが広がる。

用を足し、急いでトイレを出た。ＳＵＶに乗りこむと、マニーが問いかけるような目を向けてきた。

「問題ないか？」

ジュールズはうなずき、つくり笑いを浮かべた。

マヌエルはエンジンをスタートさせて高速道路に戻った。ワシントンＤＣの方角に向かい、携帯電話を取り出してトニーにかけた。

「よう、無事着陸したか？」

「ああ。今度の隠れ家の場所を聞きたかったんだ」

ジュールズをちらりと見たが、彼女は窓から外を眺めていた。身を硬くしているのは、おそらく不安がっているからだろう。マヌエルは電話を肩と首で挟んで、あいた手をジュールズのほうに伸ばした。安心させてやりたい。

ジュールズは弱々しく微笑みかけて手を握り返した。

マヌエルはサイドミラーを注意して見ながらトニーの指示に聞き入った。

「マヌエル、ほかにも言うことがある」説明を終えると、トニーは言った。声には興奮が聞き取れる。

「言ってくれ」

「僕なりにいろいろと調べてみた。そしたら僕たちに同情的な人間が見つかった。ジュールズを助けてくれるかもしれない」

マヌエルは姿勢を正した。「誰だ？」

「デニソン上院議員。彼は国土安全保障省の新しい長官候補リストに載ってるらしい。NFR壊滅にすごく関心を持ってる。CIAはまだ組織の潜入に成功してないから、ジュールズを味方につけられたら彼にとっては大手柄だ。おまえとジュールズに会いたがってる。取引に応じてもらえそうだ。ジュールズが情報を教えたら、上院議員は彼女の組織とのかかわりに目をつぶってくれるかも」

マヌエルの胸の鼓動が激しくなった。信じられないくらい、いい話だ。上院議員がジュールズを無罪放免にしてくれたら、自分たちはふつうの生活を送れるようになる。ふたり一緒に。

「ジュールズは情報提供者になってくれそうか？　やつらとのかかわりを考えると、彼女が組織に忠誠心を持ってるとは思えない。採用されたいきさつが彼女の言うとおりだとしたら」

トニーの疑問に答えは出なかった。これこそが問題だ。しかしマヌエルはジュールズの話を信じている。三年前の運命の日に起こったことを話すときのジュールズの恐怖はほんものだった。

「彼女と話してみる。面会の段取りを決めてくれ。まずは議員と俺のふたりきりで。ジュールズを危険にさらす前に、議員の話を聞きたい」

隣でジュールズが体をひねり、マヌエルに注意を向けた。彼はまた電話を肩と首で挟んで、落ち着かせるように手を差し伸べた。

「わかった。議員もぜひ会いたがってる。日程が調整できしだい、また連絡する」

マヌエルは座席に電話を置いた。

「なんの話だったの？」

「事態を打開する方法があるかもしれない」

ジュールズは驚いた顔になった。「どういうこと？」

「デニソン上院議員が取引に関心を持ってる。きみがＮＦＲについての情報を流したら、向こうはきみの過去の違法行為を見逃してくれるらしい」

彼女は愕然としてあんぐり口を開けた。安堵でなく狼狽の表情になる。その反応を見てマヌエルは眉根を寄せた。

「いいニュースなんだぞ」

「そうね。もちろんだわ」

「議員が信用できるやつだと確信できるまでは、きみを議員と会わせはしない」マヌエルは彼女を安心させようとした。

ジュールズはうなずき、また窓の外を眺めた。

彼女の反応に戸惑ってマヌエルは頭を振った。怖がっているのかもしれないし、過大な希望を持ちたくないのかもしれない。あまりうれしそうな態度ではない理由がなんであれ、マヌエルはそれを好転させるつもりだ。

「どこに泊まるの？」

「ベセスダ郊外の家だ。あと数分で着く。そこでひと晩過ごし、うまくいけばトニーが明日にでも俺と上院議員の会合を設定してくれる。無理なら、会えるようになるまでそこで潜伏することになる」

ジュールズはうなずいてシートにもたれた。短い髪を手ですき、後頭部を指でマッサージする。

「お風呂に入りたい」照れたように笑って髪の先をねじった。

マヌエルはほっとした。ひと晩ふつうの夜を過ごせば元気も戻るだろう。家は監視下にあり、自分の設定したセキュリティを破って侵入できる者はいない、とトニーは請け合っていた。

彼は手を伸ばし、ジュールズのうなじをやさしくつかんだ。

20

マニーは二階建てタウンハウスの下にある一台用ガレージに車を入れ、エンジンを切った。ジュールズにちらりと目をやり、にやりと笑う。「楽しき我が家だ」

ジュールズは下車してバッグをつかんだ。車から出てきたマニーが背後に来て、彼女の肘をつかむ。彼女を導いて玄関まで行き、前に立ってドアを押し開けた。

ジュールズが中に入ると、マニーは照明のスイッチを入れた。廊下はキッチンに通じている。ジュールズはキッチンの電気もつけた。キッチンの奥から一段おりたところはリビングルームだった。

マニーはジュールズの前に回り、電気をつけながら家の中を歩いた。柔らかな光が内部を照らす。彼は階段を手振りで示した。「二階を見にいくか？　荷物は寝室に置けばいい」

ジュールズはマニーについてカーペット敷きの階段をのぼった。二階のドアは三つ――廊下の左右にひとつずつと、つきあたりにひとつ。まずはつきあたりの部屋を見てみた。シャワー、トイレ、足つき洗面台のある小さなバスルームだ。

次に左側の部屋を確認する。狭い寝室。主寝室ではなさそうだ。マニーが右のドアを開け、ジュールズを手招きした。

　中には大型ベッド、整理ダンス、ドレッサーが置かれていた。部屋の奥にもドアがあり、それを開けると浴室だった。大きな浴槽を目にして、ジュールズは喜びの声をあげた。浴槽の右側にはシャワー、斜め奥には洗面台がふたつ並んだカウンターがある。

「荷物を置いてこい」マニーは言った。「俺は、きみが入れるよう風呂に湯を張っとく」

　ジュールズは微笑んだ。マニーが世話をしたがってくれていることに、思わず胸が熱くなる。彼女は寝室に戻ってバッグをベッドに放った。背後で水音がする。マニーが浴槽に湯を入れはじめたのだ。

　ベッドは心地よさそうだったので、ジュールズは座りこんだ。手が柔らかな掛布団に埋もれる。目を閉じてあおむけに転がり、頭を落とした。雲に横たわっている感じ。こんな贅沢は、ふつうの生活を送ることと同じく、ジュールズには無縁なものだ。でもここでマニーと一緒にいると、すごく家庭的な気分になれた。

　こんな見せかけのばからしさを思って笑いそうになった。一、二日ならおままごとをしていられても、最後には醜い真実が頭をもたげる。最悪なのは、マニーと家庭を持つという考えを自分が楽しんでいることだ。

　温かな手が脚を這いのぼり、シャツの下に潜りこんで腹を撫でた。目を開けると、マニーが見おろしていた。

　バスルームへ行こうとジュールズは起きあがりかけたが、マニーは手で制した。ジュールズを引っ張りあげて自分の横に立たせる。

「俺にやらせてくれ」ハスキーな声。

彼にシャツをつかまれたとたん、ジュールズの背筋がぞくぞくした。マニーは頭からシャツを脱がせ、指を彼女の腰からジーンズまで滑らせた。屈みこんでジュールズの首に顔をうずめながら、指をウェストバンドにかける。彼はゆっくりとジーンズをおろしていき、やがてジュールズは下着姿になった。彼は細心の注意を払って肩から絆創膏をはがし、小さな傷口を指でそっと撫でた。

ジュールズはぶるっと身を震わせた。緊張し、息を切らせ、体を疼かせ、欲望にまみれて。彼の手がレースのパンティの下に潜りこむと、ジュールズは彼に寄りかかった。彼がてのひらをジュールズの尻に滑らせ、下着は床に落ちた。

「おいで、ベイビー」マニーはささやいて彼女を引き寄せた。

素肌が彼の硬い胸板にぶつかる。ジュールズは広い肩に腕を回した。するとマニーは彼女をひょいと抱きあげた。

「マニー、あなた、腕を怪我してるのに！」ジュールズが抗議する。

マニーはそれを意にも介さずバスルームまで彼女を運んでいった。中を見たとき、ジュールズは驚きに息をのんだ。マニーは数本のロウソクを灯して、泡立つ石鹸水が縁まで満たされた浴槽の周囲に置いていた。

「道具はいろいろと揃ってた」

「そうみたいね。きれいだわ、マニー。ありがとう」

ジュールズは笑顔で見あげた。マニーはしゃがみこんでジュールズを浴槽におろした。温かな湯に全身を包まれ、ジュールズはうーんと声をあげた。

「ああ、ここは天国よ」

「いや、俺こそ天国にいるんだ。さ、おいで」彼はジュールズを後ろ向きにさせ、浴槽の横の床に膝立ちになった。

プラスチック製の大型洗面器を湯に浸ける。「こっちにもたれろ」

ジュールズが首を後ろにもたせかけると、マニーは湯を髪にかけた。何度かすすいだあと、浴槽の横に置いたシャンプーのボトルを取る。

数秒後、彼はジュールズの髪に手を差し入れ、シャンプーをかけて頭皮を揉みはじめた。あまりの心地よさに、ジュールズはうめき声をあげた。髪を洗ってもらうのは、途方もなく気持ちがいい。彼はじっくり時間をかけて余すところなく頭を洗った。髪を手ですいてもらうのをジュールズがどんなに好きか、彼は忘れていなかったらしい。

ジュールズはクラゲのようにふにゃふにゃになった。ぐったりと浴槽の縁にもたれこむと、湯が波打って首にかかる。あと数分こうしていたら意識を失ってしまいそうだ。

「前屈みになれ」マニーがささやいた。「背中を洗う。傷口は清潔にしないとな」

ジュールズが従うと、彼は肩のまだ痛みのある部分を注意深く洗いはじめた。髪からシャンプーが垂れて背中に落ちる。マニーは背中から下へとマッサージしていった。

もう一度洗面器に湯をすくう。ジュールズは目にシャンプーが入らないよう頭を反らせ、マニーは入念に髪をすすいだ。

終わると、浴槽の横で立ちあがった。「ここで待ってろ。タオルを取ってくる」

彼は片方の腕に大判のタオルをかけて戻ってきた。もう片方の腕でジュールズを浴槽から引っ張りあげる。ジュールズは立ちあがり、湯をしたたらせてバスルームの床に足をおろした。

マニーはタオルを広げてジュールズを包み、体を拭いた。タオルをしっかり巻きつけ、外れないよう端を折り返す。ふたたびジュールズを抱きあげて、寝室に入っていった。ベッドに彼女をおろし、脚はベッドの横におろさせる。やさしい手つきで、ゆっくり慎重にタオルをはがした。裸体に視線を走らせたとき彼が身を硬くしたのが、ジュールズにも感じられた。

「髪を乾かすから俺にもたれろ」マニーはささやいた。「そのあと絆創膏を持ってくる」

タオルで髪を拭いてもらっているあいだ、ジュールズは目を閉じていた。マニーの動きが緩慢になったかと思うと、彼の唇が首をなぞった。腕に鳥肌が立ち、腹の中がざわめきはじめる。

やがてマニーは離れていったが、すぐに戻ってきて傷に小さな絆創膏をしっかり貼った。そのあと、傷口のすぐ上に彼が唇を押しつけてそっとキスをするのが感じられた。

「またきみと愛し合いたい」

ジュールズの口から小さなうめき声が漏れる。

彼はジュールズの腕から腰、尻までを撫でおろした。手が前に回され、指が腹から乳房まで這いのぼる。彼は両手で乳房を包み、親指で乳首を撫でた。指で乳首をつまんで回しながら、うなじを甘噛みしはじめる。ジュールズは頭を肩に落として、彼が触れやすくした。

マニーが体を引いて手をおろしたので、ジュールズは小さく抗議の声をあげた。すると彼はベッドの脇に立って頭からシャツを脱ぎ、ジーンズのボタンを外した。

勃起したものがジュールズの顔のすぐそばに飛び出す。彼に触れたくて、ジュールズは手を伸ばした。なめらかな皮膚を指でなぞる。柔らかく、それでいてとても硬い。

彼はどんな味がするだろう？　知りたい、彼が与えてくれた途方もない快感のお返しをしたい。ジュールズは緊張の息を吐きながら彼を握り、自分の口の中まで導いた。

マニーはうめいた。「俺を殺す気だな」

手をジュールズの髪に差し入れて頭を固定し、口の中を出入りする。ジュールズは彼に対する自分の力に酔った。この何年かで初めて、自分を美しく、女らしく、魅力的だと感じた。そして価値があると。

やがてマニーはゆっくり腰を引いた。屈みこんでジュールズの唇をとらえ、彼女をベッドに押し倒した。「これを夢見てた。昔からずっと望んでたんだ」

ジュールズは彼の顔に触れ、指先でがっしりした顎に触れた。「ええ、そうよ」ささやき声で言う。「わたしを愛して」

マニーの大きな体がジュールズを覆い、手が尻の下に滑りこんだ。ジュールズの全身がマニーと接した。体じゅうのありとあらゆる部分で、骨の髄まで彼の存在を感じた。

ふたりの唇が絡み合い、押し合い、大きく開く。ジュールズの息が荒くなった。マニーは舌でジュールズの舌を搦め捕った。歯で下唇を吸い、甘噛みする。

彼の手が腰から太腿のあいだに入ってくると、ジュールズは脚を開いた。彼はどこに触れればいいかを知っていた。どうしたらジュールズを翻弄できるかを。

指を一本、そのあともう一本、濡れたところに差しこまれた。ジュールズは背を弓なりに反らした。下腹部の緊張が高まる。「入ってきて」あえぎ声で言った。「いますぐ」

マニーは低く笑ったあと、うなるように言った。「俺も入りたかった」

ジュールズはふたりの体のあいだに手を入れ、彼自身を握りしめた。さっきより、もっと大きく硬くなっている。これ以上待てない。

「お願い、マニー、あなたが欲しい」

その言葉にマニーは我慢の限界を超えたようだ。彼はジュールズの脚をさらに大きく開かせ、なめらかな動きで一瞬にして彼女を満たした。

極上の快感に襲われて、ジュールズは目を閉じた。彼の腕の中にいると、自分が完全であるように感じられる。安全で、大切にされ、守られているように。

彼の腰に脚を巻きつけ、首に腕を回して彼の頭を引きおろし、いま一度唇を重ね合わせた。

「きみは」マニーはキスのあと顔を引いた。「わかってるのか?」言葉の合間にやさしくキスをする。「自分が、どんなにきれいか」

「あなた、しゃべりすぎ」

マニーは笑ったあと、また腰を突き出し、ゆったりとしたペースで動きだした。「きみは最高だ」

ジュールズの下腹部が張り詰め、炎が荒れ狂う。脚で、もっと速く動くよう彼をうながす。マニーは上体をあげて動きを加速させた。ジュールズは彼の広い胸板に手を広げて筋肉の隆起をなぞった。

「一緒に行こう、ベイビー」マニーの声はかすれている。

ジュールズの全身の筋肉がこわばった。体が反り、硬くなる。彼女は命がけでマニーにしがみついた。「ああ、すごい、マニー」

「いいぞ」

世界が爆発し、ジュールズは声をかぎりに叫んだ。最高の快感が体を駆け抜け、全身が痙攣する。

「そうだ、ジュールズ。ああ、きみはきれいだ」

ジュールズが目を開けた瞬間、マニーは頭を反らして最後に一度腰を突き出した。彼女の太腿に挟まれた体がぶるぶる震える。ジュールズは彼の腰に回した脚をいっそうきつく巻きつけた。

マニーはぐったりと上体をおろしたものの、自分の体重でジュールズを押しつぶさないよう肘で支えた。額と額を合わせ、軽くキスをする。「愛してる」

ジュールズはできるかぎりきつくマニーに抱きついた。この瞬間が永遠につづいてほしい。目を閉じ、彼の首に顔をうずめた。

マニーはジュールズを抱きしめたまま横向きになった。「きみが腕の中にいるのは最高に気持ちがいい」

でもそれは、彼に抱かれてジュールズが感じている気持ちよさには遠く及ばないだろう。

彼はジュールズの髪を撫で、背中を上下にさすっている。やがて彼女の頭のてっぺんに自分の頬を押しつけた。「寝ろ。あと一日我慢したら、俺たちにはいくらでも時間ができる」

21

マヌエルは携帯電話の鳴る音に起こされた。目をこじ開けたとき最初に見えたのは、鼻の上にのった数本のブロンドだった。

にっこり笑って、彼女の髪にさらに深く顔をうずめる。電話はいったん鳴りやんだものの、すぐにまた鳴りだした。

残念だ。

ジュールズの頭が置かれている右腕を動かさないよう注意して、左腕を後ろにやる。ちょっと探ると、指がサイドテーブルに置いた電話に触れた。

「いい話だろうな」もごもごと電話に向かって言う。

「さっさと起きろ」トニーだ。「デニソン上院議員との会合を一時間後に設定した。今日、予定があいてるのはそこだけだったんだ」

「くそっ。どこでだ？」

「上院議員会館の議員の部屋だ。議員の補佐官がおまえを待ってる」

「わかった、行くよ」マヌエルはジュールズを見おろし、声を落とした。「この家は厳重に警備されてるだろうな」

「ああ、FBI捜査官をふたりつけてる」トニーはいったん言葉を切り、含み笑いをした。「FBIがどういうやつらかは知ってるよな。あいつらはいつもCIAといがみ合ってるんだ。しばらくは彼女をひとりで置いといても安全だ。それとも、彼女が逃げるのが心配か？」

トニーの質問に、マヌエルは一瞬迷いを覚えた。安全だと確信が持てるまではジュールズを上院議員に会わせたくない。しかし彼女をタウンハウスにひとりで残していきたくもない。

彼女を信頼せねばならない。実際、信頼している。

「いや、ジュールズはずっとここにいる。とにかく、誰もこの場所に関心を持たないようにしてくれ」

「問題ないさ。上院議員との話がうまくいくといいな」

マヌエルは電話をサイドテーブルに戻すとゆっくり振り返り、ジュールズに腕を回した。彼女は身じろぎしたあと、彼の胸にさらに身をすり寄せた。

ああ、彼女は気持ちがいい。毎朝こんなふうに彼女を抱いて目覚めるべきだ。上院議員との面会が期待どおりに進んだなら、ジュールズとふつうの生活を送れる望みが生まれる。この三年間をなかったことにできる。

「ジュールズ」マヌエルは彼女の耳にささやきかけた。

ジュールズは動いた。「うん？」

「俺は行く」

彼女は少し体を引き、眠たげな目でマヌエルを見あげた。「行く？」

「上院議員に会いに。いまトニーから電話があった。一時間後に会う」

「そんなに早く？」

マヌエルはうなずいた。「早ければ早いほうがいい。きみを守れるよう、きみを法律のこっち側に連れてこなくちゃならない」

髪の先をつかんでジュールズを自分のほうに引き寄せる。顎をついばみ、口を唇のほうまで移動させ、長くゆったりとキスをした。

「こんな朝を何度でも過ごしたい。そのためには、上院議員に会って話を聞かなくちゃならないんだ」

ジュールズはうなずくと、上掛けの下に潜りこんだ。

マヌエルはしぶしぶベッドから出て、裸のままバスルームに入っていった。

「わたしはここに残るの？」ジュールズが声をあげる。

マヌエルは振り返った。「ああ。ＦＢＩがこの家を監視してる。きみは安全なはずだ。しかし念のため、銃は手元に置いとけ」

ジュールズは自分の耳が信じられないと言いたげにマヌエルを見つめた。「わたしをひとりでここに残しても大丈夫だと信じてるの？」

マヌエルは首をかしげた。「信じちゃいけない理由でもあるのか？」

彼女は顔をしかめ、首を横に振った。

マヌエルは微笑みかけた。「シャワーを浴びてくる。寝てたいなら寝てていいぞ」

数分後、バスルームから出てきたマヌエルが目をやると、ジュールズはまた眠っていた。しばらく彼女を見つめたあと、静かに寝室を出た。今日の会合で自分たちの運命が決まる。上院議員がトニーの言うとおりに理解があることを望むばかりだ。


ドアの閉まる音がする。ジュールズは片方の目を薄く開け、慎重に部屋を見まわした。マニーは出発したようだ。さらに数分待って、彼がまだ一階にいることを示す音がしないかと耳を澄ませる。なにも聞こえないのでベッドを出て、眼下の道路を見おろす窓まで行った。ちょうど、マニーとともにベセスダまで乗ってきたSUVが走りだすところだった。ジュールズは窓から身を翻して行動に移った。

バッグは部屋の隅の床に置いてある。中を探って携帯電話を出した。どうしたらマニーに知られずにメールをチェックしてノーススターの指示を確認できるだろうと悩んでいたけれど、マニーがそれを容易にしてくれた。あまりにも容易に。

彼は信頼してくれている。

ジュールズは目を閉じた。だめだ、そんなことをぐずぐず考えるのはやめよう。ちょっと時間を取って気持ちを落ち着かせ、自分のすべきことに関するすべての感情、苦しみ、悩みを消し去った。

マニーが奇跡的な解決を望んで上院議員に会いにいったこと、自分たちふたりにおとぎ話のような結末が待っているという希望を抱いていることが腹立たしい。ＣＩＡがそんなことを許すわけがない。やつらはジュールズの命を握っているのと同じように、マニーの命をも握っている。上院議員がなにに同意しようと、マニーがどこかに家を建てて腰を落ち着けて退屈で楽しい人生を送ることを期待していようと、実のところ自分たちが一緒になるためには遠くへ全速力で逃げていくしかない。

ジュールズがすべきなのは、任務を果たして姿を消すことだ。マニーは、自分はいい人間のもとで働いていると思いこんで仕事をつづければいい。その無知が彼を生かしておいてくれるだろう。

ジュールズはもっと手を血で汚しても生きていける。マニーの命と引き換えに自分の魂を売ってもいい。

ふたたび目を開けたとき、心は平静だった。まさに殺人者の気分だ。

電話の電源を入れ、暗号化メールにアクセスするためのボタンを押す。予想どおり、受信トレイに一通のメールが入っていた。

メッセージを読んで暗殺の場所と日時を確認した。二日後。準備する時間はあまりない。場所を見て眉をあげた。ロナルド・レーガン・ビルディング。午前八時。間違いなく政治家の朝食会だ。とはいえ、ジュールズがいままで暗殺してきた相手の大部分は、なんらかの形で政治にかかわる人間だった。

ターゲットの名前はまだ書かれていない。ジュールズは眉をひそめた。なぜ秘密にする？

これまでは、すべての情報を事前に与えられた。ところが今回、ターゲットの名前は暗殺の朝に連絡するという。

メッセージには、建物に入るために与えられる身分に関する詳細が書かれている。ジュールズは大きく息を吐いた。これは非常に危険だ。警備が厳重すぎる。しかも現場はワシントンDCのど真ん中。

けれど、この三年間、愚かな過ちは犯さなかった。自分は優秀だ。充分な訓練を受けている。任務を成功させ、その後はこんな生活から永遠におさらばする。愛する男性をあとに残して。

まぶたが痙攣して、鉄の仮面にひびが入りそうになった。だが心を鬼にして、不都合な思いを脇に押しのけた。マニーの身に危険はなくなる。大事なのはそれだけだ。

メッセージをもう一度読んで、なにも見落としていないことを確認した。それから頭を働かせはじめ、綿密に行動計画を練っていった。

見つからないように朝早くここを出なければならない。隠密行動は得意だ。

二日間。あと二日マニーと過ごしたあとは、引き返せない道を歩きはじめることになる。残された時間を一分たりとも無駄にしないでおこう。

「上院議員がお会いになります」

マヌエルが顔をあげると、スーツに身を包んだ中年女性が上院議員の部屋のドアから微笑みかけていた。

「ありがとう」マヌエルは立ちあがった。

　女性はマヌエルをうながして部屋に入らせ、ドアを閉めた。

　マヌエルは豪華な執務室に足を踏み入れた。光沢あるマホガニーのデスクについていた男性が立ちあがる。

「マヌエル・ラミレスだね？　デニソン上院議員だ」議員はデスクの前まで回ってきて手を差し出した。

マヌエルは握手に応じた。「急なお願いなのに会ってくださってありがとうございます」

「かまわんよ。きみの状況には非常に興味がある。我々は協力し合えると思う」議員は椅子を手で示した。「座りたまえ。なにか飲むかね？　コーヒー？　紅茶？」

マヌエルはかぶりを振った。「どうぞおかまいなく」

上院議員は自分の椅子まで戻って腰をおろした。後ろにもたれてしばらくマヌエルを見つめる。そのあいだマヌエルも相手を見つめ返した。

デニソン上院議員は風格のある男性だ。といっても、上院議員なら誰でもそうではないか？　たっぷり金をかけ、着るものに気を使って、そういう外見を演出しているのだろう。六十歳近いようだが、白髪は一本もない。これは優良な遺伝子のおかげか、それとも優秀な美容師の仕事の成果か、と考えてマヌエルはちょっと面白がった。答えが後者なのは間違いない。

何年もCIAで働くうち、マヌエルは政治家への不信を募らせていた。互いに矛盾する計画、新たな大統領が就任するたびに変わる仕事。しかしこの上院議員がジュールズを助けてくれるのなら、マヌエルは意見を変えてもいい。

「で、わたしはきみのためになにをすればいいのかな？」やがて議員は尋ねた。

マヌエルは眉をあげた。「わたしがあなたのためにできることがある、と思っておりましたが」

デニソン上院議員は表情をゆるめて笑った。「気に入った。ではこうしよう。わたしは手持ちのカードをテーブルに並べる。そのあときみも、自分のカードを並べる」

マヌエルはうなずいた。

議員は身を乗り出してデスクに腕を置いた。「わたしはNFRの内情を知りたい。きみの相棒の話だと、きみは組織のメンバーのひとりとなんらかの関係があるそうだが」

「そうかもしれません」

「相棒はまた、きみが取引に関心があると言っていた。情報と免責を引き換えたいと」

マヌエルはうなずいた。「完全な免責です。彼女は無罪放免となる。そうでなければ、なにも教えられません」

「具体的には、なにを教えてもらえるのだね？」

「関係者の名前、暗殺の記録、接触方法。彼女の物語には、議員もおおいに興味をお持ちになると思います。しかし、彼女の身になにも起きないという議員直筆の念書がないかぎり、彼女を表に出すつもりはありません」

議員は椅子にもたれこみ、首の後ろで手を組んだ。「きみはその女性と、正確にはどういう関係だね？　これは単に、ＣＩＡ諜報員が、局がこの十年間潜入を試みてきた組織につながる手がかりを提供しているというだけの話ではないだろう」

マヌエルは苦労して無表情を保った。「彼女は被害者です。言えるのはそれだけです」ジュールズが彼にとってどれほど大きな意味を持っているかを知らせて、議員を優位に立たせたくない。

議員はうなずいた。「いいだろう。必要な書類を用意する。秘密は厳重に守ってくれるだろうね。わたしの長官指名はまだ確実ではないし、テロリストに免責を与えていることがマスコミにばれたら困る」

「もちろんです。話を公にしても、お互いなんの得にもなりませんから」

上院議員は立ちあがった。「できるだけ早く彼女に会いたい」彼は手帳をめくった。「明後日に講演会がある。早朝だ。だから、そうだな、その日の午後では？」

「ここでですか？」

「いや、ここではない。こちらから連絡する。もっといい場所を選ばねばならん」

マヌエルはうなずいた。「ご協力感謝します」

「きみが言うように彼女がすべてを明かしてくれるのなら、感謝するのはわたしのほうだ」

議員はふたたび手を出して握手を求めた。「ではまた」

マヌエルは握手をし、背を向けて部屋を出た。上院議員会館を出るまで、安堵の息を吐くことはしなかった。外の冷たい空気を浴びたとき、ようやく目を閉じて長いため息をついた。

あと二日。二日後にはジュールズは彼のものになる。誰も彼女に手出しはできない。

22

ドアノブのカチャカチャという音を聞いて、ジュールズは身をこわばらせた。リラックスしろと自分に命じ、明るい笑みを顔に張りつける。そしてキッチンに入ってきたマニーを出迎えた。

「やあ、べっぴんさん」彼がたくましい腕で抱きしめてきた。

ジュールズは彼の抱擁に身を任せ、顔をあげて口でキスを受け止めた。「会合はどうだった?」その質問の滑稽さを思ってこみあげた笑いを、あわてて抑えつける。まるでハリウッド映画に出てくる、職場での夕方の会議がどうだったかを夫に尋ねる主婦だ。

マニーは彼女を伴ってリビングルームへ行き、ソファの自分の隣に座らせた。

「うまくいった。上院議員はきみの全面的な協力と引き換えに、俺たちを助けてくれるつもりだ」

「つまり、わたしがこの三年間見たことやしたことを彼に話すわけね」自分がしたことすべてを人に話したことはない。マニーにすら。自分自身にも認めたくないし、ましてや赤の他人になど言えるわけがない。

「そうだ。きみが知ってることすべてを打ち明けたら、議員はきみの関与について罰せられないようにしてくれる」

「その人の言うことを信じるの?」

「そうだ」

ジュールズは下唇を噛んで、マニーの目に浮かぶ希望の炎をじっと見つめた。できるものなら、上院議員にすべてを明かして自分の命をゆだねたい。問題は、マニーの命を議員に預けるつもりはないことだ。危険にさらされているのはマニーなのだから。

「いつ会いたいって?」

「明後日だ。午後に」

ジュールズはほっとして内心ため息をついた。そのときには、自分はすでに姿を消している。この厄介な事態に対処しなくてすむ。

「お昼ごはんにしましょう」と言って立ちあがった。

マニーは彼女についてキッチンに入っていった。「きみは座ってろ。俺が料理する」

ジュールズはカウンターの前に座り、彼がキャビネットを探るのを見ていた。冷蔵庫の中を眺めたあと、彼は振り返った。「ハンバーガーはどうだ?」

「いいわね」どうせなにを食べても味はしないだろう。

彼はハンバーガー用の肉を出してきて、カウンターのジュールズが座った場所から一メートルほどのところでパテを三枚つくりはじめた。なにか言いたげに何度か顔をあげる。やがて肉に手を突っこんだまま作業を中断した。

「ジュールズ、もしこれがうまくいったら……もし上院議員が約束を守ってくれたら、そしたら……そしたら俺たちは一緒にいられるようになる。ふつうの恋人同士として」

すぐに返事を思いつけず、ジュールズは凍りついた。どうして返事ができるだろう？　なにを言おうと嘘になるというのに。そんな関係にはなれないと言ったら、マニーは理由を教えろと迫るだろう。でも、不可能だとわかっていながら、自分たちが一緒になれるという空想を抱くことはできない。

「俺はそうしたいんだ」彼の熱いまなざしは、その強さでジュールズの全身を焼いた。これ以上マニーと目を合わせているのに耐えられず、ジュールズはうつむいた。困難な状況への対処ならしたことはある。これも、それと違うはずはない。なのに違っていた。マニーを愛している。昔からずっと愛していた。そしてマニーはいま、ジュールズが最も望むものを目の前にぶらさげている。

「どうした？　なにを考えてる？」

「あ、あんまり期待しすぎたくないの」それは今日初めて口にする真実だった。「どうするの、上院議員が約束を守ってくれなかったら？」

マニーは決然とした表情になった。「そのときは別の方法を見つける。きみと別れる気はない」

その所有欲もあらわな宣言に、ジュールズの胸が締めつけられた。小さく身震いする。そんなに愛されていると知るのは、なんと気分がいいのだろう。その愛に対して自分がすることを思うと、なんと気分が悪いのだろう。

マニーはタオルを取って手を拭いた。カウンター越しに手を伸ばしてジュールズの顎をつかむ。「俺を信頼してほしい。きみを手放しはしない」

ジュールズは彼と目を合わせた。「信頼してるわ」

マニーは満足して目をきらめかせ、ジュールズの顔から手をおろしてハンバーガーの料理に戻り、ジュールズはわきあがるパニックを静めようとした。

計画は彼が上院議員と会っているあいだに立てていた。この家をいつ、どんなふうに出るかは決まった。あとのもの——適切な身分証明書、ふさわしい服、その他任務を果たすのに必要なアイテム——の入手方法についてはノーススターが指示していた。すべて、いまわしいメールに書かれていた。

わからないのは、すべてが終わったあとで自分がどうやって生きていくかだ。

「カウンターで食べるか、それともテーブルがいいか？」

マニーの質問に考えをさえぎられ、ジュールズは目をしばたたかせた。

「テーブルにするわ」

「食器を用意してくれるか？」

ジュールズはスツールからおり、キッチンに入って皿とナイフやフォークを取り出した。

「なあ、こういうのもいいもんだな」

「なにが？」

「俺ときみがキッチンにいて、一緒に食事の用意をする。ふつうの生活みたいじゃないか」

ジュールズはマニーの声に希望を聞き取った。自分たちがほんとうにふつうの生活を一緒に送れるという希望。彼女は自らに強いて口元に笑みをたたえた。「わたしが料理するとは思わないでね」

マニーは笑った。「料理なら俺がする。きみはベッドで埋め合わせしてくれりゃいい」意味ありげに眉を上下させる。

思いが顔に出る前に、ジュールズは横を向いた。キッチンの隣にある狭い食事スペースに置かれた丸いガラステーブルに食器を並べる。

数分後、マニーはテーブルにハンバーガーの皿を置いた。「パンはシンクの横だ。取ってくれるか？」

ジュールズはパンを取り、キャビネットのグラスをつかんだ。「氷はいる？」

「ああ」

冷凍庫から氷を出してグラスに入れるため、いったんパンを置く。そのとき不意に一滴の涙が頬を伝い落ちた。あわてて拭き取ったが、さらに一滴が流れてきた。

気を落ち着けようと深呼吸したけれど、息は不規則に乱れた。ああ、そんな。自分は歩く災厄だ。心が壊れかけている。機械のように仕事をこなす三年間を過ごしたあとで、ついに限界を超えてしまった。いちばん肝心なときに。

手が激しく震え、グラスが床に落ちて粉々に割れた。

マニーは即座に横に来た。「気をつけろ。怪我をするぞ」床に散らばったガラスの破片からジュールズを引き離した。

彼女はよろめいた。動きは硬くぎこちない。涙がとめどなく頬を流れ落ちた。

「ジュールズ、どうした？」

ジュールズは顔をあげた。彼がここにいるのはわかっているのに、その事実が頭に入ってこない。頭から足の先まで感覚がない。感じられるのは涙が通った頬の湿りけだけ。しかも、どうしても涙を止められない。

マニーは彼女の肩をつかんでそっと揺さぶった。「ジュールズ、しっかりしろ。どうしたんだ？」

ジュールズは話そうとしたけれど、泣き声しか出てこない。心の奥深くでなにかが砕けた。人はこうやって正気を失うのだろう。もっと激しいものだと思っていた。頭の中が爆発するのだと。こんなふうに静かに瓦解するのではなく。

マニーはジュールズを抱きしめて前後に揺らしながら、よく聞き取れない言葉を耳にささやきかけている。そして彼女を抱きあげて階段をのぼった。ジュールズはベッドの柔らかさを感じた。ああ、ひどく疲れている。

彼は一瞬ジュールズから離れた。マニーの声は何キロもの遠くから聞こえてくるようだ。電話で誰かと話している。心配そうな口調。

その後ベッドが沈み、上掛けがかけられた。マニーのたくましい体が守るようにジュールズを覆い、腕が回される。ジュールズは彼の広い胸板に頭を置いた。

涙がまだ流れているのを意識しつつ、しばらくそこでじっと横たわった。そのとき、奇妙ですばらしいことが起こった。長いあいだ感じていた圧倒的な苦痛が消えたのだ。心に巣食っていた苦悩、罪悪感、恐怖を捜して自分の内面を探ってみた。でも感じたのは骨の髄からの疲労だけだった。

目を閉じ、三年間つきまとっていた悪夢のような光景を見るのを覚悟する。ところがまぶたの裏にあったのは、誰もが目を閉じたときに見るのと同じ暗闇だけだ。

安堵が心に染み渡る。無数の感情の重みから一時的に解放された。長期間独房に監禁されたあとで刑務所を出たかのよう。このふわふわ浮いた感じは心地いい。

守るようにしっかり体に回されたマニーの腕の中で、ジュールズはいっそう彼にすり寄った。そうして心を解き放った。

23

ジュールズはもう十八時間も眠りつづけている。マヌエルは心配になってきた。ジュールズを見守っておくために運んできた小さすぎる椅子の中で前屈みになる。彼女は昨日の午後から夜をへて今朝まで眠っている。身じろぎもしない。

病院に連れていこうかとトニーと話し合ったけれど、ジュールズが安全だと確信できるまで身動きは取れない。彼女を人前には出せない。あまりに多くの人間がジュールズを追っている。しかも、そのうちのひとつはマヌエルの属する機関だ。

だからじっと座って待っている。残りはあと一日。あと一日で、自分たちの人生をいいほうに——あるいは悪いほうに——変える可能性のある会合が行われる。

マヌエルはため息をつき、片方の手で疲れたように顔をこすった。ひと晩じゅう一睡もしていない。愛する女が崩壊し、自分はなにもしてやれないとき、どうして眠れるだろう？

上院議員が約束を守ってくれなかったらジュールズを連れて国を出ようという思いは、ますます強くなっていった。彼女が強制されて犯した罪のために苦しむのを、黙って見ているのには耐えられない。そのために自分が信じているすべてに背を向けることになるとしても。

どこか暖かく、のんびりしていて、なによりアメリカ合衆国と犯罪人引渡条約を結んでいない国へ行こう。

そんな事態にならないのを心から望んでいるけれど、現実を直視せねばならない。そうなる可能性はある。覚悟はしておかねばならない。ジュールズとも話し合っておく必要がある。だが、いま彼女がどこまで状況に対処できるかわからない。いつ精神崩壊を起こすかわからない。いや、実際崩壊してしまった。

ジュールズが動くのが聞こえたので、彼はぱっと顔をあげた。まぶたがぴくぴくして目が開く。彼は椅子から飛び出した。

「ジュールズ？」そっと声をかける。驚かせたくない。

ジュールズは数回まばたきをしたあと、うつろな目でマヌエルを見た。「わたし、どれくらい寝てたの？」かすれた声で尋ねる。

「いまは朝の九時前だ」

「丸一日近く寝たということ？　昨日からずっと」困惑で眉間にしわが入り、まなざしがさらに曇った。

マヌエルは緊張をやわらげようと、彼女の額を撫でた。「どんな気分だ？」

ジュールズは唇をすぼめて考えこんだ。「ほとんどなにも感じない」

彼は恐怖を覚えた。ジュールズはここにいない。体は目の前のベッドに横たわっているのに、心はここにない。別の場所にいる。どこかはわからない。戦慄がマヌエルの中を駆け抜けた。

「風呂に入るか？」やさしく尋ねる。

しばしの沈黙のあと、ジュールズはうなずいた。

「ここで待ってろ。湯を張ってくる」

バスルームに入っていくあいだも、マヌエルの胸の中で恐怖はふくらみつづけた。どうすれば彼女の心に手が届くだろう？　彼女を包む靄や闇を越えて。なにが彼女に限界を超えさせたのだ？

浴槽がいっぱいになって寝室に戻ると、ジュールズはベッドの端に腰かけて足をぶらぶらさせていた。上の空のようだ。それに非常に弱々しい。病院のベッドに横たわっているときも、ここまで打ちひしがれたようには見えなかった。

マヌエルは彼女の前にひざまずいて手を取った。「ジュールズ、大丈夫か？」

彼女の青い目がマヌエルを見つめる。靄を払うように、すばやくまばたきをした。そして怯えたような笑みを見せた。「大丈夫よ」

彼は指をジュールズの額に置いてそっとさすった。「この中でなにが起きてるんだ？」

悲しげな瞳に静かな絶望の色が浮かんだ。「わからない。なんだかひどく……ばらばらな感じ」

マヌエルは彼女の肩をつかんだ。「ゆっくり熱い風呂に浸かってきたらどうだ？　俺は朝飯をつくって持ってくる。ベッドで食べりゃいい。今日は一日ゆっくりしてろ」

ジュールズはよろよろと立ちあがった。マヌエルは彼女の腰に腕を回して支え、バスルームまで連れていった。

彼女は小さな笑みを浮かべた。「もう大丈夫よ」

「ほんとか？」

うなずいてTシャツを脱ぎはじめる。マヌエルのTシャツだ。彼は顔を寄せて頭のてっぺんに口づけた。「すぐに戻る」

彼はジュールズが湯に浸かるまで見守り、階下に向かった。


ジュールズは湯に深く身を沈めて目を閉じた。昨日なにが起こったにせよ、それは彼女にひどい打撃を与えていた。生まれてから一度も、ここまで空っぽに感じたことはなかった。死ぬときはこういうふうに感じるのか？　心と体が完全に分離したように？

指で水面をなぞると、湯が渦巻いた。いまの状態に不満があるわけではない。圧倒的な苦痛や罪悪感からの解放は大歓迎だ。体重が五〇キロも軽くなった気分。正直言って、この状態では任務を果たせそうにない。

精神崩壊した人間は優秀な暗殺者になりえない。

頭がかくんと横に落ちる。首を支えておくのもつらい。下半身で湯から出ている唯一の部分である爪先を眺めた。足の指を動かしてみたあと、無感情に見つめつづけた。

マニーが戻ってきたときはびくりとした。自分はそんなに長く浴槽にいたのか？　彼は不安そうにジュールズを見ている。彼女がバスルームから悲鳴をあげて駆けだすと思っているのか？　髪の毛を引き抜いたり、口から泡を吹いたりすると？

そう思うとおかしくなり、気がつけば声をあげて笑っていた。マニーの顔がますます心配そうになる。

しっかりしなければ。この調子だと、彼はジュールズを精神科病院行きの片道バスに乗せるだろう。そうしたら、どうやって彼を守れる？

「朝ごはんができたの？」ふつうの声が出たのが誇らしい。マニーがうなずくと、ジュールズは立ちあがった。湯が体から流れ落ちる。

マニーは彼女の手を取って浴槽から出し、即座にタオルを巻きつけた。彼女が貴重な磁器であるかのように丁寧に体を拭き、バスルームから連れ出した。

ジュールズは彼が服を出してくるあいだベッドに座って待ち、大人の女性が恋人に服を着せてもらうばからしさを思った。でも、自力で服を着るのは予想以上に苦労しそうだ。

彼はジュールズにスウェットパンツとTシャツを着せ、タオルで髪を乾かした。終わるとベッドに入らせ、ドレッサーに置いていたトレイを取った。

スコーン、卵、ベーコンを高く盛った皿が目の前に差し出される。けれど食べ物にはちっとも惹かれなかった。それでもマニーの顔に浮かんだ懸念を消し去ろうと、無理に数口のみこんだ。

耐えられるかぎりの量を胃におさめると皿を押しのけ、枕に頭を置いた。疲れた気分で目を閉じる。ついさっき十八時間の眠りから目覚めたばかりなのに、どうしてまだ倦怠感があるのだろう。

マニーはジュールズの体に上掛けを巻きつけて隣に横たわり、彼女をしっかり抱きしめた。彼女は頬をマニーの胸に置いて目を閉じた。苦痛はない。恐ろしく重苦しい罪悪感もない。なにも考えることなく眠るのがどういうことか、すっかり忘れていた。

マニーの鼓動と、背中を上下する彼の手の動きが、ジュールズを心地よい虚空に誘いこむ。彼女は抵抗することなくそこに吸いこまれ、闇の中に自らを置いた。ああ、いい気分だ。

目を開けたとき、不思議な目的意識が五感を覚醒させていた。マニーはいない。ベッド脇のデジタル時計を見ると、もう夜だった。準備をしなければいけない。

体を起こして足をベッドの横におろす。感覚は鋭敏になっている。自らの内面を探り、そこに誰がいるのかと考える。暗殺者だ。半日後に完遂すべき任務を持つ者。

マニーがどこにいるかと耳を澄ませた。皿がぶつかるかすかな音からすると、キッチンらしい。彼女は立ちあがってバッグを取った。バッグの裏地の中から小さな瓶を取り出す。少なくとも八時間、意識を失わせておける強力な睡眠薬。ベッドに入る前に、マニーにこれをのませよう。

バスルームに入っていき、髪を耳の後ろに撫でつけた。鏡で自分の顔をのぞきこんで、怯えた愚か者ではなく冷静で落ち着いた女性がいるのを見てほっとした。

屈みこんで冷たい水を顔にかけ、ハンドタオルで拭く。瓶を下着に忍ばせてスウェットパンツのしわを伸ばした。鏡をさっと見て、なにも目立っていないのを確認した。マニーを捜しにいって、彼を安心させよう。

足を踏み鳴らして階段をおりるとき、自らの冷静さに感心していた。荒れ狂う感情の餌食でいないことには、とてつもない解放感がある。どうして自分が急に変わったのかはわからないけれど、ありがたく思っている。もしかしたら正気を失いつつあるのかもしれない。すでに失ったのかもしれない。でも、かまわない。任務を果たせるのであれば。

キッチンに入っていくと、マニーが振り向いた。「ジュールズ！」手に持っていた皿を置き、彼女を抱きしめる。「気分はどうだ？」

「よくなったわ」嘘ではない。最高に気分はいい。冷たく抜け目のない女でいることに利点はないなんて、誰が言った？ 感情的でいるよりは、よほどこのほうがいい。

ジュールズを離したとき、マニーの目にはくっきりと安堵が浮かんでいた。「それはよかった。腹は減ってるか？ 今朝はあんまり食べなかっただろ」

「飢え死にしそう」それは嘘だ。けれど、万事問題ないとマニーを納得させるのに、しっかり食べる以上にいい方法があるだろうか？

ジュールズが小テーブルにつくと、マニーはスパゲッティらしきものを前に置いた。彼女はさもおいしそうに、無理やりのみこんだ。ジュールズが食べているあいだマニーはテーブルの向かい側に座って、満足げにうなずいていた。

ふたりはしばらく黙ったまま食べた。やがてマニーは水を大きくひと口飲むとグラスを置き、ジュールズを見やった。

「なにがあったんだ?」静かに尋ねる。

食い入るように見つめられ、ジュールズの顔がほてった。自分でもわからないことを、彼にどう説明できるだろう? 彼女は試みようともしなかった。「わからない」

マニーはテーブル越しにジュールズの手を軽く握った。「これが解決したら、ふたりでどこかへ行こう。きみが体と心を休められるところに」

彼の発言によって罪悪感が荒波のように襲ってこないことに少し驚きつつ、ジュールズはうなずいた。そう、やはり自分はおかしくなっているようだ。拘束衣を着せられて精神科病棟に送られるのを覚悟すべきかもしれない。

下を見ると、幸い食べ物はほとんどなくなっていた。フォークを置いて椅子にもたれこむ。

「ありがとう」

マニーは微笑んだ。「リビングルームに行ったらどうだ? 俺は片づけをしてから行く。あとで映画かなんかを見よう」

究極の家庭的な暮らし。ジュールズは微笑み返して立ちあがった。「手伝わなくていい?」

「ああ。きみは行ってろ」

ジュールズは肩をすくめ、リビングルームに入っていった。ソファに座りこみ、脚を折りたたんで尻の下に敷く。テレビのリモコンはすぐそこにあるけれど、手に取りはしなかった。静かなほうがいい。

数分後、マニーはワイングラス二個を持ってきた。

「ふたりでのんびり夜を過ごそうと思ったんだ」グラスを差し出す。

ジュールズはグラスを受け取り、従順にワインをすすった。マニーは隣に座って腕を回し、ジュールズを抱き寄せた。

しばらくふたりとも無言だった。マニーはジュールズを抱いてワインを飲むことに満足しているようだ。ジュールズは体の力を抜いて彼に寄りかかり、迫りくる任務については考えないようにした。彼の腕の中で過ごすのはこれが最後なのだ。

「ジュールズ、話がある」

ジュールズは横を向いて彼を見あげた。

「いま言うことじゃないかもしれないけど、そんなに時間もないから」

彼女は戸惑いの表情を見せた。「なんなの？」

マニーはため息をつき、身を乗り出してコーヒーテーブルにグラスを置いた。体を戻して天井を仰ぐ。

「じっくり考えたんだ。もしなんらかの理由で……なんらかの理由で、上院議員との話がうまく進まなかったら、ふたりで逃げよう」

ジュールズは眉間にしわを寄せた。彼の提案にはこれ以上ないほど驚かされた。「どういう意味、逃げるって？」

「国を出るんだ」マニーは視線を天井からジュールズに戻した。「どこか、きみが安全でいられるところに」

ジュールズは首を横に振った。どうせ守れないのだからどんな提案に賛成してもかまわないとはいえ、マニーがこれほど彼らしくないことをすると考えただけで吐き気がする。

彼はジュールズが反論する前に唇に指をあてて黙らせた。「話し合いの余地はない。俺はきみと別れたくないし、きみを危険な場所に置きたくもない」

ジュールズはため息をついた。彼との最後の夜に口論したくない。とりわけ、答えの出ない問題に関しては。どうせ自分はいなくなるのだから、彼と国を出ることなどできない。といっても、まさにそうするつもりなのだが。ただしひとりだけで。

時計に目をやり、マニーの意識を失わせるのに必要な時間を心の中で計算した。いま彼に薬をのませたら、気づかれることなく家を出る時間は充分ある。

「もう少しワインはどう？」

「取ってくる」マニーは身を乗り出した。

ジュールズは彼を押し戻し、屈みこんでキスをした。「わたしが取ってくる。あなたはここにいて」

コーヒーテーブルから彼のグラスを取ってキッチンに入る。ちらりと後ろを見て彼がついてきていないのを確認し、下着から薬瓶を取り出した。

液体の薬をマニーのワイングラスに入れ、その上からワインを注いだ。手首をさっと振るとワインと薬が混ざって渦巻いた。自分のグラスにもワインのお代わりを入れたあと、リビングルームに戻った。

マニーはグラスを受け取ってひと口飲んだ。ジュールズが隣に座ると、温かな目を向けた。

「きみの気分がよくなって安心した。はらはらしたぞ」

「ごめんなさい」ジュールズはそっと言った。「心配させるつもりはなかったの」

マニーは顔を寄せてキスをしたあと体を戻し、さらにワインを飲んだ。ジュールズはリラックスして、彼が飲み終えるのを待った。このあと、すぐにベッドへ行こうと言うつもりだ。なにしろ明日は重要なイベントを控えているのだから。上院議員との会合は午後に設定されている。といっても、その会合は実現しないのだが。

24

ジュールズは午前四時に目覚めた。ぱっと横を向き、マニーがどれだけぐっすり眠っているかを確かめる。昨夜与えた薬の効果はあと数時間つづくはずだし、ジュールズが逃げる時間はたっぷりある。

音をたてずに、黒いジーンズと黒いTシャツという服装に着替えた。バッグから必要なものを出す——携帯電話、グロック、予備の挿弾子。銃をウェストバンドに挟み、こっそりバスルームに入ってもう一度メールを読む。

ターゲットを明確に知らせないのはノーススターらしくない。感知されないように必要なルートでオンラインに接続されるのを辛抱強く待ち、未読メッセージをクリックした。

殺す相手の名前を見たとき、ショックで唖然とした。アダム・デニソン上院議員。ノーススターはどういうつもりだろう？　マニーが議員と会ったことを知っているのか？　知っていて当然かもしれない。彼は常にジュールズたちの行動を監視していたのだろう。ジュールズの心は沈んだ。これこそ、自分とマニーが手に負えない窮地に陥っていることを示すさらなる証拠だ。逃げる方法はない。マニーがジュールズを助けようとどれだけ努力しても。

顔をしかめる。マニーは、上院議員がNFRの内情を知りたがっていると言った。ノーススターは、上院議員に組織の秘密を探られるのを恐れているのか？　その可能性はある。あるいは、マニーが上院議員の協力を求めたことにノーススターが報復しようとしているのかもしれない。力の誇示、ノーススターはジュールズの心を支配していていつでも好きなときにマニーに手を出せるという警告。その両方の意図があるのだろう。だとしたら今回は、これまでの暗殺のようにアメリカ合衆国への脅威を取り除くのではなく、ノーススターの正体や彼と政府とのかかわりをあばく力を持つ人間を暗殺することになる。

ジュールズは目を閉じ、メールの最後の行を頭の中で繰り返した。

〝手を引こうなどとは考えるな、マガリー。きみの気に入らない結果が待っているぞ〟

目を開け、鏡に映った自分の顔を冷たく見やる。「なにをぐずぐずしてるの、暗殺者。あんたにはやるべき仕事があるのよ」

バスルームを出て窓まで行き、見張りが昨夜自分たちがベッドへ行ったときと同じ場所にいることを確認した。

昨日と同じ地味な車が道路の向かい側に止まっている。FBI捜査官ふたりがジュールズを見た瞬間トニーとマニーに警告を発するのはわかっている。だからまずは、彼らを持ち場から離さねばならない。

今回の場合、隠密行動する必要はない。堂々と外に出て捜査官のところへ行こう。玄関を出て道を渡り、車まで行った。通りはまだ真っ暗だ。街灯はまばらにしか立っていないのであたり一帯を照らしてはいないけれど、ジュールズの目にははっきり見えた。捜査官たちは眠っているか、あるいは彼女を脅威とみなしていないらしい。ジュールズが窓から中をのぞきこむまで、彼女のほうを見もしていなかった。

ジュールズは銃を出して助手席の男性に向け、窓をおろすよう手振りで示した。彼は唖然としながらも従った。

「見えるところに手を出して」

相手はふたりとも両手をあげた。

「無線機、携帯電話、その他の連絡機器全部。窓から出しなさい」

彼らは手をおろし、不承不承に携帯電話や無線機などの装置を取って、窓からジュールズの足元に放り投げた。

ジュールズは一歩さがって銃で合図した。「出て。ふたりとも」

ふたりは苛立ちの息を吐きながらも、両手をあげたまま車をおりた。

「俺たちはあんたを守ることになってたんだぞ、あんたから自分を守るんじゃなくて」ひとりが皮肉をこめて言う。

「そっちの考え違いね」ジュールズは肩をすくめた。「さ、動いて。家の裏に回るのよ」

彼らをうながしてタウンハウスの裏に向かわせる。数時間後には車であふれるはずの道路から見えないところまで。塀に囲まれた狭い庭まで行くと、ふたりをひざまずかせた。

彼らの顔には恐怖が見える。殺されるのではという恐怖。以前なら、ジュールズは殺しただろう。自分の偽装をあばく可能性のある人間なら誰でも殺していた。でも、いまはどうでもいい。今日からは身分を隠す必要もない。誰が上院議員を暗殺したかマニーにはわかるだろうし、ジュールズはどうせどこにいても安全ではないのだから。

「さっさとやれ」ひとりがうなった。

ジュールズは彼の後頭部を拳銃の台尻で殴った。彼が意識を失って前のめりに倒れる。もうひとりの顔に驚きが浮かんだ直後、ジュールズはこちらも意識を失わせた。

拳銃をしまい、急いで表に戻る。時間を無駄にすることなく捜査官の車に乗りこみ、エンジンをかけた。二時間で服と身分証明書を手に入れ、ターゲットのいる場所へ行き、暗殺の準備をせねばならない。そのあとのことは考えないでおこう。

目覚めたとき、マヌエルの頭はがんがん痛み、舌はふくれていた。ベッドからよろよろと出てバスルームに行き、蛇口の下に頭を突き出して口を湿らせる。何度か水を飲みこんで蛇口を閉め、靄を払いのけようと頭を振った。自分はいったいどうしたのだろう?

ベッドには彼ひとりしかいなかったという事実に思いいたったとき、背筋が寒くなった。バスルームから顔を出し、ジュールズがいないことを確かめる。

階段を駆けおりてきょろきょろと左右に目をやり、リビングルームとキッチンをのぞきこんだ。

「ジュールズ!」彼女はどこにもいない。そしてマヌエルの頭はハンマーで叩かれたみたいに痛む。

狭いパティオにいないかと裏口まで行ってドアを開けてみた。そこで目に飛びこんできた光景に血が凍った。

地面に横たわる男性ふたりに駆け寄る。ひとり目の首に指をあて、しっかりした脈拍を感じて安堵のため息をついた。ふたり目も同じようにして、こちらも生きていることを確認した。

ちょっとためらったあと家の中に戻り、階段をのぼって携帯電話を取った。トニーの番号を押しながら、意識のないふたりのところに走って戻る。

「まだ朝早いぞ」トニーが眠そうに応じた。

「救急車がいる」

「なんだと?」トニーの声から眠気が吹っ飛んだ。

「捜査官ふたりだ。裏庭で気を失ってる。ジュールズは消えた」

「くそっ」

「捜しにいかなきゃならない。ジュールズの身になにが起こったか突き止めないと」

「僕は救急車を呼ぶ。そこでじっとしてろ、すぐに行くから」

マヌエルは電話をパチンと閉じ、捜査官たちの横で膝立ちになった。ひとりの頬を軽く叩く。「おい、おまえ、起きろ。しっかりするんだ」

数分後、捜査官は身じろぎして低くうなった。

「そうだ」マヌエルは励ました。「目を覚ませ」

捜査官は一度目を開け、閉じ、また開けた。「ちくしょう、頭が痛い」

「頭痛はお互い様だ」マヌエルがぶつぶつ言う。「名前は？」

「マシューズ捜査官」彼は苦労して立ちあがり、屈みこんで相棒の様子を確かめた。「こら、エディ、起きやがれ」相手が抗議の声をあげるまで揺さぶった。

「あのアマ、俺たちふたりを倒していきやがった」マシューズは言った。

マヌエルは呆然とした。「なんだと？」

エディが上体を起こして首の後ろをさする。マシューズが手を貸して立たせた。

「あんたと一緒に家にこもってた女だ」マシューズの声は険しい。「俺たちに銃を向けてここまで連れてきて、ぶちのめしていったんだ」

マヌエルの手が震えはじめた。無数の不愉快な感情が蒸気機関車のようにゴトゴトと体の中を通っていく。

「ふたりとも家に入って座ってろ。救急車を呼んだ」

「座りはするけど、救急車はやめてくれ」エディはぼそぼそと言った。「たかが女に襲われただけでも恥ずかしいんだ。本部のお偉いさんは、俺たちが病院送りになるのを許してくれない」

マヌエルはトニーに電話をかけた。「救急車はキャンセルだ」

「僕はすぐ近くまで来てる。じゃ、捜査官は問題ないってことだな？」

「ああ、元気にしてる。俺からの話は、おまえがここに来たときにする」

彼は携帯電話を閉じたあと、こぶしを壁に叩きつけた。激しい痛みを無視してもう一度叩く。漆喰がはがれて床にばらばらと落ちた。

「おい、落ち着け。手の骨が折れるぞ」マシューズが止めた。

マヌエルは振り返り、ソファに座った捜査官ふたりをにらみつけた。「おまえら、なんで彼女を止めなかった？」

エディがにらみ返した。「銃を向けられてたんだぞ。どうすりゃよかったんだ？　女は俺たちを殺すつもりだと思ったよ」

「彼女はなんと言った？　詳しいことを知りたい、どんな細かいことでも」

エディは仏頂面になった。「あと二時間で次のシフトと交代だった。ふたりとも疲れてた。なにも起こらない。そのとき突然あんたの女が現れて、車の窓に銃口を向けてきた。俺たちに無線や電話を捨てさせて、車から出させた。家の裏まで連れてきてひざまずかせ、殴って気絶させた。以上だ」

「彼女はほかになにか言ったか？」

エディは首を横に振った。

ドアが開いたので、三人はいっせいに振り返った。トニーが種々の電子機器を抱えてリビングルームに入ってきた。

「こんなのが捨ててあったけど、全部おたくらのか？」マシューズとエディを見ながらのんびりと言う。

「ああ、俺たちのだ」エディは口ごもりながら答えた。

「いや、そいつは違う」マシューズは電話を指さした。

「どれ？」トニーが訊く。

マシューズはトニーのところまで歩いていき、一台の携帯電話を取った。「こいつだ」

トニーはその電話をためつすがめつ観察した。顔をあげ、マヌエルを見る。「で、どういうことなんだ？」

「彼女は俺に薬をのませた」マヌエルはぶっきらぼうに答えた。「くそっ、俺に薬をのませて、捜査官を殴り倒して、逃げてったんだ」

もう一度こぶしで壁を叩きたい強い衝動に襲われた。

トニーは携帯電話を開き、ボタンを次々に押していった。「すごいハイテクだな。おたくらのじゃないってのは確かだな？」捜査官に念を押す。

「ああ、俺たちが車から出るとき、彼女が落としたんじゃないかな」エディは答えた。

数分後、トニーは眉間にしわを寄せ、電話をマヌエルに見せた。「読んでみろ。おまえの女が急いでた理由がわかるぞ」

マヌエルは電話を受け取って持ちあげた。メッセージをスクロールするうちに、憤怒が奔流となって彼の中を駆け抜けた。

「それを読み終わったら、次のボタンを押せ。もっとすごいぞ」

次のメッセージを読んで暗殺対象者の名前を見たとき、マヌエルは怒りで爆発しそうになった。協力を約束してくれた人、彼とジュールズがふつうの生活を送れるようにしてくれるはずの人を、彼女は殺そうとしているのだ。

電話を部屋の奥まで投げつけようとしたけれど、トニーが腕をつかんで電話を取り戻した。

「まだこいつには用がある」

「ジュールズを止めないと」マヌエルは言った。「手遅れになる前に。誰に連絡してもいいから、とにかく行ける人間を至急ロナルド・レーガン・ビルディングに行かせてくれ。彼女にそんなことをさせるわけにはいかない。俺も行って彼女をつかまえる」

「わかってる」トニーは静かに言った。「残念だ」

「俺たちも一緒に行く」マシューーズが申し出た。

「だめだ」

トニーはマヌエルにキーを放った。「僕の車を使え。僕は誰かを呼んで、このふたりと一緒に拾ってもらう」

マヌエルはホルスターを肩にかけて銃をおさめた。トニーの車まで走っていって乗りこむ。すぐにエンジンをかけ、出せるかぎりのスピードで道路を走らせた。

「ちくしょう、ジュールズめ!」

ハンドルを叩く。なぜ、マヌエルが差し出したものすべてに背を向ける? どうして彼を裏切り、ふたりで分かち合ったもの、ふたりの過去、ふたりの将来を取りあげて、彼を打ちのめすことができるのだ？

ジュールズは最初からマヌエルをだましていた。いまわしい任務を果たしにワシントンDCへ行くのに彼を利用した。彼女がしたこと、言ったことはすべて、まったくの嘘だった。マヌエルは生まれてこの方、これほどの怒りを感じたことはなかった。

記録的な速さでロナルド・レーガン・ビルディングに到着した。正面まで行って車から飛び出す。十人以上の捜査官が銃を抜いて立ちふさがった。マヌエルは身分証明書を見せ、入り口めがけて駆けだした。

ドアまで行ったとき、ひとりのFBI捜査官に止められた。

「ここになんの用だ？」

「デニソン上院議員の命が狙われてる。今朝、警備のために見慣れない人間が来なかったか？　女だ」

捜査官は顔をしかめたあと指をパチンと鳴らした。「来たぞ、ケリー・マクドナルドだ。なんの怪しい点もなかった。わたしが身元照会をした。この任務のため特別に派遣されたということだった。優秀な狙撃手だ。上階で警備にあたってる」

マヌエルはそれ以上聞かなかった。バルコニーに通じる階段目指して走った。中央ホールでは、次の講演者としてデニソン上院議員の名前がアナウンスされている。手遅れにならないことを願うしかない。

25

ジュールズはこわばった体をほぐしてライフルを肩にかけた。さっきからスピーカーはアナウンスをつづけている。上院議員は間もなく演壇に現れる予定だ。

これは、いままでで最も簡単な任務だ。簡単すぎていやな予感がする。FBIのバッジとノーススターがでっちあげた経歴により、容易に建物に入って精鋭のシークレットサービスをすり抜けることができた。

ここで自分は狙撃手として見張りについている。仕事は、上院議員に対する脅威を取り除くこと。ジュールズは思わず笑いそうになった。彼女自身が議員に対する脅威なのだから。彼が壇上にのぼるのを待って狙い撃ちするだけでいい。

ノーススターは非常に仕事をやりやすくしていた。こんな任務なら誰にでもできただろう。では、どうして彼はジュールズにやらせることにこだわったのか？　意味がわからない。といっても、あの頭のおかしい冷血漢のすることは、なにひとつ意味がわからないのだ。

時間がたつにつれて、冷静な表情は崩れていった。これからすることの結果を考えていると、さっきまでの麻痺した感覚が戻ってきた。

目を閉じてマニーのことを考える。いまごろ彼はジュールズの裏切りを知っているだろう。彼は激怒する。そして心を痛める。でも少なくとも、ジュールズがなにをしようとしているかは知らない。ジュールズが彼の人生から遠く離れたところへ逃げるまでは知らないだろう。三年前と同じく、ジュールズは居場所を知らせず姿を消す。ただし今回は彼女自身の意思で。

自分は正しいことをしているのか？　ジュールズは首を横に振った。正しくはない。だが正しいことはマニーの命を救ってくれない。守護者マニー、法の執行者マニー。ジュールズが人の血と引き換えにマニーの命を助けたと知ったら、彼は耐えられるだろうか？

小さなイヤホンからスピーカーの声が聞こえてくる。上院議員の名前がアナウンスされている。彼女は肩のライフルの位置を調整して身を乗り出し、殺す予定の人間に照準器から目を凝らした。

ようやくターゲットに照準を合わせたとき、ショックでライフルを落としそうになった。喉に苦いものがこみあげる。胃が引っくり返る。額に汗が浮き、ごくりと唾をのみこんだ。

手が震え、照準器から顔を背けた。あいつだ。三年前ジュールズをレイプし、NFRというCIAの影の組織への加入を強制した、ノーススターのボス。そいつが目の前にいて、集まった観衆に微笑みかけている。国家安全保障省長官候補たるアダム・デニソン上院議員こそが、最悪の犯罪者だった。

ジュールズは改めて議員に照準を合わせた。心臓の鼓動は頭の中でガンガン鳴り響いている。深く息を吸い、ゆっくりと吐く。手つきはしっかりして、指は引き金にかかった。彼は死んで当然の人間だ。喜んで地獄に送ってやる。

「ライフルをおろせ、ジュールズ」

マニーの冷たい声に、ジュールズは愕然とした。

「いますぐだ。俺にきみを撃たせないでくれ」

ジュールズは照準から顔をあげ、ゆっくり振り返った。マニーが銃口を向けている。顔には怒りがくっきりと刻みこまれていた。

彼女は引き金から指を離してあおむけに転がり、彼が見えるように両手をあげた。近づいてくるとき、マニーの目は恐ろしげにぎらぎら光っていた。彼は手を下にやってライフルを拾い、あとずさった。

「なぜだ？　どうしてこんなことをしようとした？」

ジュールズが唾をのみこむ。

「いや、答えなくていい」マニーは彼女が話す前にさえぎった。「俺の知ったことじゃない。立て」

ジュールズは警戒してマニーを見ながらよろよろと立ちあがった。彼の目に浮かぶ憎悪を見て心が痛む。どうやって彼がジュールズを見つけたのか、彼女がしようとしていることを知ったのかはわからない。でも彼が決して許してくれないことはわかっている。

「きみをつかまえられると思ってた。ここに来たのは、きみをテロリストとして逮捕するためだ。しかし、どうしてもできない」

ジュールズは話そうと口を開けたけれど、マニーは首を横に振った。

「なにも言うな。ひとことも。きみの弁解に興味はない。きみは一生分の嘘をついた」

彼女を見るマニーの顔に浮かんでいた嫌悪は悲痛に変わった。目には深い悲しみが見える。

「逃げろ、ジュールズ。きみを連行して厳罰を受けさせなきゃならないのはわかってる。だが、俺にはとてもできない。だけど、これだけは覚えておけ。今度きみを見たら、近くにいることがわかったら、一瞬の猶予も与えず連行する。だから逃げろ、逃げつづけろ」

ジュールズは唖然としてマニーを見つめた。

「なにをぐずぐずしてる？　さっさとここを離れろ。俺なら逃げるぞ、トニーが現れて状況を捜査官に説明する前に」

ジュールズは背を向けて走りだした。心臓は爆発しそうだ。でも階段をおりるときには足をゆるめ、平静な表情をまとった。この場の主であるかのように堂々と玄関から外に出る。けれど内面では動揺していた。

マニーはジュールズの無感覚を打ち破っていた。いまジュールズは感情の波にのまれている。彼の投げつけたあらゆる言葉の痛みを感じている。心の奥底まで。

何人もの捜査官の横を通り過ぎ、駐車場の車のあいだを縫って進み、非常線の張られた道路を歩いていく。バリケードで呼び止めようとした警官にバッジを見せると、彼らは横にどいて通してくれた。

建物が視界から消えるところまで歩いていき、決して振り返らなかった。振り返っても、自分にはもうなにもない。歩きつづけているうち、やがて濡れた頬に風が冷たく吹きつけてきた。

そのとき強い悲しみが襲ってきた。上院議員を殺さなかった。ノースターの目的がなんであれ、理由を斟酌《しんしゃく》してはくれないだろう。彼は冷酷に情け容赦なくジュールズに報復する。マニーは死ぬ。彼女が躊躇したゆえに。あの瞬間自分は感情に身を任せ、マニーはその代償として命を落とすことになる。

ジュールズはきつくこぶしを握った。ノースターと上院議員のあいだでどんな権力争いがあったかは知らないけれど、唯一の解決策はノースターを殺すことだ。

ノースターと上院議員をおびき出して始末する。その結果自分がどうなろうとかまわない。マニーのため、養ってくれた両親のため、かつての少女だった自分のために、最後の仕事をしよう。

26

マヌエルはもう一本ビールを飲み干し、目の前でどんどん積みあがる瓶の山に空き瓶を放った。空になったビールケースを残念そうに見たあと、その向こうにある未開封のウイスキーの瓶をつかむ。

震える手で蓋を開け、喉が焼けるような液体を口から流しこんだ。咳きこみ、手の甲で口をぬぐった。

ビールのあとに強い酒、気分が悪いことこの上なし。

そんな古い格言が頭に浮かび、彼は自虐的に笑った。いま以上に気分が悪くなることなどありえない。

胸が痛い、頭が痛い、心が痛い。そして、人生でこんなに怒り狂ったこともなかった。

二日間この椅子に座って飲みつづけている。飲んで意識を失おうとしている。ほとんど眠っていない。たまに眠りが訪れたとき、見る夢はジュールズとの最後の場面の再現ばかりだ。

ジュールズのばか野郎。ジュールズもＮＦＲも地獄へ行くがいい。ＮＦＲは彼女になにをして、愛する相手に背を向けるほどの忠誠心を植えつけたのだ？　そもそも、ジュールズは彼を愛したことがあったのか？　人があそこまで巧みに演技できるとは思わなかったけれど、いまはわからない。ジュールズは確かに彼をもてあそんでいた。

彼はさらにウイスキーを飲み、忘却の境地に達することを願った。そうしたら、こんなにつらくなくなるだろう。

部屋のドアがせわしなく何度も叩かれた。

「失せやがれ」マヌエルはつぶやいた。

ノックの音はどんどん大きくなる。マヌエルはさらにウイスキーをあおった。

ようやくノックがやむ。彼はまたしても瓶を傾けた。

「おまえ、なにやってるんだ？」トニーがあきれて言った。少なくともマヌエルは、トニーだと思った。正直なところ、水中にいるみたいに声はくぐもって聞こえる。

片方の目を開け、声のしたほうをそっと見た。トニーはリビングルームの入り口に立って、こちらをにらんでいる――いったいなにに怒っているのだろう？

「出ていけ」マヌエルは命じた。

トニーはずかずか入ってきて、肘掛け椅子にぐったり座りこんだマヌエルの真正面に立った。

「いいか、この腰抜け。僕は暇じゃないんだ。よく聞けよ。立って二階に行って、シャワーを浴びてしゃきっとしろ。それからここへおりてこい。おまえに聞かせることがある」

マヌエルは薄目でトニーを見つめた。「トニー、俺はなんの関心もない。さっさと失せろ。

俺は辞職する」

「いや、おまえはまだ辞めない」トニーは親指で階段を示した。「行け、さもないと僕がシャワーまでかついでいくぞ」

「おまえひとりでできるのか？」マヌエルはぶつぶつ言ったものの、なんとか立ちあがり、よろめきながら階段に向かった。

「僕はコーヒーを淹れとく。おまえにはポット一杯分いりそうだからな。いや、二杯分か」

マヌエルは不機嫌そうに手を振った。なんでもいいから、トニーには早く帰ってもらおう。足取り重く階段をのぼり、バスルームに入って服を脱ぎ、冷たいシャワーの下に身を置いた。まともに冷水を浴びた瞬間、ショックで息をのむ。水の下に頭を出して、背中に水を垂らした。

五分間、シャワー室の壁に手を置き、下を向き、目を閉じたまま立っていた。頭がすっきりしてくるとつまみを回して水を止めた。

トニーがなにを言おうとしているとしても、すでに起こったことよりも悪い話ではありえない。ジュールズに対するマヌエルの評価がこれ以上さがることはないから、重要らしい情報を聞くことで失うものはなにもない。

Tシャツをかぶってジーンズをつかみ、片方の脚にジーンズをはきながらもう片方で跳んでシャワー室を出た。

階段をおりると、トニーは湯気のあがるコーヒーのマグカップを手に押しつけてきた。

「飲め」

マヌエルはソファに座り、コーヒーテーブルにカップをドンと置いた。「いいだろう、わざわざ俺に話しにきたのは、どんな大事なことなんだ？　電話ってのはそのためにあると思ってたんだが」

「これは直接聞いたほうがいい」

マヌエルはソファにもたれて吐息をついた。「わかった、じゃあ話してくれ」

トニーはコートのポケットからジュールズの携帯電話を取り出した。マヌエルの胸が締めつけられた。

「いろいろといじってみた。保存されてたメッセージは、おまえも見たやつだけだった。それに、発信あるいは着信した番号の履歴も残ってない。だけど、彼女が電話を受けた日付と時間は判明した」

マヌエルはトニーをじっと見つめている。「で、なんでそれが大事なんだ？」

「いまから話すところだ」トニーは気短に言った。「電話の会話を記録したデータベースを検索してみた。しかし対象となる会話は何百万とあるし、日時だけで検索しても見つけだせる可能性はゼロに近い。だから検索対象を絞ってみた。使われたかもしれない言葉を考えてみたんだ。リストを短くするためには、あまり一般的な言葉じゃないほうがいい」

マヌエルはじれったく指先でテーブルを叩いて、相棒が核心に触れるのを待った。核心というものがあったとして。

「暗殺を命じるときに人が使いそうな言葉をいろいろ試してみたけど、どの言葉で検索しても、可能性のあるやつは何十万も見つかった。時間がない中で、これはまずい」

トニーの声は興奮で高くなっている。無関心でいようと思いながらも、マヌエルは身を乗り出した。

「ジュールズの電話に残されたメール二通で、彼女がノースターと呼ぶ男はジュールズをマガリーと呼んでたのに気がついた。だから、ジュールズが電話を受けた日時と、マガリーという言葉とで検索してみた。で、数千のフランス語の会話を除外したら、これに行きついた」

トニーはコーヒーテーブルにデジタル録音機を置いた。親指で再生ボタンを押し、一歩さがって立つ。

ジュールズの震える声が録音機から聞こえたとき、マヌエルはたじろいだ。

「わたしに用はないでしょ。もう解放してくれない？」

「いや、用はあるんだ、マガリー。最後に一度だけ」

やりとりを聞いていると、マヌエルの胸が悪くなってきた。ジュールズの声はとても幼く聞こえる。打ちひしがれて。次の言葉を聞いたとき、彼は怒りに襲われた。

「断るなら、大切な恋人に別れのキスをするんだな。わたしをあなどるな。わたしにどんな力があるかは知っているはずだ。きみの前から恋人を消すのは、ハエ叩きで虫をつぶすようなものだぞ。

この任務を果たせ。そうしたら望むものが手に入るぞ。自由だ。断ったら、きみを生き地獄に放りこむ。最初にためらったときのことは覚えているだろう」

ジュールズの返事は耳に入ってこなかった。マヌエルは彼女を嘲る卑劣野郎の発言だけに耳を澄ませた。あの声は知っている。だが、それはありえない。ぜったいにありえない。

「それとも、きみはあれが気に入ったのかな？　あれを楽しんだのか、マガリー？」

そのあと、疲れて根負けしたジュールズの声がした。あきらめに満ちた声。

「やるわ」

トニーが手を伸ばしてきて再生を止めた。マヌエルを鋭く見据える。「これはまだ始まりだ。残りを聞く覚悟はできてるか？」

「おい、トニー！　いまのはサンダーソンの声に聞こえるぞ！」

「そうだ。そのとおりだ」

マヌエルはあんぐり口を開けた。わけがわからない。マヌエルとトニーが属する対テロ部隊の指揮者、マヌエルが信頼し、友人とまで呼んだ人間が、ジュールズを脅してアメリカ合衆国上院議員の暗殺を命じている。いったいどういうことだ？

27

忍耐は報われる。ジュールズはそれを知っている。そして監視二日目、ようやくチャンスがめぐってきた。

深い絶望に打ちひしがれたまま、この国立大聖堂に隣接する目立たない庭まで来ていた。復讐を求める思い、命に代えてもマニーを守るという気持ちに駆り立てられて。実際、命を落とす可能性はある。

冷たい銃床を握り締め、上院議員が現れるのを待った。

太陽は傾きつつある。日没まではほんの二時間ほど。だが議員が来るのはわかっている。議員の執務室にかけたジュールズの電話が無視されるはずはない。ノースターが一緒に来るかどうかはわからないが、上院議員ひとりでも復讐の手始めとしては充分だ。

冷たい空気を吸って全身に充満させ、白い息を吐き出した。気温が氷点下に近いのはわかっているけれど、寒さはまったく感じない。いま着ている軽量ジャケットは防寒のためではなく、武器を隠すためのものだ。

螺旋状の小道に目を据え、上院議員の姿が見えるのを待つ。あの最低男は撃ち殺してやる。

しかしその前にノーススターの居場所を聞き出すつもりだ。

この三年間、自分はなにかのきっかけで冷酷非情な極悪人に変わってしまうのだろうかと恐れていた。いま、そのきっかけが訪れた。ジュールズは完璧に変身した。人を殺すたびに苦悶し、心を削り取られていた若い娘はもういない。この殺しは歓迎だ。ターゲットを殺すことで自分は解放される。

ジュールズは小さく体を揺らした。その動きによって心は安らぎ、目の前の任務に集中できた。だが、ふとマニーの姿が脳裏をよぎった。そのとたん、ノーススターと上院議員がいなかったら送れたはずの暮らしのイメージが頭にあふれた。

さらに速く体を揺らす。

いくら待っても上院議員は現れない。太陽が沈みかけても、ジュールズは監視を継続した。彼女の座るベンチが影に覆われたとき、ついにターゲットが見えた。


「ああ、僕も同じ反応を示したよ」トニーは不愉快そうに言った。「しかし、この声はサンダーソンだ。この会話を聞いたあと、いろいろ調べてみた。もう何時間も寝てない」

「お互い様だな」マヌエルはつぶやき、髪をかきむしった。「まったく理解できない」

「僕たちの人生がどこまで操られてるか、理解なんてできないだろうな」トニーはあきれ返っている。

マヌエルは唖然とした。操られている？　おかしなことに巻きこまれているのはわかっていた。真実だと思いこんでいたすべての土台を揺るがすようなことに。考えるだけでもぞっとする。

「どういうことだ？」

トニーはソファの前で行ったり来たりした。「まず、ジュールズの本名はマガリーだ。マガリー・パンソン。両親はたしかにフレデリックとキャリーヌのパンソン夫妻。大学卒業後すぐフランスからアメリカに移住した。ＣＩＡはＮＦＲと名づけた影の極秘組織に彼らを採用した」

「なんだと？　ＮＦＲはＣＩＡがつくったのか？　しかしテロ組織だぞ！」

トニーは嫌悪感をあらわにした。「よく考えるんだ、マヌエル。こいつはＣＩＡがテロ組織を装ってつくった組織なんだ。ＣＩＡに代わって汚れ仕事をする。ＮＦＲは、ＣＩＡはなんの責任も取らない。国家による暗殺を大規模な組織で行うってわけだ。ＮＦＲは、アメリカ合衆国がかかわったら政治的にまずくなりそうなターゲットを始末する」

マヌエルは信じられずに首を横に振った。そんなことがあるわけはない。

「僕はサンダーソンのコンピューターにハッキングした。ひと晩じゅうかかったけど、うまくいった。やつはＮＦＲの誕生にまでさかのぼる記録を残してたよ。日付、名前、ターゲット――なにもかも記録されてる。ＮＦＲの創設は一九六〇年代末らしいが、積極的に活動するようになったのは八〇年代初頭、ＦＡＡＩＤ、のちにＳＡＩＤと呼ばれることになる人物が責任者になってからだ」

「だが、なんでジュールズを？」マヌエルの頭は混乱している。「彼女がパンソン夫妻の娘だとしたら、なんで両親に捨てられたんだ？　それと、俺のCIA入局――偶然とは思えない」

トニーは残念そうな表情になった。「ああ、偶然じゃないよ。おまえとジュールズは何年も前から操られてたんだ。なんらかの理由で、パンソン夫妻は組織を抜けたがった。しかしFAAIDは承知しなかった。パンソン夫妻は娘を連れて姿を消した。ジュールズを捨てて逃げたか、あるいはふたりとも殺されたか。二十三年前ジュールズがおまえの住む町に捨てられてたいきさつは不明だ。しかしジュールズが十歳のとき、サンダーソンは彼女がパンソン夫妻の娘であることを知った。トレハン夫妻が幼児誘拐撲滅運動の一環としてジュールズの指紋を登録したからだ」

トニーはひと呼吸置いてマヌエルを見つめた。「FAAIDが誰であれ、そいつはパンソン夫妻の背信に激怒していた。罠をかけるようサンダーソンと共謀して、ジュールズが大学卒業後フランスに行ったとき実行した」

「俺がCIAに入ったのは？　サンダーソンが個人的に俺を勧誘したんだぞ」

トニーは暗い顔でうなずいた。「おまえを勧誘したのは、ジュールズを操る餌にするためだ」

「くそ野郎！」

マヌエルはこぶしを握って立ちあがった。ああ、誰かを殺したい。自分たちは操り人形だった。ジュールズが十歳のときから十五年間、モルモットとして顕微鏡で観察されていた。ジュールズには逃れようがなかったのだ。

「それとマヌエル、ジュールズが勧誘されたいきさつだけどな。あれは事実だった。なにからなにまで。サンダーソンは、彼女を思いどおりにするために行ったことについて、詳細な記録を残してた」

トニーの声には憤りがあふれている。トニーの突き止めた内容はマヌエルも知っている。吐き気がしてきた。

マヌエルは目を閉じた。自分は大変な思い違いをしていた。生涯で最大の過ちだ。

「ああ、どうすりゃいいんだ、トニー」喉が詰まった。「俺はジュールズを逃がした」

「少なくとも鮫の餌にはしてない。おまえの直感は正しかった。彼女を逃がしたんだから」

「逃がしたのは愛してるからだ。手錠をかけて当局に引き渡すことはできなかった。ジュールズを信じたからじゃない」

目を閉じる。自分は彼女を信じなかったのだ。彼は自らに強いて当面の問題に思いを向けた。「なんでサンダーソンは上院議員を殺したがってるんだ？　議員がジュールズを助けようとしてたからか？」

トニーは顔をしかめた。「よくわからん。ＳＡＩＤがＮＦＲの活動を終了させて解散させたがってるという記述が何度か出てきた。組織が上院議員を怖がってるのかも。議員は昔からテロにはきびしい態度を取ってた。国家安全保障省長官に指名されたら、彼はＮＦＲとＣ

IAのつながりをあばきかねない。とりわけジュールズの証言があれば」

マヌエルは懸命に考えをめぐらせた。トニーが言ったことから、すべてのピースをつなぎ合わせようとする。SAID、あるいはFAAIDとは誰だ？　そいつは三年前、ジュールズが旅行したときフランスにいた。サンダーソンと一緒に彼女を待ち伏せしていた。

フランス。SAID。上院議員アダム・デニソン《Senator Adam Denison》。その名前が標識のように目の前に浮かびあがった。なんということだ。

恐怖で顔を引きつらせ、トニーのほうを向く。「トニー、上院議員は前にフランス大使をやってなかったか？」

トニーは戸惑って眉間にしわを寄せた。「ああ、二年前に上院議員選挙で勝つまでな」

「フランス大使アダム・アイザック・デニソン《French Ambassador Adam Isaac Denison》。上院議員アダム・アイザック・デニ《Senator Adam Isaac Deni》ソン《son》」

トニーは目を丸くした。「そんなばかな」

「辻褄は合う。当時フランス大使だった上院議員は、CIA内の影の組織NFRを率いてた。国家安全保障省長官に指名されたときNFRを壊滅させたら大手柄だ。サンダーソンは組織解散に抵抗したんだろう。だからこそ、ジュールズに議員を暗殺させようとした」

マヌエルの喉に苦いものがこみあげた。ジュールズのしたことはすべて、マヌエルを守るためだった。彼女は真実を話していた。なのに彼はジュールズを嘘つきと決めつけて見捨てた。判事と陪審員を同時に演じ、ためらいなく彼女に有罪を宣告した。

彼は戦慄に襲われた。ジュールズは安全ではない。上院議員からも、サンダーソンからも、命を狙われている。

「彼女を見つけないと」

トニーは不安な目を向けた。「居場所はわかってる」

マヌエルはぱっと顔をあげた。「どういう意味だ、わかってるって?」

トニーはポケットに手を突っこみ、片方の足からもう片方へと体重を移した。「彼女がロナルド・レーガン・ビルディングを出たあとも動きを追ってた。おまえが彼女を逃がすのはわかってたけど、監視はつづけるべきだと思ったんだ」

「で、どこなんだ?」

マヌエルはドアに向かった。一刻も早く彼女を見つけたい。失うわけにはいかない。こんなことがあったあとで。自分が彼女に背を向けたあとで。

「いわば自殺テロを計画してるらしい」

マヌエルは振り返った。「どういうことだ?」

「この二日間、彼女は同じ場所でじっとしてる。朝から晩までずっと。座ったままぴくりともしない。なにかを待ってる。あるいは誰かを。たぶん上院議員かサンダーソンだ。その両方か。これが最後の仕事になるんだと思う」

マヌエルの血が凍った。「どこだ? ちくしょう、場所を教えろ。やつらより先にジュールズのところに行かないと」

「ビショップガーデンだ。僕も一緒に行く」

マヌエルはそれ以上聞かず、全速力で部屋から飛び出した。トニーのSUVに駆けこみ、トニーも助手席に滑りこんだ。

のろのろとしか進まない車列にクラクションを鳴らし、止まった車を迂回して進む。悪態をつき、大声で叫んだ。死ぬほど怯えている。

「腐敗はどこまで進んでるんだ？　誰を信頼すりゃいい？」マヌエルは渋滞する車を縫ってスピードをあげた。

「僕はFBIに連絡を取った。CIAなんてくそ食らえだ」

マヌエルの人生でいちばん長い数分ののち、彼は大聖堂に通じる道に入ってブレーキを踏んだ。「あれはサンダーソンの車じゃないか？」庭園の小さな入り口から少し離れたところに駐車された灰色のセダンを指さす。

トニーは銃を取り出して車から飛びおりた。マヌエルはSUVのギアをPに入れ、トニーにつづいて駆けだした。誰かがセダンの運転席にいるのが見える。彼はトニーに合図して反対側に回らせた。

銃を掲げて車の前まで回り、正面から運転席の人間に銃口を向けた。

その人物は死んでいた。

28

ジュールズは銃をしっかり握った。上院議員がこちらに向かって歩いてくる。彼が一メートルほどのところまで来ると、立ちあがって銃口を向けた。

「止まりなさい」

上院議員は軽蔑の表情になった。「わたしを殺すつもりか、マガリー？　それは無理だぞ。逃げおおせることはできない」

議員の冷笑する顔に目を走らせたジュールズは身震いした。あの顔はよく覚えている。記憶に焼きついている。

「べつに逃げられなくてもいい。ノーススターはどこ？」

「死んだ。きみもいまから死ぬ」上院議員は冷たく言い放った。

彼は嘘をついているのか？　それとも、すでにノーススターを始末したのか？　どちらでもかまわない。この人でなしが死ぬのであれば。

ジュールズは彼をじっと見つめた。「どうして？」

「なにがだ？　きみを勧誘したことか？　ノーススターを殺したことか？　責めるなら自分

の両親を責めろ。わたしがきみを破滅させるのを楽しんだのは、やつらのせいだ。きみをレイプするとき、きみの父親の顔を想像していた」

ジュールズは怒りにとらわれた。引き金にかけた指に力が入る。その瞬間、冷酷に彼を殺すことができると確信した。その結果どうなってもかまわない。

小さくポンという音がした。一瞬、自分が発砲したのかと思った。だが音は小さすぎるし、引き金を引いた覚えもない。

すると体が飛ばされ、地面に叩きつけられた。痛い。痛みは胸から始まって、驚くほどの速さで広がっていく。

ジュールズは困惑して目をしばたたかせた。力の抜けた指から銃が滑り落ちる。自分の指。顔をあげると、上院議員はサイレンサーつきの銃を持っていた。彼の姿がぼやけて見える。目の前の靄を払うため、ジュールズはふたたびまばたきをした。

手を胸にやると、濡れていた。あわてて引いた手は自分の血で真っ赤に染まっていた。

「きみはわたしを過小評価した。安らかに眠れ、マガリー。わたしの代わりに、両親によろしく言っておいてくれ」

議員は歩き去ろうとしている。遠くから叫び声が聞こえた。ジュールズは朦朧とした頭でその声を聞き分けようとした。マニーだ。彼がここにいる。

ああ、だめだ、上院議員はマニーを殺す。そんなことは許せない。だめ。だめ。だめ！

涙が頬を伝い落ちた。苦痛はいままでに感じたことがないほど激しい。脈拍が弱まっているのが感じられる。意識が遠のく。マニーのところへ行かなければ。彼を助けなければ。起きていなければ。片方の腕で体を引っ張り、地面を這う。苦しくて気を失いかけた。起きていよう。起きていなければ。銃のなめらかな金属に触れたので手を下にやり、銃床をつかんだ。

ありったけの力を振り絞り、脚を体の下で折って上体を起こした。肘で地面を突っ張ったが、崩れ落ちかけた。目の前に黒い点々が見え、必死でまばたきをして消そうとする。歯ぎしりをして、なんとか膝立ちになった。

血の金属的な味が口の中にあふれたけれど、恐怖は追い払った。まだ死ぬわけにはいかない。

意志の力、マニーへの愛、上院議員への憎悪を総動員して立ちあがる。けれども力尽きて倒れかけた。遠くに上院議員が見える。その向こうに、こちらへ駆けてくるマニーの姿が見えた。

ジュールズは銃をあげ、上院議員に向けた。

車のドアを開けたマヌエルはサンダーソンのまだ温かな首に指をあてた。やはり死んでいる。このろくでなしにかまっている暇はない。彼は大聖堂に隣接する庭園へと走った。

小道を駆けていき、坂の上から庭園を見おろした。上院議員とジュールズが見えたときには心臓が止まりかけた。彼女はデニソンに銃を向けていたが、突然地面に倒れた。マヌエルはジュールズの名を叫んで走りだした。上院議員は振り返り、早足でマヌエルたちのほうに向かってくる。マヌエルは銃を掲げて突進した。

上院議員も腕をあげ、サイレンサーつきの銃をマヌエルに向けた。大きな銃声が響く。デニソンの顔に驚きが広がったかと思うと、口から血の筋が流れ出た。そして地面に倒れこみ、銃は手から落ちた。

ジュールズが遠くに立って、いま議員を倒した銃を握りしめている。だがマヌエルに見えたのは血だけだった。ああ、彼女は血まみれだ。

ジュールズが崩れ落ち、マヌエルは走った。心臓は激しく打っている。時間の流れが遅くなる。彼女のところに行きつけそうにない。足はセメントで固められたみたいに動かない。ようやくジュールズのもとへ行くと、飛びついて抱きしめた。血。あたり一面血の海だ。ああ、だめだ。マヌエルの喉が詰まった。胸が苦しい。絶望が容赦なく彼を襲う。

「ジュールズ！　ジュールズ、起きろ。目を覚ませ！」

ジュールズの髪に顔をうずめ、腕の中で彼女を揺すった。

「ちくしょう、ジュールズ。死ぬな。死なないでくれ」

涙がこみあげ、あふれ出す。息ができない。なにも考えられない。ジュールズなしでは生きていけない。

彼女の頬に触れ、そっと揺り動かし、両手で胸の傷を覆う。彼女を救うために、考えられることはなんでもした。脈拍を調べると、かすかに打っていた。

「そうだ、ベイビー。がんばれ」強い口調で言う。「俺は二度ときみを見捨てない」

ことはない。

ジュールズをしっかり抱きしめた。「誰か救急車を呼べ！」人生でこれほど無力に感じた

「マニー」

消え入りそうなささやき声が耳に届いた。

見ると、ジュールズのまぶたが弱々しく痙攣していた。彼女はマヌエルの名を呼んだのだ。

「ジュールズ、スイートハート、俺はここだ」

ジュールズは自分の唇を舐めた。それだけでもありったけの力を要したようだ。

「もう行かせて、マニー」そっと言う。「わたしが……したこと。償いようがない。お願い、

行かせて」声がかすれ、口から血の泡があふれる。

「だめだ」マヌエルは荒々しく言った。「きみはなんとしても俺を守ろうと心に決めてる。

死んだら守れないじゃないか。くそっ、がんばるんだ」

彼女の唇に奇妙な笑みが浮かんだ。大量の血や、ついさっきの痛みの表情とはまったくそ

ぐわない笑みだ。

「におう……バニラの香り」まぶたがぴくぴく動く。ジュールズはマヌエルを越えて向こう

を見ているようだ。「ママ？　パパ？」

マヌエルはうろたえた。「静かに。しゃべるな。体力を温存しろ」彼は振り返って、数メ

ートル後ろでたたずむトニーを見やった。「救急車はどこだ？」絶望で背筋が寒くなる。

ジュールズは背中を反らし、唇を動かした。「愛してる」ほとんど聞こえないくらいの小

さな声。そして目を閉じ、がくんと頭を落とした。

そんな！　行くな！　死ぬな！　だめだ！

マヌエルは血がつくのもかまわずジュールズを強く抱きしめた。「ばか野郎、生きろ！　あきらめるな、ジュールズ！　愛してる、きみを離すもんか」

頬を涙が流れ落ちる。

「俺を置いていくな」かすれた声を絞り出した。

ふたりの救急救命士がマヌエルを押しのけて屈みこんだ。てきぱきとした動きで、ひとりが挿管し、もうひとりは点滴を打つ。すぐに彼女は担架に置かれ、待機する救急車に乗せられた。

マヌエルは足をもつれさせてあとを追い、救急救命士たちが救急蘇生用人工呼吸器《アンビューバッグ》を彼女に装着するのを見つめた。

トニーがマヌエルをSUVのほうまで押していく。「乗せてってやるよ」

「上院議員は？」

「病院に搬送された。生きてる」

「あいつこそ死ぬべきなのに」マヌエルの唯一の後悔は、自分の手で議員を殺せなかったことだ。

上の空でSUVに乗りこみ、ぼんやりと外を眺めた。トニーが救急車を追って車を走らせる。マヌエルはジュールズを助けられなかった。一度ならず二度までも。二度とも、ジュールズが彼を最も必要としていたとき、そばにいてやれなかった。いま、そのせいでジュールズは死にかけている。

29

マヌエルは手術の待合室でせかせか歩きまわった。頭がおかしくなりそうだ。ジュールズの手術は八時間に及んでいる。果てしなく長い八時間。

見通しがよくないのはわかっている。胸に銃弾を受け、あれだけ大量の血を失ったのだ。それでもマヌエルは希望を捨てなかった。彼女を失うかもしれないことを認めなかった。

トニーはそのあいだじゅう電話にかじりついていた。CIAの人間は誰も信用できない。これは組織的な陰謀だ。FBIに情報を漏らすのもためらわれたものの、悪者を摘発するには誰かを信じて打ち明けねばならなかった。

トニーをちらりと見ると、彼は立ちあがって携帯電話を閉じ、マヌエルのところまで歩いてきた。

「上院議員の執務室と自宅の捜索令状を取ったそうだ。僕も立ち会う。やつのコンピューターはほかの人間にさわらせたくない。なにかわかったら知らせる」

ふたたび赤熱の怒りにとらわれ、マヌエルは黙ってうなずいた。ジュールズは手術室で命の危険と闘っているというのに、議員は肩から銃弾を取り出す手術を受けるだけですんだ。

いずれ完治するだろう。

やがてマヌエルは疲れ果てて座りこんだ。前屈みになって両手に顔をうずめる。物心ついて初めて、彼は神に祈った。

上院議員の策謀によってトレハン夫妻を失った。ジュールズまで失うわけにはいかない。

マヌエルは彼女があきらめないことを祈った。

何時間も、身動きひとつすることなく座っていた。ジュールズが手術室に運びこまれて十五時間後、ついに医師が扉から姿を現した。

医師は疲労困憊してげっそりしている。そして最悪なのは、その表情に希望がまったく見えないことだ。

マヌエルの目に涙があふれた。彼は絶望のうめきをのみこみ、医師の言葉を聞こうと立ちあがった。

「率直に言います。わたしは、彼女が手術中に亡くなると予想してました。だが彼女は持ちこたえました。なぜかはわかりません」

「命を……取り留めたんですね？」マヌエルの声は割れている。

「手術中はがんばってくれました。だから回復の可能性は平均よりも高いといえます。いまは集中治療室《ICU》です。容態が安定するまで、そこにいてもらいます。銃弾は心臓をそれましたが、大量に失血しました。回復には長期間かかるでしょう。しかし最悪の局面は脱しました」

マヌエルの動悸が激しくなった。膝が震え、いまにも崩れ落ちそうだ。

「座ったほうがいいですよ」医師は近くの椅子を手振りで示した。

マヌエルは座りこみ、信じられないという顔で医師を見つめた。「生きてるんですね？」もう一度はっきりと聞きたい。

医師はうなずいた。「非常に運のいい人です。運びこまれたとき、生き延びられる可能性は五パーセント以下だと見積もりました。なにしろ出血が多すぎた。手術の最初の一時間を乗り切れるとは思えなかったんです」肩をすくめる。「だけどこういう仕事をしていると、ときどき驚くべきことに遭遇します。きっとミズ・トレハンは、人知を超えた存在と知り合いなんでしょう」

「ありがとうございます」マヌエルは医師の手をつかんだ。「ご尽力に感謝します」

医師は微笑んだ。「あなたもちょっと休んだほうがいい」

「いつ会えますか？」マヌエルは医師の勧めを無視して尋ねた。

医師の表情がやわらいだ。「数分ならＩＣＵへ行って会うことはできます。忠告しておきますが、ショックを受けると思いますよ。自力呼吸できるようになるまでは人工呼吸器につないでおくことになります」

マヌエルはうなずいて立ちあがり、医師の横をすり抜けた。標示に従って集中治療棟まで行き、受付の看護師に面会を申し出た。

看護師は隅の区画に案内してくれた。そこに横たわるジュールズを見たとき、マヌエルは息をのんだ。彼女はじっと動かず、まったく血の気がない。

「面会は数分だけです。また明日いらっしゃってください」

うなずいたマヌエルはベッドに近づいた。静かな場所で、人工呼吸器のたてる音だけが気味悪く響く。包帯でぐるぐる巻きにされたジュールズの胸は、機械音とともに上下していた。

体からは何本ものチューブや線が出ていて、心拍モニターや点滴につながっている。小さな画面に心臓の規則的なリズムが表示されているのが見えた。生きているのだ。

マヌエルはベッドの脇に立って手をおろし、そっと彼女の指を握った。冷たい。なだめるように手をさすった。自分がすぐそばにいることを、なんとか知ってほしい。

「ジュールズ？　ベイビー、俺はここだぞ」

返事はない。聞こえるのは人工呼吸器の規則的なシューッという音だけ。

屈みこんだものの、触れるのは怖かった。唇でそっと額をかすめた。「愛してる。戻ってきてくれ。きみはもう安全なんだ」

一滴の涙が頬を伝い、彼はあふれ出そうになる悲しみを抑えようと深呼吸した。

「ミスター・ラミレス」ベッドの向こうから看護師が小さく声をかけた。「そろそろお帰りいただかないといけません。また明日お越しくださいね」

マヌエルはしぶしぶジュールズの手を離してベッドからあとずさった。離れたくない。一分たりとも。

看護師とともに仕切りから出るとき、近くに立つ男性ふたりの姿が見えた。いやな予感がして、マヌエルは彼らの前で立ち止まった。

「誰だ？　ここでなにしてる？」

「ファロー特別捜査官だ」ひとり目が言った。横を向いてもうひとりを手で示す。「こっちはレディング特別捜査官。ミズ・トレハンの件を担当してる」

マヌエルの腹の中で恐怖が渦巻いた。

「マヌエル・ラミレスだね？」レディング捜査官が尋ねた。

マヌエルはうなずいた。

レディング捜査官はマヌエルと握手を交わした。「トニーから話は聞いてる。彼は上院議員のNFRへの関与について、捜査に協力してくれてる」

マヌエルの緊張が解けた。

「俺たちがここにいるのは、ミズ・トレハンの警備のためだ」ファロー捜査官は言った。

マヌエルはしばらくふたりを見つめたあと携帯電話を取り出した。トニーと話をしないかぎり、ジュールズを置いてはいけない。

トニーは二度目の呼び出し音で応答した。

「トニー、ここに男がふたりいる。おまえと話したと言ってる。ジュールズの警備にあたるってことだが」

「ああ、すまん、連絡しようと思ってたんだ。ジュールズはどんな具合だ？」

「彼女は……彼女は生きてる」言えるのはそれだけだった。「捜査官の名前と特徴は？」マヌエルは立っているふたりを見ながら訊いた。

「レディング捜査官とファロー捜査官。レディング捜査官は背が高くて金髪、体格はふつう。ファロー捜査官は背が低めで黒髪、口ひげ、がっしり。そいつらは信頼していいぞ、マヌエル」トニーはちょっと間を置いた。「CIAで誰を信頼できるかはわからないけど、そのふたりはFBIだし僕が自分で選んだ。前からの顔なじみだから安心しろ」

「わかった。ちょっと確認したかっただけだ」

「気持ちはわかるよ。なあ、僕はいま、上院議員の執務室と自宅から押収した資料を精査してるんだ。やつのバージニア州の自宅まで飛んで、金庫にちょっとしたものを発見した。見にこないか？　おまえを連れてくるよう車を待たせてる」

「ジュールズを放っておけない」マヌエルは小声で言った。

「そりゃそうだろう。だけど、これからも長期間付き添うことになるんだぞ。こっちへ来いよ。僕はテイクアウトの食べ物を注文しとく。一緒にコンピューターのデータを調べよう。おまえは少し休めばいい。上院議員には監視をつけてるから、やつはどこにも逃げない」

マヌエルはため息をついた。「いいだろう」

電話を切ると、捜査官たちを見据えた。「医療スタッフ以外は誰ひとり入れるな」

レディング捜査官はうなずいた。目には同情があふれている。ジュールズとの関係についてトニーは彼らになにを話したのだろう。

最後にもう一度ジュールズのほうを見たあと、受付に歩み寄った。紙切れに自分の電話番号を書き、さっき案内してくれた看護師に渡す。

「容態が変わったりジュールズが目覚めたりしたら、すぐ連絡してくれ。よろしく頼む」

看護師はにっこり笑った。「わかりました」

マヌエルはジュールズのベッドの両側に立つ捜査官ふたりに目をやり、集中治療棟を出た。廊下に出ると別の捜査官がいてバッジを見せた。

「あんたをトニーのところまで送り届けることになってる」捜査官が言う。

マヌエルは吐息をついた。「ああ、トニーから聞いた」正直なところ運転できる状態ではない。だからうなずき、捜査官について病院を出た。

駐車場まで歩いていくとき、午後の太陽に目がくらんだ。捜査官は少し奥に駐車したフォード・エクスペディションを手で示した。

マヌエルが乗ると捜査官はエンジンをかけ、車はすぐにワシントンDC市内を飛ぶように走っていった。マヌエルは目を閉じてヘッドレストに頭をもたせかけた。力なく病院のベッドに横たわるジュールズの姿が脳裏から離れない。彼女が生きていることを示す唯一のしるしは、心拍モニターに表示されたジグザグの線。彼に確信が持てるのは、ジュールズが生きているということだけだ。

しばらくしてSUVが止まると、マヌエルは目を開けた。運転してくれた捜査官にもごもごと礼を言って車をおりる。

トニーの家の前まで行き、ドアをノックしてから開けた。トニーはノートパソコン二台とデスクトップパソコン一台、積みあげた資料、その他さまざまな箱に囲まれていた。

「よう」トニーが挨拶した。「元気か？」

マヌエルは肩をすくめた。「まあな」

トニーは同情するように眉をひそめた。「彼女は大丈夫だよ。強い女だ」

「なにを見つけたんだ？」マヌエルはジュールズの話をしたくなかった。落ち着いた様子を保つだけで精一杯だ。

トニーはパソコンを指し示した。「上院議員はNFRに深く関与してる。僕はセキュリティで守られたファイルにアクセスして、やつがこの二十数年間じきじきに命じて暗殺した人間のリストを見つけた。ジュールズの両親も含まれてる」

マヌエルの胸が痛んだ。「ママとパパか？」

「いや、実の両親だ。ジュールズも暗殺対象者に含まれてたはずだ。パンソン夫妻が娘を守るために捨てたのか、たまたまジュールズひとりが助かって、誰か別の人間がトレハン夫妻の住むテネシー州に彼女を捨てたのか、それはわからん」

「ママとパパを殺したのは誰だ？　サンダーソンか？」

トニーはうなずいた。

「あのくそ野郎」

「上院議員は、NFRをぶっつぶすほうが自分の得になると考えた。自分が率いた組織に潜入捜査を行ってネットワークを断ち切り、ついでにサンダーソンも切る計画を立てた。やつには国家安全保障省長官になる以上の野心があった。その地位を踏み台にして大統領選に打って出ようと考えたんだ。やつの政治姿勢は？　テロに断固として立ち向かうこと。NFRを脅威として始末できたら、大統領選の本命になったかもな」

「サンダーソンはそれが気に入らなかったんだな」

トニーはうなずいた。「サンダーソンは上院議員を殺すのにジュールズを利用しようと考えた。理由はいくつかある。その一、議員が死ねばサンダーソンがNFRを引き継ぎ、従来どおり任務を継続できる。とてもまともだとは思えないけど、サンダーソンは熱烈な愛国者を自任してて、やつの考えによるとNRFはアメリカ合衆国の理想と利益を守ってたんだ」

マヌエルはこぶしを握った。なにが愛国者だ。サンダーソンは最初からマヌエルとジュールズを操っていた。しかも無垢な娘につけこんで冷酷な殺人者にしたてあげた。

「その二」トニーは話をつづけた。「トレハン夫妻を殺したあと、サンダーソンにはジュールズに言うことを聞かせるのに利用できる武器があった。おまえだ。ジュールズには、大切に思う人間が世界でひとりだけ残されたってわけだ。

その三、サンダーソンは、ほかの工作員は自国の上院議員殺しにおじけづくかもしれないと思った。ジュールズなら、議員にされた仕打ちへの憎しみから任務を果たすだろうと見こんだ」

マヌエルは怒りで歯を食いしばった。「議員はジュールズをレイプしたんだ」

トニーは暗い顔でうなずいた。「やつの金庫に詳細な日記があった。ジュールズの勧誘は個人的な動機によるものだった。彼女の実の両親が組織を去ったことへの報復だ。また、ジュールズをしっかり監視しておく必要もあった。ジュールズがなにか知ってるかもしれない、両親がなんらかの方法で組織の内情を伝えたかもしれないという懸念があった。パンソン夫妻はNFRの秘密を暴露して上院議員を失脚させようとしてたらしい。ジュールズはいったんNFRから姿を消した。そのあとコロラドに現れた。上院議員はビビっただろうな。で彼女の殺害を命じた。サンダーソンのほうは、彼女に任務を果たさせるため生かしておきたかった。要するにジュールズは権力闘争に巻きこまれたわけだ。上院議員は彼女を死なせたい、サンダーソンは彼女を取り戻したい。サンダーソンはジュールズに言うことを聞かせるためにトレハン夫妻を殺した」

「そして俺を餌にした」マヌエルの声は震えていた。

トニーはうなずいた。

マヌエルはこぶしで椅子を叩いた。「この話はどこまで行くんだ？　CIAはどれくらい深く関与してる？　CIA全体がどっぷり首まで浸かってるのか？」

トニーはマヌエルに一枚の紙を手渡した。「NFRの活動にかかわった人間の名前だ。組織について知ってる者、任務にかかわって直接手をくだした者。FBIはいまそいつらを逮捕しにいってる」

マヌエルはリストに目を走らせた。よく知る名前の数々を見て吐き気を催す。CIAにおけるマヌエルのキャリア全体が見せかけだった。彼はジュールズの前にぶらさげるための操り人形にすぎなかった。彼の存在がジュールズを苦しめていた——そしてトレハン夫妻の死を招いた――ことを考えると、いままで使命感によって行ってきた仕事は意味を失った。

ジュールズがマヌエルに嘘をついたと知ったとき、これ以上幻滅することはないと思った。

だがそれは間違いだった。

「ちょっと休んだらどうだ」

マヌエルが顔をあげると、相棒が残念そうな表情で見つめていた。

「ああ、そうだな」マヌエルはつぶやいて椅子から立ちあがった。

「僕はもうちょっとパソコンの解析をする。FBIは、病院に押しかけて上院議員を逮捕する前に、しっかり証拠を固めたがってる」

マヌエルはうなずき、足取り重く予備の寝室に向かった。上院議員やCIAがどうなろうとかまわない。もうどうでもいい。彼にとって大切なのは、ここから十六キロ離れたところで病院のベッドに横たわり、命の危険と闘っている女性だけだ。

30

ジュールズは痛みの海の中を漂っていた。抑えた口調の声はするけれど、それははるかかなたから聞こえてくる。目を開けようとしたものの、まぶたはテープで貼り合わされているみたいだ。

なにがあったのだろう？　ありとあらゆるところが痛む。喉は腫れてずきずきするし、胸は地獄の業火に焼かれているようだ。

頭の中のぼんやりしたイメージに意識を集中させた。上院議員。彼がジュールズを撃った。マニーの声。自分は上院議員に狙いを定めた。発砲はしたか？　覚えていない。そもそもジュールズは生きているのか？

もう一度目を開けかけたとき、光の矢に頭を貫かれて痛みにうめいた。

「ジュールズ！　ジュールズ！　聞こえるか？」

いまのはマニー？　どうしてなにも見えないのだろう？　何度かまばたきをして、目の焦点を合わせようとした。

「俺の手を握ってくれ。聞こえたら握れ」

自分の手がどこにあるのかもわからない。そういえば足はどこ？　存在が感じられるのは胸だけ。とにかく痛くてたまらない。

手がジュールズの手のひらをかすめた。マニーの手。ありったけの力をこめてその手をつかんだつもりなのに、ほんのかすかに動いただけだった。

「いいぞ、ベイビー」

マニーの声には興奮が聞き取れる。彼はジュールズを憎んでいないのか？　どうしてここにいる？　ここはどこ？　それでも彼の声を聞くと心が休まった。マニーは生きている。だけど上院議員は？　それからノースター。あいつはどこかにいるはずだ。

さらに何度かまばたきをするうち、こちらのほうに屈みこんでいるマニーの大柄な体の輪郭が識別できるようになった。部屋がくっきり見えてくる。ここは病院だ。自分はまた入院している。

「ジュールズ？」

マニーの顔には大きな安堵が浮かんでいる。目はわずかに潤んでいた。

ジュールズの目にも涙が浮かんだ。彼はここにいる。ジュールズを見捨てなかった。

「ああ、ベイビー、泣くな。痛むのか？」

マニーが一瞬ベッドを離れ、すぐに女性を連れて戻ってきた。看護師だろうか？

「ミズ・トレハン、聞こえますか？」

看護師の声は小さく心地よい。ジュールズがうなずこうとすると、背中を痛みが駆け抜けた。

「ここは病院ですよ」看護師はジュールズの額に触れた。「あなたは二日前からICUにいるんです。なにか覚えてます？」

二日？　あれはつい数分前ではなかったのか？　なにも思い出せそうにない。話そうと口を開けたけれど、声は出てこなかった。

「無理して話そうとしないで」看護師は言った。「ほんの二時間ほど前まで人工呼吸器をつけてたんです。喉はもうしばらく痛みますよ」

看護師は冷たい手をジュールズの手に置いた。「痛みをやわらげるお薬を持ってきますね。いいですか？」

ジュールズは看護師の手を握った。

「すぐ戻ります」

看護師がマニーに声をかけ、ふたりは低い声で話し合った。やがて看護師が戻ってきた。数分後、薬が効いてきた。手がマニーの手に包まれるのが感じられたので、ジュールズはきつく握り返した。彼に去ってほしくない。

マニーはジュールズの不安を感じたようだ。「俺はここにいるぞ。どこへも行かない」

ジュールズはほっとして力を抜き、痛みのない無意識の境地に落ちていった。

マヌエルはエレベーターから足を踏み出した。体の両脇に垂らされた手はこぶしを握っている。長い廊下を眺め、上院議員の病室の外に配置された捜査官ふたりに目をやった。ためらうことなく前進し、病室の入り口から一メートルほどのところまで行く。捜査官たちが警戒の目を向けてきた。

「悪いな、ラミレス、おたくを中に入れるわけにはいかないんだ。わかってるだろう」マヌエルは捜査官を見た。申し訳なさそうな表情だ。「ちょっと上院議員と話をしたいだけだ」

捜査官はじっとマヌエルを見つめたあと、横にどいた。「手は出すなよ。五分間やる。話が終わったら出てこい」

マヌエルはうなずき、病室に入っていった。上院議員は右肩に包帯を巻かれ、背もたれを起こしたベッドに横たわっている。マヌエルが後ろ手にドアを閉めると、議員は用心深い表情で顔をあげた。

マヌエルが無言のまま見つめていると、やがて議員は居心地悪そうにもぞもぞ体を動かした。

「なんの用だね？」

「世界でいちばん深くて暗い穴に閉じこめられるのを願ったほうがいいぞ」マヌエルの声は恐ろしいほど平静だ。「今度日のあたるところに出てきたら、俺がおまえを追い詰めてやる、けだものを狩るみたいに」

上院議員は一瞬青ざめたあと怒鳴り散らした。「わたしを脅す気か！　わたしはアメリカ合衆国上院議員だぞ」

「今度俺が見つけたときには、おまえは死んだ合衆国上院議員になる。おまえがジュールズにした仕打ちは知ってる。病室の外に連邦捜査官がふたり立ってなかったら、俺はいまこの場で、素手でおまえを殺してやるところだ」

議員の目に恐怖が浮かんだ。「出ていけ」しわがれ声で言う。一本の指でドアを指した。

「出ていけ!」

「地獄で腐りやがれ」マヌエルは背を向けて部屋を出、ドアをバタンと閉めた。

エレベーターでジュールズのいるフロアに戻り、ベッドサイドの椅子に腰をおろす。彼女が目覚めるまで動く気はない。

最初に覚醒してから三日間、ジュールズが意識を失ったり取り戻したりするのを見守っている。起きていられる時間は毎回少しずつ長くなっていくけれど、ひとこともしゃべっていない。かなりの苦痛に見舞われており、医師は大量の薬を与えている。マヌエルは彼女のそばを離れなかった。病院のスタッフは、彼を帰らせるのをとっくにあきらめていた。

四日目、椅子に座って眠りに落ちていたとき、ジュールズのベッドから最高に魅力的な声が聞こえた。彼女がしゃべったのだ。

「マニー?」

かすかなささやき声。わずかな痛みがにじんだ震える声。それでもジュールズはマヌエルの名を口にした。

マヌエルは椅子から飛び出した。

「俺はここだ」

「なにか飲むものをもらえる？」彼女はかすれた声で言った。

「看護師に訊いてみる」マヌエルはナースコールのボタンを押した。

ほどなく看護師が急ぎ足で入ってきた。

「あら、患者さんが起きて話をしたんですか？　よかったわ」

「飲むものが欲しいらしい」マヌエルは言った。

看護師はしばらくジュールズの心臓の音を聞いたり包帯を調べたりした。「ちょっと水を飲むくらいなら大丈夫ですよ。医師にいまの容態を知らせてきますね」

看護師が出ていくと、マヌエルはカップに水を入れてベッドまで戻り、ジュールズの頭の下に腕を差しこんだ。そっと上体を起こさせ、カップを唇にあてがう。

ジュールズは水を飲み、ベッドにぐったりと横たわった。マヌエルはカップをシンクに置いてジュールズに目を戻した。

「気分はどうだ？」

ジュールズは思いをこめた青い目を彼に向けた。「ごめんなさい、マニー。あなたに嫌われてるのはわかってるの」

マヌエルは腹を殴られたみたいに感じた。「そんなことあるもんか。きみを嫌ってなんかいない」

ジュールズの顔を手で包み、指で顎をなぞる。「わたしはあなたをだましたのよ。どうして嫌いにならないの？　わたしだって自分が嫌いなのに」

マヌエルの喉がふさがった。「俺は全部知ってるんだ。NFRの正体、ノースターと上院議員がきみにした仕打ち。この三年間、やつらがきみをコントロールするのに俺を利用したのも知ってるし、俺を守るためにきみがしたこともわかってる」

ジュールズの頬を一滴の涙が流れ落ちた。「上院議員は？　死んだの？」

「いいや。やつは死んでない。だけどノースターは死んだ」

彼女は驚きに息をのんだ。「ノースターが死んだ？　どうして？　どうしてあなたは彼が何者か知ってるの？」

「やつは俺の上司だった」

ジュールズは顔をしかめたものの、彼の発言に驚きは見せなかった。

「きみの気分がよくなったら全部説明する。大事なのはきみが安全だってことだ。もう誰もきみを傷つけない。すべて終わったんだ」

ジュールズは疑わしげに顔を曇らせ、マヌエルを見つめた。「終わった？」

マヌエルはうなずいた。「上院議員は逮捕された。やつを死ぬまで刑務所に閉じこめられるだけの証拠が揃ってる」

さらに多くの涙がジュールズの頬を流れる。マヌエルはそれを親指で拭き取り、顔を撫でた。

「愛してる。二度ときみを離さない。俺たちは自由の身になって一緒に生きていけるんだ。一からやり直せる」

ジュールズの吸った息は喉に引っかかり、しゃっくりとなった。マニーは彼女を嫌っていない。あんなに悪いことをしたジュールズと、一緒にいたいと思ってくれる。いくら願っても、そんなことは決してかなわないと思っていたのに。

「わたしも愛してる」ジュールズはささやいた。

「まずは体を治してくれ。いままでの埋め合わせをする時間はこれからいくらでもある。俺はその時間をたっぷり利用するつもりだ」

ジュールズの肩から大きな重荷が取り除かれた。心は高揚し、飛翔する。自分は自由だ。三年ぶりに自由になれた。

マニーはやさしく彼女を抱き寄せ、頭のてっぺんにキスをした。「寝ろ。もう、きみを傷つけるものはなにもないんだ」

ジュールズは頭を彼の胸に置いた。涙が彼のシャツに染みこむ。喜びの涙だ。今回だけは、弱さを示した自分を嫌わなかった。いま抱きしめてくれている男性が、ジュールズを強くしてくれるのだから。

31

「いよいよだぞ」マニーは車椅子を病室に運びこんだ。

ジュールズはベッドから顔をあげた。興奮でそわそわしている。死の淵まで行ったときから三週間。その三週間は病院のベッドに寝たきりで、マニーが甲斐甲斐しく世話をしてくれた。そろそろ外へ出たい。

マニーはジュールズを車椅子に座らせたあと、胸の包帯を確かめた。痛みはまだ少し残っているけれど、傷は驚くほど順調に回復していた。

「準備はいいか？」

ジュールズがうなずくと、マニーは車椅子を押して廊下に出た。

「ナースステーションに寄って退院後の生活についての指示を受ける。それで帰れるぞ」

ジュールズは微笑んだ。彼はとても陽気だ。長いあいだ顔にくっきり刻みこまれていた不安は消えた。昔のマニー、十代のころジュールズが恋に落ちたマニーに戻ったようだ。

「歩けるのに」エレベーターまで押されていきながら、ジュールズは言った。

「いいから。歩く時間はあとでいくらでもある。いまは楽にしてろ」

ジュールズはあきれて頭を左右に振った。マニーはすごく楽しんでいるようだ。

エレベーターで下までおりると、マニーは正面玄関まで車椅子を押していった。自動ドアのガラス越しに、半円状の患者降車用エリアに駐車されたSUVが見える。

売店の前を過ぎてドアに近づいたところで、彼は速度を落とした。

「ここから歩けるか？　車はすぐ外だ」

「だから、さっき歩けるって言ったでしょ？」ジュールズはそっけなく言った。

マニーはにやりとして屈みこみ、ジュールズを抱きあげた。歩けるとは言ったものの、まだ衰弱しているので、彼の手助けはうれしかった。

自動ドアが開く。男性ふたりがジュールズとマニーのほうに歩いてきた。見るからに、なんらかの政府機関の人間だ。もし違っていたら自分の包帯を食べてもいいと思うくらい、ジュールズには確信があった。

心臓が激しく打ち、胃がねじれる。彼女の肩に回したマニーの腕に力が入った。

ふたりはバッジを見せた。FBI捜査官だ。

「ジュールズ・トレハン、ご同行いただきたい」

「行かないぞ」マニーは怒鳴った。「いま退院したばかりなんだ！」

捜査官のひとりがなだめるように手をあげた。「いいか、ラミレス、彼女を手ひどく扱う気はない。我々は命令に従ってるだけだ」

ジュールズが捜査官ふたりの後ろに目をやると、さらにふたりがやってきた。額に汗が浮き、彼女は震えはじめた。

「ちくしょう、こんなことやってる場合じゃないんだ。いったい誰の命令だ？　ジュールズは取り調べに耐えられる状態じゃないぞ」

「わたしは逮捕されるの？」ジュールズは声を絞り出した。こんな日が来るのはわかっていた。罪を償わねばならない日が。

ふたり目の捜査官が進み出てジュールズのほうに手を伸ばす。

「彼女にちょっとでもさわったら殺してやる」マニーが言った。

捜査官が一歩さがると、後ろのふたりが近づいてきた。事態は手に負えなくなりつつある。

ジュールズはマニーに向き直った。「わたしは行かなくちゃ。一緒に来て」彼が怒りを爆発させる前に落ち着かせたい。

「悪いがそれはできない。我々への命令は、きみを連れてこいということだった。ひとりで。さ、ついてきてくれ」

ジュールズはパニックを押し殺し、マニーと捜査官とを交互に見た。どうして彼らはジュールズをマニーから引き離そうとするのだろう？

マニーは慎重にジュールズを自分の後ろに押しやり、捜査官と彼女のあいだに立ちはだかった。ジュールズは彼の腕の脇からのぞき見た。なにが起こっているのか見なければならない。

「責任者と話したい。俺と一緒じゃなきゃ、彼女はどこにも行かない」

捜査官はため息をついた。背後のふたりが銃を抜く。「ラミレス、気に食わないのはわかってる。こっちだって、こんなことしたくないんだ。しかし我々が受けた命令は、彼女を保護拘置下に置くことだ。我々がちゃんと面倒を見る。約束する」

「俺なしでジュールズを連れていくのを俺が許すと思ってるなら、おまえらは大ばかだ」

「強制連行はしたくないんだが」

ジュールズはしばらくマニーの背中に顔をうずめていた。ふたたび彼に会えるだろうか？ 厳罰を科されるのか？ いずれにせよ、自分は臆病者ではない。

マニーの横を回って前に出ると、マニーに引き戻される前に勇敢に運命と向き合った。

「いいわ」

マニーは彼女の腕をつかんだ。「ジュールズ、だめだ！ 行かなくてもいいんだぞ」

ジュールズは彼を見あげた。目に涙があふれる。「わたしがなにをしたか知ってるでしょ。あなただって、見逃してもらえるとは思ってなかったはずよ」

「では行こうか、ミズ・トレハン」ひとり目の捜査官がやさしく言った。

彼がジュールズの腕に手を置いたとたん、マニーは飛びかかった。残り三人の捜査官が駆け寄って彼を引き離す。結局、彼ら三人に病院の警備員も加わってマニーを制圧した。

ジュールズは身震いした。力が抜けていく。彼らがマニーを地面に倒すのを見て、膝が折れそうになった。隣に立つ捜査官が腕を回してジュールズの体を支えた。

「手錠はかけないの？」

「きみがどう思ってるか知らないが、俺だってラミレスと同じで気は進まない。手錠をかける気はない。きみは重傷を負い、まだ完全には回復してない。きみのことは充分慎重に扱うつもりだ。さ、行こう、ラミレスが誰かを殺す前に」

彼はジュールズをしっかり抱えて玄関に導いた。

「ジュールズ！」マニーが叫ぶ。

ジュールズが振り返ると、捜査官のひとりがマニーを静めようとして手錠をかけていた。マニーは彼らの下でもがいて、ジュールズのほうに手を伸ばしている。

「迎えにいくぞ、ジュールズ。このままきみを連れていかせはしない。ぜったいに」

「愛してるわ」ジュールズはささやき、連行されていった。

さっきの言葉どおり、捜査官たちは非常に思いやり深く接してくれた。ジュールズは豪華なオフィスに連れていかれ、座り心地のいい椅子を与えられた。痛みはないか、なにか必要なものはないかと尋ねられた。

必要なのはマニーだ。彼らが決して与えてくれないもの。

彼女は椅子に座った。身を硬くして、どんな運命が待ち構えているのかとびくびくして。自分はテロリストだ。無罪放免になるはずがない。

数分後、彼女をここまで連行してきた捜査官が別の男性とともに部屋に入ってきた。

「ちゃんと自己紹介しなくて申し訳なかった。ラミレスがなにをするかと心配で、そんな余裕がなかった。俺の名前はヴァスケス、ＮＦＲとＣＩＡやデニソン上院議員との関係についての捜査を担当する特別捜査官だ」横に立つ男性を手で示す。「こちらはチャールズ・ホワイティング上院議員。上院調査委員会の委員長だ」

「わたしは逮捕されてるの？」

「いいや、きみは正式に保護拘置下に置かれた」ヴァスケス捜査官が答える。「ＮＦＲにおけるきみの役割がはっきりわかるまで」

「どうしてマニーは一緒に来ちゃいけなかったの？」

「彼はＣＩＡの諜報員だからだ。ＣＩＡは現在厳重に調べられてる。聴聞会が終わるまで、彼との接触は許されない」

「聴聞会？」

ヴァスケス捜査官がホワイティング上院議員のほうを向くと、上院議員は咳払いをした。

「ＦＢＩの捜査とは別に、上院も独自の徹底した調査を行っている。きみの協力が得られればありがたいのだが」

ジュールズは眉根を寄せた。「もちろん協力します」

議員はジュールズが座るソファの向かい側に腰をおろした。「率直に言おう。発見した書類やコンピューターのファイル以外では、きみが最も大切な証人だ。デニソン上院議員とその他ＮＦＲにかかわった二十人を告発するためには、きみの証言がぜひとも必要なのだ」

ジュールズは首をかしげた。「よくわかりません。ほかに証言する人はいないのですか？ほかの暗殺——工作員は？」

ってい た。

「実は、NFRにおけるきみの立場はかなり特殊なのだよ。ほかの者は皆、自発的に組織に加わった。組織の全貌をよく知った上で加入している。きみは違う。我々が求めているのは、その特殊な立場なのだ。きみは非常に価値のある情報を提供することができる」

「わかりました。わたしへの見返りは？」これが取引であるのは、ジュールズにもよくわかっていた。

上院議員の表情が引きしまった。「協力してくれるなら、きみが加入を強制されてやむをえず行動していたという事実を斟酌する。証言を拒めば、きみはテロ行為によって告発され、ほかの者とともに法廷で裁かれる」

「選択の余地はないようですね」ジュールズは硬い口調で答えた。

上院議員は満足げに目をきらめかせた。「きみは頼りになると思っていたよ。ここにいるヴァスケス捜査官が、証言まできみの面倒を見る」

「どのくらいの期間でしょう？」

「長くて数週間だ。きみは非公開の委員会で証言する。マスコミになにひとつ漏らさないことが肝要だ。NFRの全容が明らかになり、メンバー全員を逮捕できたと確信できるまで、秘密は厳守せねばならない」

ジュールズは彼の声に警告を聞き取り、うなずいた。

「よし。では聴聞会で会おう」彼はそっけなくうなずくと、背を向けて部屋を出ていった。

ジュールズはヴァスケス捜査官を見あげた。「このあとは？」

彼は残念そうな表情になった。「きみを秘密の場所に連れていく。きみはそこで証言まで保護拘置下に置かれる」

「つまり?」

捜査官はソファのジュールズの隣に座って、ズボンで手をこすった。「きみは地下に潜るということだ。完全に。医師を呼んで毎日診察してもらい、必要な医療措置を受ける。証言までは、それ以外の誰とも会わず、話もしない」

ジュールズは呆然とした。「マニーには会えるんでしょう?」

ヴァスケス捜査官はかぶりを振った。「残念ながら」

ジュールズはうつむいて、なんとか気持ちを落ち着けようとした。やがて顔をあげた。「せめて、どういう状況か彼に伝えてもらうことはできる?」

ヴァスケスはため息をついた。「それはしちゃいけないんだが、なんらかの情報は与えるようにする。約束する。彼はたぶんいまごろ、きみを捜してFBIのビルを壊してまわってるだろうな」

ジュールズは微笑んだ。マニーならたぶんそうするだろう。そのとき笑みが消えた。自分はどうなるのだろう? ふたたびマニーに会えるのか? 政府を信用してはいない。彼らが望めば、ジュールズを抹殺し、存在の痕跡すら消してしまえるのは知っている。

「きみの資料を読んだ」ヴァスケスはそっと言った。「きみがどんな地獄を味わってきたかは知ってる。俺はできるかぎり手を尽くして、取引の条件を守らせるようにする」

「ありがとう」ジュールズは降参したように両手をあげた。「隠れ家がどこか知らないけど、そろそろ行ったほうがよさそうね」

彼はうなずき、手を貸してジュールズを立たせた。

部屋を出るときジュールズは気がついた——これがすべて終わったあと、どうやってマニーに連絡を取ればいいかもわかっていないということに。

32

「俺が出席していいか悪いかなんて知るか」マヌエルは怒りをあらわにした。「なにがあっても、聴聞会から俺を閉め出すことはできないからな」

トニーは両手をあげた。「落ち着け。なんとかならないか、いまやってるところだ」

「三週間だぞ、トニー。三週間、やつらはジュールズを隠してるんだ！」

マヌエルはトニーの机の前でせかせか歩きまわった。一秒ごとに欲求不満が募る。立ち止まって振り返ると、さらにまくしたてた。

「ジュールズは退院したばかりだった。証言しろと説教されたり脅されたりするような状態じゃなかった。いまどんな具合なのかわからない。痛みに苦しんでるのか、どんな扱いを受けてるのか。ちくしょうめ」

「マヌエル、落ち着かなかったら頭が爆発するか血管が破裂するぞ。やつらはちゃんと医療措置を施してる」

マヌエルはこぶしでトニーの机を叩いた。誰かを殺したい。できれば、ジュールズを連れ去って彼に会わせようとしないやつらを。

「俺が聴聞会に行けるようにしろ。そうしなかったら、明日の新聞に俺のことがでかでかと載るぞ」

「よく聞け、マヌエル」トニーは身を乗り出し、断固とした目つきでマヌエルをにらんだ。「無茶をするな。せっかくここまで我慢したんだ。おまえがどんなにつらかったかは知ってる。この三週間、おまえが檻に入れられたライオンみたいに歩きまわるのを見てきた。だけど、ここでおかしなことをしたら、なにもかも水の泡だぞ」

マヌエルは怒りの炎に包まれていた。やつらがジュールズを連れていってから、炎はずっと燃えつづけている。彼女がいまどうなっているのか、まったくわからない。彼らがどういうつもりなのか。まさかジュールズを告発するつもりではないと思うのだが。

机を挟んでトニーの向かい側に座り、大きく息を吐いた。身を乗り出して、光沢ある木の上に肘を置く。「聞いてくれ、トニー。やつらがなにを考えてるか知らないが、断れずに犯した罪で彼女が刑務所に放りこまれるのは許せない」

トニーの顔に不安がよぎった。

「その言い方は気に入らないな、マヌエル」

「おまえに知ってほしかっただけだ。もし事態が悪いほうに進んだなら、俺はなんとしてでもジュールズを自由の身にする。そしてできるかぎり遠くに逃げる。やつらに見つからないところに」

トニーは毒づいた。「自分を見失うな。やつらがどうするつもりか、まだわかってないんだ。ジュールズの証言を求めてるだけかもしれない」

「そこが問題なんだ。やつらがどうするつもりかわからない。教えてくれてもよかったのに。よこしたのは中途半端な情報だけだ」

トニーが疲れた様子で顔をこするのを見て、マヌエルは後ろめたさを覚えた。トニーにもずいぶん無理をさせた。相棒はデニソンを告発する材料を集めるために、何日も徹夜した。あらゆるコンピューターのファイル、個人的な書類、サンダーソンと上院議員との電話の記録を調べてくれた。

「おまえが彼女を愛してるのは知ってる。僕だって、好きな女が上院調査委員会の聴聞会で証言させられるとなったら、同じことをする」

トニーは椅子にもたれて天井を仰いだ。

「よし、こうしよう。僕は助けを求める。ビルキンズ上院議員の秘書に貸しがあるんだ。彼女に頼んで、おまえが聴聞会を傍聴できるよう便宜を図ってもらう」

マヌエルは眉をあげた。「秘書?」

トニーは手をあげて制した。「訊くな」

「すまん。また借りができたな」

トニーは首を横に振った。「気にすんな。立場が逆なら、おまえだってそうしただろう。僕はただ、おまえとジュールズにうまくいってほしいだけだ。あの子には休息が必要だ」

電話を取りあげて番号をプッシュする。数分間甘い言葉を交わし、ディナーの約束をしたあと、トニーは通話を切って目玉をぐるりと回した。

「よし、うまくいった。聴聞会に潜りこむのに必要な身分証を特急便で送ってくれる。一時間で届くはずだ」

マヌエルは机越しに体を伸ばしてトニーを抱きしめた。

「おいおい、やめろって」

「ありがとう、トニー。長男にはおまえの名前をつけるぞ」

トニーはにやりとした。「期待してるよ」


ジュールズは上院議員十人による委員団の前に置かれた小さなテーブルの前で、身を硬くして座っていた。三時間にわたって質問されつづけている。精神的にも肉体的にもへとへとだ。尋問は微に入り細にうがっていた。

弁護士はつけなかった。自分は犯罪者だ。彼らはそれを知っているし、ジュールズ自身も知っている。弁護士にその事実は変えられない。

この三年間におけるジュールズの行動は細部にわたり記録された。彼女は血の気のない唇で、こぶしをきつく握って彼らの質問に答えた。

口からこぼれ出た事実のいくつかには、自分でもたじろいだ。それでも彼らは質問をつづけた。答えを迫った。詮索した。やがてジュールズは、自分が空っぽになったように感じた。

疲労困憊して、椅子に座ったままぐったりと前のめりになる。今日という日に終わりは来るのか？　あと何回、過去の恐ろしい出来事を思い起こさねばならないのだろう？

ついにホワイティング上院議員が身を乗り出し、マイクに向かって話した。「ミズ・トレハン、あなたは非常に協力的でした。あなたの証言がきわめて有用であることには、同僚も全員賛成するでしょう。あなたの正直さには感心させられました」

彼はほかの議員たちと目配せを交わし、ふたたび乗り出した。

「あなたの証言、そしてあなたの主張を裏づける多数の書類やファイルを考慮すると、組織とのかかわりについてあなたを告発するのは罪だと考えます」

彼は言葉を切り、表情をやわらげた。

「あなたは自由の身ですよ、ミズ・トレハン。ありがとうございました」

ジュールズは戸惑って議員を見つめた。ほんとうに終わりなのか？　これで最後？　もう行っていいのか？

隣に座ったヴァスケス捜査官がジュールズの肩に腕を回して立ちあがらせた。ジュールズは彼を見、唇を動かして質問しようとした。

「終わったんだよ」彼は穏やかに言った。

ジュールズの体がぐらりと揺れる。ヴァスケスは彼女が倒れる前につかんで、ドアのほうまで連れていった。外に出たとたん、ジュールズは彼の手を振りほどいてレストルームまで走った。便器に屈みこみ、胃の中のものを吐き出す。

胃の痙攣がおさまるまで便器に寄りかかっていた。やがてゆっくり体を起こし、洗面台まで行って口をすすいだ。鏡に映った自分を見てぎくりとする。ひどい顔だ。

廊下に出てヴァスケスのもとへ行くと、彼は心配そうに見てきた。

「大丈夫かい？」そう言ってジュールズの腕をつかむ。

彼女はうなずいた。

ふたりは長い廊下をゆっくり歩いて正面玄関に向かった。ジュールズの頭はくらくらしていた。マニーを見つけなければ。顔をあげてヴァスケスを見る。自分の質問がどんなにばかばかしく聞こえるかはわかっている。

「あの……もしかして、どうしたらマニー・ラミレスと連絡が取れるかわかる？」

恥ずかしいけれど、マニーがどこに住んでいるかも知らないのだ。

するとヴァスケスの顔に奇妙な笑みが浮かんだ。

「わかると思うよ」

彼はドアのほうに手を振った。ジュールズが見ると、そこにマニーが立っていた。ジュールズの心臓は引っくり返った。足が止まる。彼は聴聞会に来ていたのか？　彼女の証言を聞いたのか？　そう考えると、また嘔吐したくなった。

手を握ったり開いたりして、マニーの視線から逃げたい衝動を抑えつける。

するとマニーは両腕を広げた。

涙があふれ、ジュールズはマニーのもとへと駆けていった。

マヌエルは強く抱きしめた。ジュールズは彼の首に顔をうずめて泣いた。

「ああ、ベイビー、もう大丈夫だ。泣くんじゃない」マヌエルはジュールズの髪を撫でてなだめた。

顔をあげ、ジュールズの頭越しにヴァスケス捜査官を見る。彼は満足感らしきものを浮かべてふたりを見つめていた。

「ありがとう」マヌエルは心から言った。「彼女の面倒を見てくれて」

ヴァスケスはうなずいた。「どういたしまして。役に立ててよかった。彼女を大切にしろよ」

「二度と離すもんか」

捜査官は笑顔で歩き去った。マヌエルとジュールズを残して。

マヌエルはジュールズをしっかりと抱いて目を閉じ、腕の中にいる彼女の感触を味わった。上院の委員会がジュールズを解放したときほど大きな安堵を感じたことはなかった。彼らがジュールズを苦しめるのを見るのは拷問だったのだ。

ジュールズの体をいったん離して、食い入るように顔を見る。顔色は悪く、目には疲労と苦痛が見える。それでも美しい。とても美しい。

頭を屈め、彼女の唇をとらえて長く甘美なキスをする。そしてふたたび抱きしめた。胸に抱いた彼女の存在を実感したい。

「会いたかったわ」

ジュールズがまた泣きだすと、マヌエルの胸は張り裂けた。

「行こう、ここから出るんだ」

見物人になんと思われるか意にも介さず、マヌエルは彼女を抱きあげた。

「あそこにいたの？」ジュールズは低い声で尋ねた。

マヌエルはうなずいた。「見逃すわけにはいかなかった」

ジュールズが恥ずかしげにうつむくと、マヌエルの全身に怒りがあふれた。駐車場まで来てSUVの横で彼女をおろし、顎をあげさせて自分の顔を見させた。

「愛してるんだ」激しい口調で言う。「この三年間きみが耐えてきた地獄の話を聞いて俺が気を変えるなんて、本気で思ってるのか？　俺は叫びたかった、泣きたかった、やつらがきみにしたことを思ってあいつらを殺したかった。だけどぜったいに、なにがあっても、きみへの愛が弱まることはない」

ジュールズは彼を見あげた。「ほんとうに？」

「ベイビー、これ以上真剣になったら、俺は心臓発作を起こして入院する」

「愛してるわ」彼女はささやいた。

「結婚しよう。結婚して残りの人生を一緒に過ごそう、子どもをつくろう、家を建てよう、なにもかも一緒に分かち合おう」

ジュールズの顔に輝かしい笑みが広がった。凍った池に陽光が差したかのように。

「ええ。いいわ、そうしましょう」

ふたりはふたたび唇を絡めた。ジュールズは彼の首にしがみつき、マヌエルは彼女とぴたりと接した。

「あとひとつ言っとくことがある」マヌエルはキスの合間に言った。

「なに？」

「トニーに、長男にあいつの名前をつけると約束した」

ジュールズの笑い声を聞いて、マヌエルの心はこの上なく高揚した。彼女の笑い声はほんとうにすてきだ。彼女が喜びにあふれるのを見るのは、もう何年ぶりだろう。

「ただいま」ジュールズは切ない声で言った。「やっと帰れた」

「ああ、ベイビー、おかえり。きみをずっと待ってたぞ」

訳者あとがき

著書はすでに数十冊。ジャンルはコンテンポラリーからヒストリカルまで多岐に及び、日本のロマンスファンの皆様にもすっかりおなじみとなった、マヤ・バンクスの作品をお届けします。

数多くのシリーズものを手がけている彼女ですが、本作は単独作品です。

ヒーローはＣＩＡ課報員のマヌエル・ラミレス。彼にはきょうだい同然に育ったジュールズ・トレハンという幼なじみがいます。といっても、彼にとってジュールズは妹ではなく、心ひそかに愛する女性でした。

ジュールズは大学を出たあと、卒業旅行としてフランスへ行きます。彼女が帰国したらプロポーズしようと思っていたラミレス。ところが彼女から、もう帰れない、という予期せぬ電話が入ります。その電話を最後にジュールズの消息は途絶えてしまい、ＣＩＡ課報員としてのマヌエルの資源や能力を総動員した捜索にもかかわらず、行方はまったくわかりませんでした。

そして三年後、突然ジュールズが現れました。しかしマヌエルが再会したジュールズに昔の無邪気さはなく、彼女には暗い影が取り巻いていました。ふたりを付け狙う暗殺者たち。

誰がどういう目的で自分たちを消そうとしているのか、ジュールズは失踪した三年間どこでなにをしていたのか、いま彼女はなにを隠しているのか。謎に包まれたまま、ふたりはアメリカ合衆国の南から北へと逃避行をつづけます。

愛し合っていながら互いに秘密を抱え、相手を完全には信頼できないふたりの行く末は、最後まで予断を許しません。いかにもマヤ・バンクスらしく歯切れよくノンストップで進むサスペンスを、どうぞご堪能ください。

二〇一八年四月　草鹿　佐恵子

あなたへ帰る道

2018年07月16日　初版発行

著　者　マヤ・バンクス
訳　者　草鹿佐恵子
（翻訳協力：株式会社トランネット）
発行人　長嶋うつぎ
発　行　株式会社オークラ出版
〒153-0051　東京都目黒区上目黒1-18-6　NMビル
営　業　TEL：03-3792-2411　FAX：03-3793-7048
編　集　TEL：03-3793-8012　FAX：03-5722-7626
郵便振替　00170-7-581612（加入者名：オークランド）
印　刷　中央精版印刷株式会社

定価はカバーに表示してあります。
乱丁・落丁はお取り替えいたします。当社営業部までお送りください。

ISBN978-4-7755-2781-8